홀리데이

이병천 소설집 홀리데이

HOLIDAY

문학동네

작가의 말

『사냥』이후 두번째 단편집을 세상에 펴낸다.

돌이켜보면 등단한 지 10년 만에 『사냥』을 선보였고, 단편만으로는 다시 10년을 기다려 『홀리데이』로 엮었으니 세월이 그렇게도 마딘 것인지 알다가도 모르겠다.

여태 물질을 해왔던 강물에서 곧이곧대로 다시 노를 젓기로 한다면 세번째 단편집의 어망(魚網)은 2010년이 넘어서야 비로소 채워진다는 얘기다. 평생에 서너 권의 창작집이면 족하다 했더니 말이 씨가 돼가고 있는 게 분명하다.

허나 그게 무슨 허물이랴. 다만, '건건이'가 변변찮은 밥상머리에 앉아 허공에 빈 수저질이나 해대면서 으등거리고 있을 독자들을 생각하면 영 계면쩍어진다. 미련한데다 고지식까지 한 터라, 그 강물에 추를 고정시켜 건져올린 고기마다 비록 푸르고 검고 희고 붉고 누를지언정 씨알이 통통하지는 못한 탓이다. 이제 오히려 이 바닥에서는 물고기가 내 눈 그림자에 들면 뵈지 않는다.

내 앞으로 세번째 물질은 수초 곁에도, 그리고 또 멀리 이 강물과 바닷물이 섞이는 기수역(汽水域) 같은 곳에도 자주 나가보리라.

작품의 일부는 발표할 당시와 달리 제목을 바꿔 내걸었다. 이 점에서도 독자들의 양해를 구하고자 한다. 그분들 혜량(惠諒)하되, 권이 있어 서로 다툴 만한 소설을 쓰지 못하고 보니, 산중(山中)의 나무를 쓰러뜨려 만들어야 하는 착한 종이를 또 무단히 낭비하는 게 아닌가 심히 두려울 뿐이다. 나무 정령들이여, 용서하시라.

하여, 때마다 잊지 않고 작품집을 챙겨주는 문학동네가 오늘 참으로 아심찮이 아심찮은 것이다.

2001년 10월
이병천

차 례

홀리데이 Holiday

내가 그녀를 택한 이유도 동일한 것이었는지 모른다.

경찰의 길을 선택한 것과 비슷한 이유로 나 역시 그녀를 유혹했다.

나는 지금도 이따금 그녀의 얼굴에 오버랩되는

한 강인한 사내의 얼굴을 보고 깜짝깜짝 놀랄 때가 있다.

그녀도 그녀 자신의 얼굴을 두려워하고 있을까?

'비지스(Bee Gees)'라는 팝 그룹이 있다. 전성기에는 비틀즈 못지않은 인기를 세계적으로 누렸다고 한다. 그들 히트곡 중에는 〈홀리데이(holiday)〉라는 노래도 있는데 대강 이런 내용의 가사로 이루어져 있다.

오, 당신은 휴일. 휴일 같은 존재죠. (Oh, you're a holiday. Such a holiday.)
오, 당신은 휴일. 휴일 같은 존재입니다. (Oh, you're a holiday. Such a holiday.)
나는 휴일이야말로 가장 가치 있다고 생각한답니다.

꼭두각시 인형은 당신을 웃게 만듭니다.
만약 그렇지 않으면 당신은 돌을 던지죠.

돌을 던지죠. 돌을 던지죠.
아, 그것은 재미있는 게임입니다.
그러나 늘 똑같을 거라고 생각하지는 마세요.
내가 방금 말한 게 무엇인가요?
내 머리에 부드러운 베개를 고여주세요.

수백만 군중이 다 볼 수 있다고 하는데
어째서 내 눈은 보지 못하는 걸까요.
만약 다른 사람이 내가 된다면
그건 결코 어울리는 일이 아닐 겁니다.

마약과 관련 있다는 이 노래를 내가 안 게 언제였던가? 나는 그 날짜와 심지어 시간까지도 모두 다 기억할 수 있다. 나 역시 마약에 취한 어떤 한 사내를 통해서 이 노래를 처음 들었다. 노래 제목처럼 공교롭게도 휴일이었던 일요일, 그러니까 88서울올림픽이 끝난 직후인 그해 10월 16일 한낮의 일이었다.

우리 경찰대는 그 여드레 전부터 발령됐던 비상으로 그야말로 팔팔하던 청춘들임에도 불구하고 이미 곤죽이 다 돼 있었다. 탈주범 일당 때문이었다. 그들 중 대부분이 자수하거나 검거되고 아직도 네 명이 오리무중이던 그날 새벽, 탈주범 잔당들이 서울 시내의 한 가정집에서 가족들을 인질로 잡고 있다는 제보가 경찰에 접수되었다. 제보자는 그 집의 나이 든 가장이었다. 그는 범인들이 양주를 퍼마시고 곯아떨어진 사이에 집을 몰래 빠져나왔다고 했다.

그 간밤에 술을 마시기는 나도 마찬가지였다. 그래서 새벽잠을 깨는 출동 명령에 반사적으로 부르르 몸서리를 치기도 했다. 술 마신 다음날이면 거의 하루 종일 칫솔을 물고 있어야 할 만큼 결벽증 같은 게 있었으므로 그렇듯 느닷없는 새벽 출동은 아주 죽을 맛이었다. 그러나 잠자리를 박차며 내가 치를 떨었던 하루의 첫 전율 따위는 그날 우리가 꼬박 아홉 시간 동안 겪어야 했던 끔찍한 인질극의 전조에 불과했다.

우리가 작전지역에 도착했을 때는 네시가 막 지나고 있었다. 주택가 골목에 서려 있던 푸르스름한 새벽 어둠이 매섭게 날선 눈빛들에 놀라 주춤주춤 뒤로 물러서는 시각이었다. 경찰 기동타격대는 군화 소리를 죽여가며 지시에 따라 빠르게 은신처로 몸을 숨겼다. 그사이 일반인의 접근을 막는 차단선이 쳐지고 골목 한구석에는 지휘본부도 세워졌다. 바야흐로 인질극의 서막이 오르기 시작했다.

"탈주범! 너희들은 지금 완전히 포위됐다. 너희들은 포위됐다. 여기 너희들 네 명의 명단이 있다. 차례로 불러볼 테니까……"

지휘본부장이 마이크를 통해 외치는 소리가 내 귀청을 파고들었다. 본부장이 전용하는 그 마이크가 장착된 차량의 운전기사가 바로 나였다. 그러니 언제 끝날지도 모르는 인질극 내내 성능이 형편없는 기계음을 천상 다 들어야 하는 위치에 있었다. 볼륨을 잔뜩 높이는데도 불구하고 범인들로부터는 한동안 아무런 반응이 없었다. 가족을 버리고 도망쳐나와 신고했던 남자가 부들부들 떠는 게 보였다. 남자는 그러면서 자기 가족들의 이름을 불러가며 연신 웅얼거리고 있었다. 과년한 딸 셋과 아들 하나가 인질로 잡혀 있으니 피가 마를 만도 했다.

그 시각 집 안에서는, 훗날 내 아내가 된 그 집안의 장녀가 증언했던 것처럼, 범인들은 벌써 일어나 있었다. 새벽에 눈을 뜬 둘째딸이 화장실에 가도 좋은지 물어보느라고 깨우는 바람에 정신을 차린 그들은 집안 가장이 벌써 종적을 감춘 사실을 알았다고 한다. 상황이 그렇다면 인질을 버리고 서둘러 도망쳐야 했지만 그 일마저 틀려버린 뒤였다. 바깥 동정을 살피고 돌아온 그들 우두머리쯤 되는 사내가 고개를 모로 흔들며 이미 '새떼'가 자욱하게 내려앉았다고 한 것이다. 다부진 체격에 이목구비가 또렷한 삼십대였다. 그가 권총을 쥐고 있었다.

"형님, 저년들을 아예 돌려버립시다. 그런 다음 황천 가는 데 길동무나 삼읍시다."

젊은 범인 하나가 이를 갈아붙이며 날뛰었다. 가족들은 굽도 젖도 할 수 없어서 방구석에 쪼그리고 앉아 서로의 품에 고개를 파묻었다. 범인들이나 인질로 잡힌 가족들이나 모두 제정신이 아니었다. 그런데 우두머리만큼은 조금 다르게 보였다. 그는 오래 기다리고 소망했던 순간이 다가오기라도 한 것처럼 회심의 미소를 지어 보였다.

"여기였구나. 여기였어!…… 여기가 바로 우리들이 몸 누일 곳이었어."

아내에 의하면, 그들이 처음 집 안을 점거했을 때 놀라는 가족들을 향해 그는 자신이 시를 쓰는 사람이라고 소개하면서 안심해도 좋다고 위로했다고 한다. 그래서 그런지 그가 쓰는 언어는 그냥 육두문자만은 아닌 듯했고, 그가 내뱉는 말들을 입에 집어넣고 가만가만 굴려보면 운율 같은 것도 느껴지더라고 했다. 침착하고 영리했던 아내는 그 사내에게 매달려야만 가족 모두가 사지(死地)에서 벗어날 수 있는 길이 열린다고 믿었다. 그때 그녀는 스물두 살이었다.

"복수하겠어. 식구들을 버린 놈에게 비극이 무엇인지 보여주겠다고!"

젖배 곯고 자란 사람처럼 얼굴이 희어멀건한 범인이 짐승처럼 으

르렁거렸다. 그가 간밤에 과일을 깎아 먹었던 과도를 치켜들었다. 아내는 그때 울음을 와락 터뜨리며 밖에 와 있을 자기 아버지를 향해 거친 욕설을 퍼부었다.

"저 사람은 우리 아빠도 아니에요. 아버지 자격도 없어요. 금수만도 못한 저, 저 인간을 먼저 찾아서 쏴버려요!"

훗날에 전해 들었어도 소름이 돋던 말이었다. 그런데 이 저주스런 욕설은 확실히 효과가 있었다. 범인들보다 아예 한술 더 뜸으로써 그들의 흥분된 감정을 일거에 잠재울 수 있었다니까 말이다. 아내는 그 고백 끝에 자신은 아마도 그 순간 신이 들려 있었을 게 틀림없다며 웃은 적이 있다. 그건 맞는 표현일 것이라고 나는 동의한다. 돌이켜보면 그날들 이후 아내가 삶의 다양한 질곡들과 맞닥뜨릴 때마다 그걸 돌파해가는 방식이 바로 접신(接神)이었다. 한 발 한 발 사다리를 딛고 올라가는 듯 감정이 상승하다가 그게 한껏 고조된 어느 순간에 이르러 스스로를 완전히 눕혀버리는 절대 방임(放任), 그게 아내가 가지고 있는 만능 열쇠였던 것이다. 그건 불교에서 말하는 무아지경일 수도 있었다. 그리고 그게 횟수를 거듭하게 됨에 따라 아내는 마치 사다리타기 전문가나 되어가듯 빠르고 간단하게 그런 경지에 오르곤 했었다. 이를테면 내가 아내에게 이따금 손찌검을 했던 일만 두고 보더라도 그랬다.

처음에 나는 무슨 일로 말미암아 아내의 뺨을 때리게 됐던가? 그건 확실히 기억에 없다. 다만, 아내는 자기 뺨을 움켜쥐고 매우 고통스러워했으며 내게 격렬하게 대들기도 했다. 심지어 그녀는 자기 화장대를 때려부순 다음 그래도 분이 풀리지 않았던지 서랍에서 앨범을 꺼내더니만 확대된 우리 결혼 사진을 북북 찢어놓기도 했다. 그리고는 한두 시간이 채 지나지 않았는데도 언제 그랬던가 싶게,

비가 그치고 먹구름이 물러가버린 뒤 순식간에 개는 하늘처럼, 오히려 보는 사람을 당혹스럽게 할 정도로 한없이 맑고 평온해졌던 것이다. 방금 폭풍을 맞았으면서도 늙은 수도승같이 꿈쩍도 하지 않는 갈라파고스 섬의 코끼리거북!…… 아내가 그날 보여주었던 모습은 언젠가 TV에 소개되었던 바로 그 동물이었다.

자수를 권유하는 지휘본부장의 마이크 소리가 집 안에 들려온 건 아내가 그렇듯 포악스런 욕설을 풀어놓던 때였다고 한다. 밖에서는 신문사와 방송사 기자들이 우르르 몰려와 서로 좋은 자리를 차지하려고 야단법석이었다. 범인들이 아직 모습을 비치지 않고 있어서 이제나저제나 하고 카메라 셔터를 누를 기회만 기다리고 있었다. 시민들도 새까맣게 몰려나와 진을 치기 시작했다. 그들의 눈길은 예외없이 안방 창문 쪽으로 집중되었다.

아, 〈손에 손잡고〉와 〈아름다운 강산〉 등의 노래가 귀젖 날 정도로 울려퍼지던 저 88올림픽 남자 백미터 결승전에는 관중들이 더 운집했었다. 나는 거기 결승점 근방의 관중석에서 그 경기를 보았다. 불과 10초도 안 되는 사이에 그들 선수들이 엄청난 해일처럼 내 쪽으로 다가오던 모습이며, 아직 결승점은 이삼십 미터쯤이나 남아 있는데도 이미 틀려버렸다는 절망적인 표정으로 옆을 돌아보던 칼 루이스의 두 눈, 그리고 승리감에 도취된 벤 존슨의 자신만만한 가속도!…… 그게 내 기억에 선명했다. 그 올림픽이 끝난 지 겨우 사흘 만에 범인들이 죄수 호송차량을 점거해 탈주하고 인질극까지 벌이게 된 것이었다. 우리도 이제 정말이지 선진국이 돼가는구나, 하고 잠자리에서 일어나 고추를 조물락거리듯 사람들은 아직도 서울 올림픽의 감격을 잊고자 하지 않았었다. 그런데 그들 일당이 나타나 느닷없이 찬물을 확 끼얹어버린 것이다. 이런 참, 쌍, 이건!……

놈들이 새똥 빠진 철없는 인간이거나 아니면 우리 모두가 헛물을 들이켰던 게 분명했다.

범인들이 숨어 있는 집에서는 한동안 아무런 기척도 없이 고즈넉하기만 했다. 한 방송 기자가 우리 본부장과 인터뷰하기 위해 카메라 화이트를 맞추기 시작했다. 그때 사다리꼴로 엮어진 방범용 쇠창살 안쪽 유리에 몇몇 그림자가 어른거렸다. 그리고 누군가가 더 바짝 다가오더니 숱한 관중의 입을 동시에 다물게 하는 짧은 신호음 같은 소리로 드르륵, 그 창문을 열었다.

"가까이 다가오지 마라! 허튼 짓 하면 인질을 죽여버린다!"

목이 끓는 듯한 공갈과 함께 그가 두 발의 공포를 허공에 대고 쏘았다. 상처를 입은 채 쫓기는 짐승들처럼, 필요 이상 흥분하고 위협적인 행동을 보이는 몸짓이 분명했다. 그 바람에 놀란 사람들이 일제히 비명을 지르며 허리를 납작 수그렸다. 범인들을 이끌고 있는 것으로 알려진 사내였다. 크고 각진 얼굴에 입이 약간 일그러진 듯한 그의 모습이 밝은 조명등 아래로 선명하게 드러났다. 그 순간 수백 개의 카메라 플래시가 일제히 터졌다. 어깨동무를 하듯, 미래에 내 아내가 될 여자를 그가 방패막이로 안고 있었으며 그 뒤로 다른 범인의 얼굴도 보였다. 물론 안고 있었든 업고 있었든 내가 섭섭할 일은 아니었다. 왜냐하면 그날의 일을 계기로 나는 그녀를 알게 되었으니까.

"이제 다 끝났다. 그러니 자수하라! 자수하면 정상을 참작하겠다."

다시 내 옆에서 마이크가 빽빽거렸다. 상투적인 권유에 지나지 않았다. 그 말에 현혹돼서 손을 들고 나올 바보는 없을 터였다. 그런 권유는 머리를 맞대고 은근하게 해야 하는 것이지 공개적으로 마이크에 대고 할 얘기가 아니었다. 무엇보다 극(劇)을 지켜보는 관중들이 너무 많은 것이다.

"그래, 다 끝났다. 그러니 쓸데없이 설득하려고 입을 놀리지 마라!"

"선량한 가족들을 다치게 할 셈인가? 그건 죽어서도 명예롭지 못한 길이야."

"누구도 해칠 마음은 없다! 우리 이름을 더럽히지는 않을 것이다."

범인들과 경찰의 대화는 그렇게 시작되었다. 서로 휘갑치는 말마디마다 일촉즉발의 살기가 돋쳐 있었고, 그런가 하면 서로 묻고 또 대답하는 모양새가 어느 누가 보더라도 아주 막가는 것은 아닌 듯했다. 실제로 그들은 탈주한 이후 그날까지 몇 군데 민가에 침입해 잠을 자고 가거나 또 가족들을 위협해서 식사와 술을 제공받고 다니긴 했어도 아주 흉포하게 굴지는 않은 모양이었다. 들어갈 때는 미안하다며 사과할 줄 알았고 나올 때는 고맙다고 깍듯이 인사하거나 더러 기분이 좋아지면 행복하게 사셔야 한다는 덕담을 하고 가기도 했다고 한다. 언론사 기자들도 그런 범인들의 속성을 믿는 구석이 있기 때문인지 우리가 거듭 경고하는데도 아랑곳하지 않고 차단선을 넘어 담벼락 밑까지 슬금슬금 기어들었다.

날이 밝고 아침이 훨씬 지날 때까지도 범인들은 아무것도 요구하지 않았다. 시민 관중들은 그새 수천 명으로 불어나 있었다. 선진국의 일요일, 그야말로 홀리데이라서 부담도 없을 테고, 나처럼 그들 역시 자신의 눈으로 직접 목격한 장면들을 주변 사람들에게 전하고 싶은 열망이 클 것이었다. TV에서는 아예 생중계를 하기 시작했다. 그들은 드라마가 방송의 고유 영역이라는 사실을 강조라도 하듯 말머리마다 인질극이라는 표현을 썼다.

아내는 울면서 우두머리 사내에게 매달렸다고 한다. 그날 TV 화면에 비친 아내의 모습은 눈이 퉁퉁 부어 있었고 얼굴도 두툼해서 약간은 뒤웅스럽게 비쳤을 것이다. 그러나 아니다. 아내는 신장이 좋지 않은 편이어서 조금만 피곤해도 몸이 풍선처럼 부어오르는 체질이다. 그러니 그날의 인상에만 사로잡혀 있는 독자들이 있다면 이 자리에서만큼은 수정해주실 것을 정중히 요구한다. 물론 지금 여기서 그게 중요한 건 아니다. 문제는 그런 가냘픈 여성이, 인질극을 벌이고 있는 흉악한 현행범의 의식을 일깨워 시인(詩人)으로 거듭 태어나게 만들었다는 사실이다. 고백하건대, 나는 그런 여성으로부터 사랑을 받고 싶었고 함께 살아가면서 그런 여성이 불어넣어줄 생명의 숨결을 결결이 받고 싶었다. 그래서 어찌 보면 나도 결과적으로는 소드락질을 한 셈이다. 물건을 훔치는 일…… 도벽(盜癖)……

"아저씨, 이제 그만 자수하세요. 그리고 어디를 가든 거기서 시를 쓰면 되잖아요, 네?"

"아니, 틀렸다. 내가 시를 쓸 수 있는 날은 영원히 사라지고 말았어."

"제발, 제발 포기하지 마세요. 저는 지금까지 살아오면서 시인이라는 사람들을 단 한 차례도 만나본 적이 없었어요. 그 사람들은 오동나무 열매나 먹고 사는 줄 알았고, 남이 때린다면 그저 맞을 줄만 아는 사람들이거니 하고 여겼어요. 그런데 아저씨를 만나고 그게 아니라는 걸 한순간에 깨달았어요. 정말이에요. 그러니 제발 저를 위해서라도 포기하지 마세요, 네?"

사내는 그 말을 듣더니 주머니에서 무슨 알약인가를 꺼내 우적우적 씹었다. 아내는 당시에 그게 무엇인지 몰랐다고 했지만 훗날 그가 남긴 약병을 수거해서 확인한 결과 향정신성 의약품으로 밝혀졌다. 일종의 마약이었다. 그 스스로도 자신의 범행에 대한 공포와 불안감을 이기지 못한 듯했다.

"형님, 이것들 데리고 자폭이나 합시다. 그게 쌈빡할 것 같소."

범인 하나가 또 채근했다. 우두머리는 잠자코 담배에 불을 붙여 물었다. 그리고는 창문을 세차게 열어제치며 밖에 대고 냅다 소리를 쳤다.

"잘 먹고 잘 살아라. 개새끼들아!…… 나는 이 시대 마지막 시인으로 왔다 간다!"

그의 얘기는 밖에 있던 모든 이들에게 아주 의외였고 황당하게 들렸다. 인질범의 입에서 무슨 가당치도 않은 시인인가? 내 옆에 있던 경찰 하나는 지랄이라고 코웃음을 쳤고, 둘러선 관중들은 마지막이라는 말 다음에 뭐라고 했느냐고 서로 묻기에 바빴다.

그 무렵 지휘본부에서는 두번째 대책회의가 열렸다. 그렇다고 뾰족한 수가 있을 수도 없었다. 범인들을 계속해서 선무(宣撫)하면서 자수를 권하는 한편 기회를 포착해서 저격한다는 원칙을 거듭 확인했지만 그게 쉬운 일이 아니었다. 인질이 위험할뿐더러 넷이나 되는 범인들을 동시에 저격할 수는 없었다. 그러자 누군가가 좀 얄팍하다 싶은 꾀를 내고 그게 곧 채택되었다. 범인들의 주의를 흐트러뜨릴 만한 일을 뭔가 꾸미고 한꺼번에 그들 전부나 아니면 최소한 세 명의 범인이라도 표적에 들어오게 될 때면 사정을 봐서 저격한다는 작전이었다. 사실은 기동타격대 대원들에게 갑자기 빵과 우유가 배달된 일이나 시민 차단선을 다시 치느라고 적지 않게 소란을 피웠던 일, 그리고 경찰차량 두 대가 느닷없이 나타나 시끄럽게 경적을 울리면서 주변을 계속해서 질주하던 일 등은 모두 다 그 연막전술의 일환이었다. 그렇지만 이 작전도 연막이 세번째로 펼쳐지다 만 채 그냥 슬그머니 철회될 수밖에 없었다. 범인들이 전술을 간파했기 때문이다.

"야, 이 미친놈들아! 이 판국에 날 굿으라고 굿판을 벌이는 거냐?

기어코 한판 해보겠다는 거야?"

경찰차가 소란을 피우며 돌아나간 뒤 창문에 나타난 범인 우두머리가 악다구니를 썼다. 둘러선 시민들이 그 소리를 듣고 와르르 웃는 바람에 경찰들은 너나 할 것 없이 머쓱해지고 말았다. 지휘본부장이 다시 마이크를 들었다.

"범인들은 흥분하지 마라. 잠시 예측하지 못한 사고가 있었다."

그때 인질로 잡혀 있던 아내가 본부장에게 항의하며 울부짖었다.

"왜 쓸데없이 자극하고 그래요? 이 아저씨들이나 저희 식구들 모두 최선을 다하고 있는데, 경찰들은 시방 뭐 하는 거예요? 우릴 죽이려고 작정했어요?"

아내는 그때 무슨 말을 했었는지 기억에 없다고 진술했지만 이 장면 역시 TV에 그대로 중계되었다. 본부장은 쩝쩝 입맛을 다셨고, 시민들 중에는 박수를 치는 이들도 적지 않았다. 나는 이 드라마 아닌 드라마가 끝나고 나면 그녀를 찾아가 한번쯤은 꼭 만나보고 싶다는 생각을 했다. 올림픽이 열리고 있는 동안 우리 경찰대는 세계적인 스포츠 스타들을 실컷 구경할 수 있었다. 이제 그들이 돌아간 마당에 남은 건 다시 우리들뿐이었다. 가까운 데 있는 집은 깎이고 먼 곳의 절은 빛난다는 속담이 있지만 그녀도 당시에 내 눈에는 참으로 빛나는 스타 가운데 하나였다.

섣부르게 작전을 펼쳐보려다가 경찰로서는 체면이 영 말씀이 아니게 구겨지고 말았어도 이 실패 때문에 하나 얻은 수확은 있었다. 기자나 일반 시민을 막론하고 현장에 나온 이들 모두가 범인들과 눈에 띄게 격의가 없어졌다는 사실이었다. 기자는 말할 것도 없고 구경꾼으로 나온 시민들조차 낮은 담벼락에 붙어 서서 귀둥대둥 그들에게 뭔가를 묻기도 하고 또 대답도 하면서 고개를 끄덕거리는 것이었다. 이게 선진국 국민들의 모습인가?…… 솔직하게 고백하자면 나는 그런 생각을 했었다. 우리가 잠시 몽매에 빠졌던 것처럼 올림픽이 선진국의 필요조건은 아니다. 물론 그렇다고 인질극을 훌륭하게 치러낼 수 있는가의 여부가 그 조건이 되는 것도 아닐 것이다. 그렇지만 우리는 남의 올림픽이든 우리 올림픽이든 볼 만큼은 봐왔던 데 비해 이런 신사적인 인질극은 쉽게 구경할 수 없었던 것도 또한 사실이다. 모를 일이긴 하다. 우리가 올림픽을 선진국답게 성공적으로 마칠 수 있었기 때문에 인질극도, 그 주연이나 조연들이나 관객들까지, 그럴듯하게 꾸려갈 수 있게 된지도.

"우리는 방송사에서 나왔습니다. 저희 방송과 인터뷰를 좀 할 수 있겠습니까?"

방송 기자 하나가 방 안에 있던 범인 우두머리를 불러냈다. 그는 눈이 부신지 아니면 방송이라고 하니까 나름대로 멋을 부린 것인지 선글라스를 끼고 창가에 섰다.

"좋아요. 물어보시오."

"왜 탈주를 결심하게 됐습니까?"

기자는 대문을 열고 들어가 문간에 서서 긴 막대 마이크를 창문 쪽으로 들이밀었다. 선수를 뺏긴 다른 기자들은 뒤늦게 담에 올라서거나 심지어 마당으로 뛰어내리기도 했다.

"세상에 대고 우리들의 억울함을 호소하고 싶었습니다. 우리 모두 죄인들이라서 죄값을 치러야 하겠지만 그 값이라는 게 너무 비싸고 가혹했습니다. 천 명이면 천 명, 만 명이면 만 명 다 그렇다고 할 것 같으면 세상이 원래 그런가보다고 할 수도 있겠지만 이건 어디까지나 객관적이지 못하고 불공평하다는 데 문제가 있습니다. 우리가 바로 그런 대우를 받았습니다. 한마디 문자를 좀 쓸까요?"

"예. 말씀하세요."

그가 꿀꺽 침을 삼켰다. 그 소리도 그대로 중계되었다. 그리고 그는 눈을 사선으로 내리깔았다가 기자를 똑바로 바라보며 말했다.

"유전무죄, 무전유죄요."

"설명을 좀 해주시겠습니까?"

"말 그대로 똑같은 죄를 지었다고 하더라도 돈이 없는 놈들에게는 유죄(有罪), 대신 돈이 많아서 그걸 처바를 수 있는 놈들에게는 무죄(無罪)가 된다는 말이오."

그 이후 80년대 끝자락과 90년대를 관통해서 지금까지 가장 빈번하게 인용되면서 또한 우리 국민들에게 가장 폭넓은 공감대를 얻어온 표현, 그 여덟 자의 한자 숙어는 이렇게 탄생됐다. 기자들도 잠시 그 뜻을 새겨보느라고 잠잠했던 것인지 인터뷰는 그 말과 함께 끝나버렸다. 관중들도 멍하니 서서 아무런 말도 없었다. 따로 외워야 할 만큼 어려운 글자들은 아니었다. 그 이후 사내는 기자들과 두세 차례 회견을 계속하고 또 실제로 자기가 감옥에 있을 때 직접 썼다는 시를 낭송해주기도 했지만 앞의 이 여덟 자 짧은 시만큼 널리 지지를 받지는 못했다.

"이거, 진짜 시인이구먼!"

누군가가 혼자 중얼거렸다. 그도 나와 비슷한 생각을 하고 있는 게 분명했다. 시에 대해서는 알지 못하지만 내 느낌은 그렇다. 시는 대상(對象)에 대한 간결하고 명쾌한 묘사다. 꽃이라면 꽃에 대한, 그리고 그리운 사람이라면 그 간절한 그리움에 대해 짧고도 분명하게 표현해낸 것이 곧 시일 거라는 생각이다. 그러니 지난 칠팔십 년대 우리가 지낸 세월을 불과 여덟 자로 묘사해 공감을 얻을 수 있었다면 그가 시인이 아니고 무엇이랴.

시에 대한 내 추억은 또 있다. 사건이 모두 끝난 뒤 경찰병원에 입원해 있던 인질 가족들을 찾아갔을 때 나는 꽃다발과 함께 그녀에게 껌종이 하나를 내밀었다. 내가 그날 이후 아주 조금, 시에 대해 관심을 갖기 시작했을 때 눈에 띄던 시 한 편이 거기 껌종이에 인쇄되어 있었다. 무릇 진짜 시라면, 범인 사내의 배타적이고 냉소에 찬 표현이 아니라 바로 이런 것일까?

> 이 숱한 군중 가운데서도 홀연히 떠오르는 얼굴 하나
> 검고 축축한 가지에 핀 하얀 꽃잎
> ― 에즈라 파운드, 「지하철 정거장에서」

인질로 잡혀 있는 시간 내내 아내는 하얀색 티셔츠를 입고 있었다. 우리가 그 삼 년 뒤 결혼한 후에도 나는 설명할 수 없는 어떤 이유 때문에 아내에게 흰옷을 사주곤 했었다. 그런데 아내의 검은 도벽은 어디에 깊숙이 숨어 있다가 시도 때도 없이 불쑥불쑥 표출하는 것일까?

TV에 자기들이 중계되는 모습을 보며 범인들은 어린애처럼 즐거워하고 미처 못 다한 얘기들에 대해서 안타까움을 표시했다고도 한다. 줄만 잘 섰더라면 탤런트가 될 수도 있었을 것이라는 다른 범인의 얘기를 듣던 우두머리가 아내에게 권하기도 했다.

"화장이라도 좀 하지 그래요."

"괜찮아요."

"괜찮지 않으니까 하시오."

"......"

"우리도 남자들이오. 오히려 저 바깥에 있는 친구들보다 훨씬 더

동물적인 속성을 지닌, 남자라는 싱거운 표현보다는 수컷이라는 말에 더 가까운 사내들이란 말이오. 이 집에서뿐만 아니라 여기까지 오는 동안 우리가 유혹을 이기고 충동을 억제하기로는 그야말로 초인적이었던 경우도 적지 않았소. 그 점 하나만 기억해주시오.”

그의 말은 단호했다. 새벽에 일어나 화장은커녕 군빗질도 할 틈이 없었던 아내는 그 상황에도 세수를 하고, 수돗물이 흘러내리는 물소리에 촉발돼 속절없이 꺼이꺼이 울기도 하고, 그리고는 마지못해 기초 화장이나마 했다고 한다. 시청자들은 아내의 얼굴을 보면서 인질들이 조금 안정을 되찾은 모양이라고 여겼는지 모르지만 아내는 속으로 큰 울음을 삼키고 있었다고 했다. 왜 그런지는 확실히 알 수 없었지만 인질극이 급기야 클라이맥스를 향해 치닫고 있다는 느낌이 들었다는 것이다. 그런데, 나와 결혼한 이후 아내가 처음 훔친 물건들이 바로 그 화장품이었다. 백화점 화장품 코너를 몇 군데 순회하면서 로션에서부터 향수까지 아예 화장품 한 벌을 몽땅 들고 온, 정말이지 겁도 안 나게 통 큰 짓을 했던 것이다. 그러나 그건 아직 시작에 지나지 않았다.

아내의 예감처럼 극은 서서히 종국으로 접어들고 있었다. 범인 가족들이 몰려와 울고불고하면서 자수하라고 애원한 뒤, 범인들은 처음으로 요구사항을 제시했다. 경찰을 철수시킨 다음 승합차를 제공해주면 적당한 곳에 이르러 인질들을 차례로 한 사람씩 석방하겠다고 했다. 그런 뒤에는 어디로 갈 계획이냐고 묻자 그들은 홍콩이나 일본 등지를 고려하고 있다고 대답했다. 그렇지만 외국을 들먹이는 그들의 표정은 쓸쓸하고도 왠지 공허하게만 보였다. '해외여행 자유화조치'가 내려지기도 전이라서 대부분의 국민들에게는 아직 홍콩이든 일본이든 모두 그들이 꾸는 꿈나라보다 아득하고 비현실적으로만 인식되던 때였다. 한가롭게 여행을 떠나겠다는 무리들은 아닐망정, 누구도 함부로 이 나라를 떠나지는 못한다는 가위눌린 의식이 모두를 짓누르고 있었기 때문이다. 이 좁은 나라에서는 누구든 죄를 짓고 도망칠 꿈을 꾸어본다거나 아주 숨을 수는 없다는, 협소할뿐더러 또 가로막혔다는 국토 지정학적 상황 인식!……

"형님, 우리가 봉고를 타러 갈 때 저격하려고 저 짭새들이 노리고 있지 않을까요?"

숨막히는 긴장감을 씻어내기라도 하듯 범인들은 간간이 양주를 마시곤 했다. 그 집의 가장이 술을 좋아했기 때문에 그건 얼마든지 있었다.

"걱정 마라. 외나무다리를 건너가는 법은 따로 있다."

우두머리 사내는 끝까지 자신만만했다. 그도 술을 마시기는 했지만 그의 자신감은 술 때문이라기보다는 타고난 천품이 그렇게 시키고 있거나 마약 때문인 듯했다.

"이렇게 하자. 봉고를 내주면 약속대로 인질 하나를 풀어준다. 저기, 이 집 아들을 살려주기로 하자. 오늘 일도 겪었으니까 설마 우리 같은 놈으로는 크지 않겠지. 그런 다음 우리가 여자 하나씩을 안고 외나무다리를 차례로 건넌다. 한 팀이 무사히 건너는 걸 확인하고 다른 팀이 차례로 가면 걱정 없다. 어이, 막내야! 셋째딸을 데리고 나가서 봉고가 혹시 와 있는지 봐라."

그가 범인 중의 하나를 밖으로 내보냈다. 범인들 중에서는 나이가 제일 어렸고, 잔여 형기가 7년밖에 남지 않았다던 젊은이였다. 영악한 아내는 그 순간 사내가 어린 동료에게 자수할 기회를 주고, 자기 동생도 탈출시키고자 배려한 것임을 직감했다고 한다. 인질극이 시작된 이후 처음으로 마당을 지나 대문 밖으로 걸어나간 게 그들이었다. 그런데도 이 나이 어린 범인은 시위라도 하듯 대문 밖 십여 미터 거리를 한 바퀴 둘러본 다음 그냥 곧이곧대로 돌아와버리고 말았다. 사태는 이 일로 말미암아 걷잡을 수 없이 진전되었다.

"저런, 어리보기 자식!……"

다시 집 안으로 돌아오는 막내를 보며 사내가 탄식을 했다. 그래도 그의 얼굴에는 동료의 미더운 의리에 만족하는 게 틀림없을 미소가 엷게 비쳤다. 그 표정 그대로, 대문 안으로 들어서는 동료의 발치를 향해 그가 느닷없이 권총을 발사했다. 문간에는 노란색 국화 화분이 하나 있었다. 총알은 거기로 날아가 공교롭게도 소담스럽게 꽃을 피우고 서 있던 국화 줄기 하나를 톡 부러뜨렸다.

"막내야, 그게 바로 내가 주는 마지막 선물이다. 그게 내 마음이니, 어서 그걸 가지고 가라."

"형님!……"

"어서, 자식아!"

사내가 또 한 발의 총을 쏘았다. 그때서야 우두머리의 마음을 다 헤아렸는지 범인이 천천히 국화송이를 집어들었다. 그리고 진짜 꽃인지 확인이라도 하는 양 그걸 자기 코에 갖다댔다. 다시 고개를 든 그의 눈에는 이미 눈물이 홍건했다. 느닷없는 총소리에 놀라 잠시 우우 휩쓸려가던 관중들은 뒤를 힐끗 돌아보다가 해괴하기 짝이 없는 광경을 목격하고 다시 전열을 가다듬은 시위대처럼 앞으로 나서기 시작했다. 두 팔을 치켜든 손에 국화 한 송이를 들고 있긴 했지만 영락없이 푸주에 들어서는 소걸음으로 터덜터덜 걸어나오는 범인 하나가 눈에 띄었기 때문이다.

그가 밖으로 빠져나간 뒤 경찰의 수갑이 채워지는 순간, 집 안에서는 남은 세 명의 범인들끼리 다툼이 일어났다. 괘종시계가 때마침 열두 번을 치고 있었다. 점심밥을 어떻게 해야 될 것인가, 살림 꾼이었던 아내는 그 걱정이 앞섰다고 한다. 간밤 늦게 범인들과 함 께 둘러앉아 비교적 배불리 식사를 한 탓에 배가 고픈 건 아니었다. 다만 우두머리 사내는 목이라도 아픈 것처럼 밥을 넘기지 못하고 이내 수저를 놓아버렸기 때문에 어떨지 알 수는 없었다.

"같이 살고 같이 죽기로 했잖아요. 그런데 왜 형 마음대로 이러는 거요?"

흥분한 범인 하나가 사내에게 계정부리며 거칠게 항의했다. 나머 지 범인도 머리를 그의 가슴에 들이받으며 화풀이를 했다. 그때까 지 우두머리의 뜻에 따라 풍타낭타(風打浪打)하던 태도는 이미 찾아 볼 수 없었다.

"형, 나를 죽여요. 씨팔! 그러려면 차라리 형 손으로 죽이라 고!……"

"미안하다. 그렇지만 우리가 할 일은 다 했으니 억울할 일도 없 다. 저놈에게는 살아서 할 일이 있을 거다. 이제 우리끼리 어깨동무 나 하고 가자."

"그렇게는 못 하겠어. 늬미럴, 총 이리 줘!"

범인 둘이 합세해서 존조리 타이르는 우두머리에게 대들었고, 순 식간에 그를 넘어뜨리고는 총을 뺏는 데 성공했다.

"그만 하세요. 아저씨들끼리 싸우면 어떻게 해요?"

아내는 그들을 뜯어말리기 위해 애를 썼다. 위험 따위는 이미 관 심이 없었다. 자신이 인질이라기보다는 그들과 오랜 날을 함께 해 온 동료 같다는 느낌이 더 컸다. 총을 빼앗아 든 범인들은 이내 작 은방으로 사라졌다.

"이놈들아, 아니다. 아직은 아녀!"

우두머리 사내가 그들을 뒤쫓아가려고 벌떡 일어났다. 높은 음성으로 인해 그의 목소리가 찢겨져 나왔다. 아내는 그 순간을 놓치지 않고 그의 허리를 꽉 붙들고 늘어졌다.

"놔!…… 제발 놔줘. 그렇지 않으면 큰일 나!"

"안돼요. 바깥에서는 지금 혈안이 돼서 총 쏠 기회만 노리는 것도 모르세요?"

아내가 울부짖었다. 결사적으로 매달리는 아내를 떼어내기 위해 사내가 두어 차례 그녀의 등허리를 쥐어박았다. 통증도, 심지어 통증이라는 의식도 없었다. 아내는 그 상황에서 잇달아 울리는 두 발의 총성을 들었다.

"아무래도 내분이 일어난 게 아닐까요?"

내가 지휘본부장의 귀에 들릴락 말락 귀띔을 해주었다. 본부장이 내 쪽을 흘깃 쳐다보았지만 다른 말은 하지 않았다. 그 무렵 밖에서는 방 안의 상황을 알 수 없어서 모두 애를 태우고 있었다. 총소리가 들리자 범인들의 가족 중에 누군가는 실신해서 병원으로 옮겨지기도 했다.

시간이 한동안 다문다문 흘러갔다. 염치없게도 내 뱃속에서는 꼬르륵 소리가 났다. 아침을 거른 탓이었다. 시궁창 모래를 한 옴큼 물고 있기라도 하듯 입 안은 여전히 께름칙하고 썼다. 내가 해야 할 일은 따로 없었지만 함부로 자리를 뜰 수도 없는 형편이었다. 무슨 핑계가 좀 있었으면 하고 나는 간절히 원했다. 물론 인질극이 어떻게 전개될지 나로서도 궁금하지 않은 건 아니었다. 일등석에서 내내 극을 관람하는 것도 내게는 행운이었다. 올림픽 경기들을, 그리고 남자 백 미터 경주를 골인 지점에서 구경할 수 있었듯이…… 그렇다고 내가 잠시 자리를 비운 사이에 결말이 날 성싶지는 않았다.

주린 배를 움켜쥐고 내가 꼬르륵 소리를 재우고 있을 때, 사내는 다시 창가에 나타났다. 그리고 그는 사태가 어떻게 돼가고 있는지 듣고 싶어하는 관중들의 기대에 부응했다.

"이제 다 끝났다. 두 사람은 자살에 성공했다. 이제 나에게 마지막 시간을 다오. 그들 가엾은 넋들의 명복을 좀 빌어줄 시간을 다오. 요구했던 차량은 이제 더이상 필요치 않게 됐다. 대신 팝송 테이프 하나만 구해달라. 〈홀리데이〉라는 곡이 있을 것이다. 홀리데이, 그거 하나만 부탁하자. 여기 모인 경찰과 가족들에게, 그리고 시민들 모두에게…… 감사드린다."

말을 마친 그는 다시 모습을 감추었다. 본부장이 좌우를 둘러보았다. 나는 그 기회를 놓치지 않고 본부장을 향해 차려 자세로 경례를 붙였다.

"제가 가서 구해오겠습니다."

나는 그의 명령을 기다리지도 않고 뛰기 시작했다. 레코드 가게를 찾으면 잠깐이나마 화장실에 들러 양치질도 좀 할 수 있을 것이다. 그런데 그가 장송곡으로 삼으려고 하는 노래는 무엇일까. 그는 과연 그 노래를 들으면서 최후를 맞겠다는 것일까?

아내가 나와 결혼한 이후 지금까지 훔쳐온 물건 중에서 가장 부피가 컸던 것은 바로 전축이었다. 스피커가 두 대 다 별도로 있는 물건이었고, 부피는 아내보다 더 컸다. 순경을 거쳐 경찰 생활을 하는 동안 나조차 그렇게 덩치가 큰 물건을 훔치는 좀도둑은 본 적이 없었다. 그녀가 혹시 마음놓고 물건을 훔치기 위해 나와 결혼한 것은 아닐까 하는 의구심이 들기도 했다. 아내는 그 물건을 어떻게 훔쳐낼 수 있었을까? 나는 그때도 아내에게 손찌검을 했었다. 그녀가 아무 소리 없이 울고 결국은 나도 따라서 울었지만, 그녀는 끝내 그

수법을 실토하지 않았다. 전문가들이 흔히 자신의 비법을 공개하지 않듯이…… 나는 창고에 아무렇게나 버려진 손수레 하나를 보고 단서를 찾을 수 있었을 뿐이다. 거기에는 어떤 전축 가게의 라벨이 붙어 있었다. 나는 그곳에 찾아간 다음에야 아내의 놀라운 솜씨를 알았다. 그녀는 가게 밖에 쌓아놓은 포장도 뜯지 않은 새 제품을 골라 손수레에 옮겨싣고는 아주 천연덕스럽게 집으로 돌아왔던 것이다.

그렇다고 아내의 손놀림이 매번 뛰어났던가 하면 그렇지도 못했다. 현장에서 붙들려 나까지 망신을 당한 일도 한두 번이 아니었다. 백화점에서, 그리고 경찰서에서 내가 아내를 빼내온 일만도 몇 차례였던가?

아내는 이 나른한 세계가 도대체 시시하기만 할 뿐이어서 견디지 못하는 것일까? 그게 아니라면 현실적으로 내가 충족시켜주지 못하는 아귀 같은 물욕을 스스로 해결하자고 나선 것일까? 고대 희랍의 왕이었던 미다스(Midas)는 자기가 손을 대는 것마다 황금으로 바뀌게 해달라는 소원을 이루었다고 한다. 그러자 나중에는 음식까지도 모두 금으로 변해버리는 바람에 천상 굶을 수밖에 없었다고 했다. 아내는, 미다스를 꿈꾸는 걸까?

"〈홀리데이〉는 모두 세 개의 곡이 있는데요. 비지스, 스콜피온스, 미셸 뽈라레프……"

"그중에 제일 좋은 게 뭐요?"

"다 좋죠."

할 수 없이 나는 그 세 개를 전부 달라고 했다. 돈을 지불했느냐고? 물론 아니다. 그건 내가 듣자고 사는 게 아니기 때문이었다. 나는 그 사정을 말하고 나중에 돌려주겠다고 했지만 가게 주인은 틀림없이 믿지 않았을 것이다. 도둑놈!…… 그가 그렇게 말하는 소리가 들리는 듯했다. 그렇다. 아내뿐만 아니라, 나도 어쩌면 좀도둑에 지나지 않을는지 모른다.

"구실이야 어떻게 붙이든 우리나라에서 직업 가진 사람치고 촌지를 안 먹는 놈도 있을까? 말하자면, 좀도둑 소리도 억울할 놈이 있을까?"

내가 동료 경찰에게 그렇게 물었던 적이 있다. 아마 그날도 아내의 도벽으로 속이 언짢던 날이었을 것이다. 동료는 고개를 갸웃거렸다. 그러다가 일치를 본 한 사람이 있었다. 우리가 아는 어떤 작은 사적(史蹟) 건물에서 혼자 청소 일을 하는 사람이었다. 그는 말이 어눌하고 사람들이 많이 왕래하는 위치에 있지도 않았으므로 그러면 촌지를 먹을 일도 없겠다는 데 우리는 동의했던 것이다. 그러나 나는 확인하고 싶었다. 과연 그럴까? 결론을 말하자면, '아니올시다'이다. 우리는 모두 누군가에게 큰 도둑이거나 작은 도둑, 그것도 아니면 좀도둑이 틀림없다. 만약 이 말에 불만이 있는 사람이 있다면 내게 연락해줘도 좋다. 내가 직접 수사를 해볼 수도 있을 것이다.

테이프를 구해 돌아오자 지휘본부장은 다시 코맹맹이 소리가 나는 마이크로 그 사실을 범인에게 알렸다. 그가 이윽고 현관문을 열고 밖으로 나왔다. 왼손으로 아내의 팔을 붙들고 오른손에 든 권총으로는 자기 머리에 총구를 겨냥하고 있었다. 사람들을 뭔가 느껍게 하는 장면이었다. 자기 스스로 겨냥하지 않는다고 하더라도 경찰 수백 명의 총구가 그를 정확하게 조준해서 노리는 중이었다. 경찰도 칭찬할 만했다. 인질에게 위험스럽지 않게 그를 단번에 저격할 수도 있었지만 굳이 쏘려고 하지 않았다. 그가 부탁했던 마지막 순간을 방해하지 않으려는 마지막 배려라면 배려였다. 어쩌면 그가 만약 자기 머리에 총구를 대지 않고 인질에게 겨눴더라면 경찰이 저격했을 수도 있었으리라. 범인과 인질을 물끄러미 바라보던 본부장이 내게 턱짓을 했다. 나는 테이프를 높이 쳐들고 그에게 다가갔다.

"그거 〈홀리데이〉, 맞소?"

그에게서 술 냄새가 났다. 물고 있는 담배를 떨어뜨리지 않으려고 그랬는지 그의 입이 일그러져 있었다. 나는 고개를 끄덕거렸다. 내가 그때 처음으로 가까이 바라본 아내는 언 꽃처럼 보였다. 간밤의 서리와 눈비를 맞아 언 국화처럼.

"고맙소."

"별 말씀을……"

그가 내게서 테이프를 받았다. 내 손끝에 그의 손이 닿아 짧고 날카로운 정전기가 흘렀다. 나는 그 순간 하지 않아도 좋을 말을 내뱉고 말았다.

"힘내세요."

"……?"

왜 그 말이 느닷없이 튀어나왔는지 모를 일이었다. 그는 그게 무슨 뜻인지 모르는 것처럼 아무런 대꾸도 하지 않았다. 듣지 못했을 리는 없었다. 대신 하얗게 질려 있던 아내가 생판 처음 대하는 나를 빤히 바라보았다. 그녀에게서 아주 희미하게 분 냄새가 났다.

두어 발쯤 뒷걸음을 치다가 뒤돌아 서서 돌아가는 인질의 모습에서도 허점은 여러 차례 거의 완전히 노출되었다. 그러나 경찰은 그때도 총을 쏘지 않았다. 그가 집 안으로 몸을 감출 때까지 아무런 움직임도 보이지 않았다. 그 뒤 불과 이삼 분쯤의 시간은 다시 한없이 느리게 갔다. 시간이란 놈은 내내 잘 가다가 뭔가 구경거리가 있으면 잠깐씩 해찰을 일삼기도 하는 어린애가 분명했다.

비지스의 〈홀리데이〉는 그 직후 흘러나왔다. 돌아보면 천상에서 내린 축복처럼 화사하기만 하던 서울올림픽이 끝나고 두번째 맞은 휴일도 이미 한나절이 지나고 있었다. 내 또래 젊은 친구 하나가 그 노래를 따라 흥얼거리는 소리가 들렸다. 집 안에서도 누군가가 악을 쓰며 따라 불렀다. 한 번, 두 번, 세 번…… 노래가 반복되기를 서너 차례, 범인은 다시 창틀에 모습을 보였다가 사라졌다. 그리고 전축의 볼륨을 최대로 올렸다. 그래서 그가 다시 나타나 주먹으로 창문 유리를 깨는 소리조차 듣지 못한 사람들이 많았다.

"잘 사시오. 좋은 남자를 만나…… 살다가 아무리 재물이 없어도 남들에게는 가난하다고 실토하지 마시오. 돈 한푼 없어서 천원짜리 물건 하나를 외상으로 사야 할 때도 십만원짜리 수표밖에 없다고 부득부득 우기시오. 알아요? 동물 중에는 죽은 척해서 위기를 넘기는 놈들도 있고, 의태(擬態)라는 방식으로 아슬아슬하게 살아가는 놈들도 있는 데 비해서 사람이라는 머리 검은 짐승은 가진 척을 해야만 살 수 있는 존재지요. 세상에서 꼭두각시가 되기 싫다면 말입니다. 팔십년대 우리나라, 내가 죽어간 가을날의 풍경이 그것인데…… 이 말밖에는 줄 게 없어서 미안합니다. 참, 저 테이프를 경찰이 수거해가지 않으면 아가씨가 가져요."

그는 창틀에 발을 올려놓은 채 의자에 비스듬히 걸터앉았다. 행복하고 나른한 졸음기를 머금은 듯한 묘한 미소가 그의 얼굴에 가득 번져났다. 그는 그 자세로 유리 조각을 들어 자신의 목을 내리긋기 시작했다. 그래서 그 미소는 웃는 것인지 우는 것인지, 아니면 고통으로 일그러지는 것인지 짐작하기가 힘들었다. 아내가 밖을 향해서 미친 듯이 울부짖으며 무엇이라고 외쳐댔지만 노랫소리에 묻혀 무슨 말인지는 알 수 없었다. 아내는 훗날, 이렇게 소리쳤다고 했다. 이 포악한 놈들아, 제발 이 사람 숨을 좀 끊어줘. 그게 최소한의 예의잖아!······ 경찰 또한 아내의 외침을 듣지 못했지만 때마침 그들은 집 안으로 뛰어들며 사내의 가슴에 모두 너덧 발의 총을 쏘았다.

이로써 인질극은 막을 내렸다. 죄수들이 집단으로 탈주한 날로부터는 아흐레, 인질극이 시작된 이후로는 아홉 시간 만이었다. 더러 숫자를 따지기 좋아하는 사람들은 이를 두고 그들 탈주범들이 아홉 수에 걸렸다고 나름대로 의미를 부여하기도 했다. 그리고 그 사건 이후 사내를 모방한 범죄가 몇 차례 이어졌다. 이름부터 고약했던 '막가파'도 그중 하나였다. 그렇지만 그들 모두 신사도에 있어서만큼은 사내의 발가락에도 미치지 못했다는 의견이 많았다.

나는 사건이 끝난 지 얼마 되지 않아 아내를 찾아가 만났으며 그 뒤 결혼도 했다. 어쩌면 아내는 경찰인 내가 아니었더라면 군인과 결혼을 해야만 했을 것이라는 생각이 든다. 제복이 감추고 있는 정신이야 천차만별이겠지만 어떻든 그들은 외형적으로는 힘과 권력을 지닌 사람들이기 때문이다. 내가 그녀를 택한 이유도 동일한 것이었는지 모른다. 경찰의 길을 선택한 것과 비슷한 이유로 나 역시 그녀를 유혹했다. 나는 지금도 이따금 그녀의 얼굴에 오버랩되는 한 강인한 사내의 얼굴을 보고 깜짝깜짝 놀랄 때가 있다. 그녀도 그녀 자신의 얼굴을 두려워하고 있을까?

지난 일요일에도 아내는 백화점에서 작은 물건 하나를 훔쳤다. 나는 근무가 없는 날이라서 그녀를 미행하다가 그 장면을 목격했다. 물건을 고르는 체하다가 아내는 민첩하고 익숙한 솜씨로 붉은색 실크 스카프 하나를 마술사처럼 손 안에 말아쥐었던 것이다. 스카프는 집 안에 열 장도 넘게 있었다. 나는 그녀를 백화점측과 경찰에 고발하기로 작정했다. 그녀가 이미 약속한 일이었다. 그러나 나는 그렇게 하지 못했다. 돌아서던 그녀가 한순간 지어 보였던 아주 짧은, 야릇한 미소 때문이었다. 내가 어디선가 보았던 낯익은 미소가 아내의 얼굴에 득의양양 피어나고 있었다.

그녀를 경찰서로 끌고 가는 대신 나는 차에 태웠다. 눈치 빠른 아내는 이미 다 짐작하고 있다는 듯 체념한 기색이 역력했다.

"절에 가자. 가서, 재를 올려주자."

"……?"

"이제 그의 명복도 빌어주자. 그리고 우리들 기억 속에서 그를 깨끗이 떠나보내자. 그러고도 예전과 달라지지 않는다면…… 내가 너를 죽인다."

아내는 잠자코 있었다. 죽이겠다는 위협을 그녀가 얼마만큼 진지하게 새기고 있는지 궁금했다. 실제로 죽음의 현장에 있었던 사람이라면 위협 정도는 별로 심각하게 받아들이지도 않을 것이다. 그렇지만 상관은 없었다. 나는 주머니에 넣어두었던 물건을 꺼내 카세트에 꽂았다. 우리가 결혼한 이후 단 한 번도 같이 들어본 일이 없는 곡이었지만 나는 언제나 그걸 몰래 듣곤 했었다. 이윽고 전주가 끝나고 귀에 익은 노랫말이 흘러나오기 시작했다.

오, 당신은 휴일, 휴일 같은 존재죠.
오, 당신은 휴일, 휴일 같은 존재입니다.
……
수백만의 군중이 다 볼 수 있다고 하는데
어째서 내 눈은 보지 못하는 걸까요
……
딥딥딥딥딥딥 딥딥딥딥딥 딥딥
딥딥딥딥딥딥 딥딥딥딥딥 딥딥

아내는 기척도 하지 않고 그 노래를 들었다. 나도 카세트를 되감을 때가 아니면 필요 이상 움직이지 않았다. 노래가 세 번쯤 되풀이되고 있을 때에서야 나는 그녀를 흘긋 돌아보았다. 아, 그런데 그녀가 고개를 조금 내리깔고는 가랑비처럼 소리도 없이 눈물을 쏟고 있는 것이었다.

하릴없이 나는 길가에 차를 세웠다. 아내가 실컷 울도록 놓아둘 심산이었다. 정화(淨化)의 효험을 구하는 데 눈물만큼 좋은 약은 따로 없음을 나는 잘 알고 있었다. 그러면서 나는 투명한 액체만을 뚝뚝 떨어뜨릴 뿐 흐느끼지는 않는 그녀만의 독특한 울음을 약간은 뻔뻔스럽게 여겨질 정도로 빼꼼하게 바라보았다. 갈라파고스의 늙은 수도승 거북이 운다면 틀림없이 그 모양이었으리라. 내가 그런 눈으로 쳐다보았기 때문일까? 그녀가 갑작스럽게 내 품으로 파고들며 와락 울음보를 풀어놓고 말았다. 매양 소리를 죽여 울다가 처음으로 터뜨린 것이라서 그런지 아내는 끄윽 끅 신음하면서 숨막히는 짐승처럼 울었다.

우리는 거기서 오래 머물렀다. 나는 그때 알았다. 가엾은 아내가 여태껏 무겁게 이고 지고 왔을 가위눌린 악몽과 상실의 고독감, 그리고 올림픽 경기장의 애드벌룬처럼 부풀어올랐던 까닭 모를 헛된 물욕의 짐들을 이제 비로소 하나하나 편안히 부려놓고 있으리라는 것을.

검은 달 흰 구름

내가 왜 그 엉뚱한 이름에 항거하여 아니라고 고집을 부리지 않았는지 알 수 없다.
왜 아버지의 까만 구두 같은 고양이를 흰 구름이라고 하고,
오히려 흰 구름 같은 하얀 고양이를 일러 검은 달이라고 하자는데도
곧이곧대로 용납했던가를 말이다.
어쨌거나 아버지께서 나를 가르치셨던 최초의 바둑,
내가 바둑과 맺은 최초의 인연은 바로 그 흑백의 고양이 두 마리였다.

백돌 58을 봉수(封手)하면서 오전 대국은 끝이 났다. 입회인이 봉수점을 기록한 용지를 받아 서랍에 집어넣고 열쇠를 채웠다. 구부린 그의 등 너머로 보이는 그림 한 점이 이채롭다. '사호위기도(四皓圍棋圖)', 진시황의 폭정을 견디다 못한 네 사람의 호걸들이 상산(商山)이라는 곳에 은거하면서 바둑으로 소일하던 모습을 담았다는 그림이다. 비록 한국인끼리 결승에 올라 대국을 벌이고는 있지만 중국이 개최하는 세계 기전이라서 자기네가 바둑 종주국임을 은근히 드러내고 싶었으리라.

　상산이라면, 뒷날에 조자룡이 헌 칼 쓰듯 했다는 바로 그 상산(常山)과는 다른 곳이지 아마?

　나는 뜻 없이 상산이라는 지명을 머릿속에 떠올려본다. 백을 든 상대 기사가 내게 고개를 숙이더니 먼저 자리에서 일어난다. 바둑판 앞에 앉아서는 상대를 의식하지 말라고 했지만 사실 그는 내 바둑 스승이다. 나는 허리까지 숙여 답례를 하면서도 자리에서 바로 일어나지는 않는다. 대국 중간에 자리를 뜨면서 스승이 내게 인사를 한 건 이번이 처음이다. 그도 그럴 것이 공식적인 대국에서 우리가 이렇게 마주친 일이 전에는 없었기 때문이다.

중국식 표현대로 하루 낮도 이제 중화참에 이르렀고, 58수가 진행됐다면 바둑도 막 중반전에 접어든 셈이다. 지금까지는 진지를 구축하면서 서로 탐색전을 펼치는 포석 단계였으나 이제는 달라질 수밖에 없다. 팔 한번 뻗으려고 해도 상대의 몸을 자극하거나 심하면 급소를 치게 돼 있다. 그야말로 일촉즉발, 닿기만 해도 싸움이 벌어질 만한 상황이다.

내가 두었던 흑 57은 약간은 느슨한 수다. 기자는 절이라(棋者切也), 바둑을 두는 이들은 기회가 닥쳤을 때 모름지기 상대의 말을 우선 끊고 보아야 한다는 해묵은 속담대로라면 백은 봉수한 58의 수로 내 말의 허리를 잘라왔을 것이다. 사실은 내가 그걸 유인했다. 허술함을 슬쩍 내비침으로써 보다 치명적인 상대의 허점을 노릴 생각이었다. 공격을 하는 순간이면 누구에게나 허점이 드러나는 법이다.

물론 '학수고대(鶴首苦待)'라는 별명을 가진 스승이 이내 그걸 끊었으리라고 장담할 수는 없다. 만약 그렇게만 됐다면 반상은 그 순간부터 캄캄한 전운에 뒤덮이리라. 끊어서 피가 나오지 않는 곳이 없다는 바둑 격언도 있지 않은가. 세상 이치가 다 그렇다. 더더구나 세상의 축소판이라는 바둑이 예외일 수는 없다. 농부들끼리도 남의 물꼬를 막으려고 하다가는 대판 싸움이 벌어지게 마련이고 전장에서도 상대 보급로를 끊는 순간이 곧 전투의 시작이 아니던가.

반상을 한번 더 살피면서 자리에서 일어서는데 중국인 기자가 다가와 뭐라고 말을 건넨다. 어떻게 예상하고 있느냐고 옆에서 누군가가 통역을 해준다. 나는 그냥 목례만 한다. 북경에 온 뒤로 아예 입을 열지 않았었다. 매스컴마다 한국인, 그것도 스승과 제자가 나란히 결승에 올라 대국을 벌인다는 점만을 자꾸 부각시키는 게 싫었다. 백척간두에서 사제 대결, 여 제자가 칼을 뽑아 스승에게 하산 신고식!⋯⋯ 신문마다 온통 반응이 그랬다.

이번 대국에서 누가 지고 누가 이기든 스승과 헤어질 때가 된 건 확실하다. 대국이 끝나고 서울로 돌아가는 대로 짐을 꾸려 스승 댁에서 나오겠다고 작정은 이미 해둔 터다. 진작에 그랬어야 했다. 그걸 일러 하산이라고 한다면, 스승이 먼저 하산에 대해서 아무런 언급도 하지 않기 때문에 나로서는 그냥 눌러앉아 있었을 뿐이다.

점심은 거를 생각이다. 방에서 쉬는 게 낫다. 대국 때면 으레 점심을 건너뛰곤 했다. 사람들 앞에 나섰다가 그 일거수 일투족이 화제에 오르는 것도 달갑지 않다.

호텔 방은 미리 부탁을 해두었던 대로 아침에 나올 때의 모습 그대로다. CD플레이어의 스위치를 누르자 오래 들어왔던 노래가 흘러나온다. '박봉술' 명창의 판소리 〈적벽가〉 중에서 '공명'이 동남풍을 비는 대목이다.

바둑을 두는 이들에게는 독특한 버릇이 한두 가지씩 있다. 한겨울에도 합죽선만을 들고 나타나는 기사가 있는가 하면 톡톡 부러뜨리기 위해서 성냥을 두세 통쯤 준비해오는 기사도 있다. 한때 내게는 CD플레이어가 필수품이었다. 그걸로 〈적벽가〉를 듣곤 했다. 오촉 연합군과 위나라가 벌인 적벽강 싸움 부분을 따로 떼어 엮은 노래가 이 판소리다. 사람으로 국수를 삶듯 했다는 게 적벽대전의 실상이었다고 한다. 그렇거나 말거나 나는 좋다. 그런데 그게 무슨 청승이냐고 스승께서 나무라신 뒤 대국할 때만큼은 듣지 않는다. 그건 오래 전, 아버지가 즐겨 들으시던 음악이었다.

아버지도 어쩌면 무성한 말들의 늪에 빠져 침몰해야 했던 존재인지 모른다. 23년 전 그때…… 지금 내 스승이 학수고대라는 별명을 얻던 바로 그때, 나는 불과 여섯 살이었다. 아마 나는 그 순간 누군가에게 생떼를 쓰고 있었거나 한나절 내내 땅바닥에 퍼질러앉아 마른 울음을 억지로 쥐어짜고 있었을 것이다. 내 아버지, 그 가엾은 양반이 대국중이던 바둑판 위에 피를 토했다던 그때.

아버지는 그때 오십대 중반의 나이로 기량이 절정에 이르러 있었다고 한다. 지금 이 기전이 창설되면서 예선을 거쳐 먼저 결승에 올라 있었다. 그리고 또 한 사람의 기사가 이윽고 결정되었다. 불과 열일곱의 한국 청년이었다. 그가 세계 바둑사에 이른바 '소년시대' 혹은 '청년시대'로 불리는 한 시대를 열어제치던 순간이었다. 그때 신문 기자 하나가 아버지를 찾았다.

─십칠 세 청년이 도전자로 결정됐는데, 어떻게 보십니까?

─글쎄, 뭐. 아직은 바둑을 배우는 중이라고만 들었는데……

─승패를 어떻게 예상하십니까?

─하하…… 그거야 '용주배(龍珠盃)'는 모두 칠 국이니까 먼저 네 판을 이기는 사람이 여의주를 손에 쥘 수 있겠지요.

신문 기자는 그 말을 듣고 청년 기사에게 찾아갔다. 그리고는 이렇게 물었다.

─마독수 선생께서는 이번 기전을 통해 네 판만 가르쳐주겠다고 하시던데?

─그래요?…… 저는 세 판만 배우고 싶습니다.

아버지가 네 판만 가르쳐주겠다고 하자 그 청년이 세 판만 배우겠다고 했다던, 항간에 잘 알려진 그 유명한 일화는 이렇게 왜곡되어 탄생했다. 네 판만 가르치겠다는 말은 네 판을 먼저 이겨 타이틀을 쟁취함으로써 청년을 가르치겠다는 뜻이었고, 세 판만 배우겠다는 말은 일곱 번의 기전 중에서 세 번은 질 수 있지만 더이상은 지지 않겠다는 표현이었다. 그리고 사실 여부를 떠나서 큰 대국을 앞두고 벌어졌던 한마디 짧은 설전에서 판정승을 거둔 쪽은 그 청년 기사처럼 비쳐지기도 했다. 아버지가 신문사에 항의했지만 한번 내뱉어진 말과 글을 주워담을 수는 없는 일이었다. 무엇보다 사람들은 그 말을 믿고 싶어했다.

신문 기자가 고의로 만들어낸 예언처럼, 바둑은 그야말로 피를 말리는 일진일퇴를 거듭하면서 7국에 이르렀다. 그때까지 전적이 3승 3패였으니까 아버지는 세 판을 가르친 셈이었고 청년은 이미 세 판을 다 배운 셈이었다. 나머지 한 판에 모든 게 달려 있었다. 아버지가 네 판을 가르치게 될지, 아니면 청년이 세 판만 배우고 끝을 내게 될지.

마지막 대국은 개최지 중국에서 열렸다. 그 대국의 중반까지는 아버지의 바둑이 절대적인 우세였다고 한다. 텔레비전 중계에서 우리나라의 어떤 해설자는 『삼국지』의 한 인물을 예로 들어 그 상황을 극적으로 묘사해 갈채를 받기도 했다. 노익장의 대명사였던 '황충(黃忠)'이 정군산이라는 곳에서 조조의 젊은 장수 '하후연(夏侯淵)'을 베었다는 고사였다. 그 역시 나이든 이로서 내심 아버지의 편을 들고자 했었는지도 모른다.

아버지는 몇몇 국면에서 손해를 감수하면서까지 청년의 대마를 집요하게 쫓고 있었다. 대마만 수중에 넣으면 그 숨막히는 전투뿐만 아니라 바둑판 자체가 끝나는 일이었다. 눈에 불을 켜고 수를 치밀하게 분석하던 전문 기사들도 모두 아버지의 승리를 단언하는 순간이었다. 그런데 믿기 힘든 일이 벌어졌다. 그 청년이 아무도 예상치 못했던 자리에 손바람을 일으키며 자기 말 하나를 올려놓는 순간, 대마 전체가 살아버린 것이다. 해설자의 비명이 먼저 터져나왔다.

텔레비전에 비친 아버지의 얼굴은 그 순간 벌겋게 충혈이 되었다고 한다. 그러더니 재채기라도 참아내는 것처럼 어깨가 움찔거렸다. 화면에는 아버지가 손으로 입을 감싸는 장면이 크게 클로즈업되고 있었다. 잠시 후 아버지의 어깨가 다시 출렁이고, 아버지는 남은 왼손을 포개어 또 자신의 입을 틀어막았다. 그러나 이번에는 끝내 숨길 수 없는 것이 그 손바닥을 비집고 터져나오고야 말았다. 검붉은 핏물이었다.

바둑사에 전해지는 역사상 세번째의 '토혈지국(吐血之局)'은 그렇게 벌어진 일이다. 그 첫번째는 중국 북송의 고수였다는 '유중보'라는 이가 산 속에서 노파를 만나 바둑을 두다가 생긴 일이었고, 두번째는 일본 도쿠가와 막부 시절에 '인데쓰' 7단이 명인 '조와'에게 지자 그 반상에 피를 토했다는 얘기가 전해지는데 아버지가 그 세번째 기록을 더한 것이다.

한문의 에누리도 없는 표현 그대로, 그야말로 피바람에 휩쓸린 바둑알들이 반상에 어지럽게 흩어졌고 그 자리에 대신 핏물이 떨어졌다. 공교롭게도 아버지가 혼신을 다해 쫓던 상대방의 대마가 놓여 있던 바로 그 자리였다. 그렇지만 아버지는 아무 일도 아니라는 듯 소매를 끌어내려 핏물을 쓱쓱 닦았다. 그가 중얼거리는 소리도 또렷하게 새어나왔다. 내가 원래 폐가 안 좋아서……

바둑은 그걸로 끝이었다. 누가 몇 판을 가르치고 또 배웠는지, 그런 건 아무 의미도 없어졌다. 아버지의 한 맺힌 토혈지국도 젊은 승리자를 비추는 찬란한 스포트라이트의 뒷전에서 더 어둡게 가려져 드러나지 않는 듯했다. 세대교체가 그런 것이고 보면 이상할 일도 아니었다. 장강(長江)의 뒤에 오는 물결이 앞 물결을 밀어내며 흘러가는 것처럼.

그 이틀 뒤 국내 신문들에는 '용의 여의주를 쟁취한 청년'이라는 제호로 승리자에 대한 인터뷰 기사가 실렸다고 한다. 청년 기사는 거기서 자기 우승에 얽힌 비밀을 실토했다. 대국이 있기 전날 저녁, 그는 악어 농장에 혼자 산책을 나갔다고 했다. 무료함을 달래느라 그는 그냥 거기 서서 악어들을 무심코 바라보고 또 바라보았다. 그런데 악어들만의 특징적인 행위 하나가 그의 눈에 들어왔다고 한다. 사냥감이 바로 코앞에 다가올 때까지 놈들은 죽은 듯 꼼짝하지 않고 끈질기게 기다리다가 어느 한순간 됐다 싶으면 그때서야 몸을 날려 사냥감을 물고 놓지 않더라는 것이다. 그걸 보면서 깨달았던 게 기다림이었고, 그게 바둑에서도 주효했던 것 같다는 얘기였다.

이제 겨우 사춘기를 지났을까 말까 한 청년의 고백인데도 그 얘기는 사람들의 심금을 울리고도 남았다. 아버지의 각혈이 관심 밖으로 밀린 건 어쩌면 그 때문일 수도 있었다. 신문 기자는 그 얘기 끝에 학수고대라는 말을 썼다. 학이 오직 한 일념으로 길게 목을 빼고 기다리듯, 그 역시 숱하게 난타를 당하면서도 단 한 번의 기회만을 우직스럽게 기다렸다는 내용을 쓰면서 구사한 용어였다. 지금도 스승의 이름자를 대신하는 별명은 그때 붙여진 것이다.

그렇지만 사실에 보다 더 충실하자면, 그리고 또 그게 무례가 아니라면 그의 별명은 학수고대가 아니라 '악수고대(鰐首苦待)'여야 했다. 악어를 보면서 얻은 교훈이었으니까 말이다. 어쨌든 그게 신문에 나던 날 아침, 아버지는 가산을 정리해서 서해안의 선유도(仙

遊島)라는 섬으로 잠적해버렸다. 요양의 뜻이 아주 없지도 않았지만 스스로를 버리고 유폐하는 의미가 더 큰 행차였다. 실제로 그는 서울에, 아니 서울은커녕 뭍의 그 어느 강호에도 바둑을 두러 다시 나타나는 일이 없었으니까.

판소리는 어느새 적벽강 불 공격을 앞두고 촉나라 군사들이 마지막 작전 회의를 하는 대목으로 치닫고 있다. 관우는 조조를 베지 않고 살려 보낼 경우에는 자신을 참수해도 좋다는 군령장(軍令狀)을 올리고, 공명은 공명대로 조조가 만약 화용도(華容道)로 후퇴하지 않고 다른 길로 도망친다면 군령에 따르겠다는 뜻을 밝히고 있다.

제갈량도 바둑을 두었을까? 단 한 사람, 나보다 앞선 역사를 살았던 인물들과 만나서 바둑을 둘 수 있는 기회가 생긴다면 나는 주저하지 않고 그를 선택하고 싶다. 조조의 퇴각로를 훤히 알고, 관우가 끝내는 그를 놓아줄 것이라는 사실까지 거울을 보듯 미리 꿰뚫어 보고 있었던 인물.

바둑을 두는 기사들이 자꾸만 다른 상념에 빠져드는 건 좋지 않다. 큰 대국은 아마도 이번이 처음이어서 그런 모양이다. 간밤에는 북경의 달빛에 취해서 오래 잠들지 못했었다. 북경의 달도 서울의 달과 조금 다르지 않았다. 그 옛날, 대국 전날 저녁 스승은 악어를 보면서 큰 깨침을 얻었다는데 나는 그 괴괴한 달을 마주하고도 아무런 교훈도 얻지 못했다. 갈증이라도 달래듯 그냥 창문으로 흘러드는 달빛을 거푸 마시기만 했다. 그러니 어쩌면 내가 첫 판을 질 수도 있다. 달의 기운을 좀 받기만 했어도 좋았을 텐데……

커피 한 잔을 따라서 베란다로 나선다. 창틀에 먼지가 쌓여 있는 게 보이지만 그럭저럭 서 있을 만하다. 자전거를 타고 분주하게 길을 오가는 이들이 보이고 군데군데 공터에서는 한낮인데도 불구하고 삼삼오오 모여서 기공체조를 하는 모습이 눈에 들어온다.

바둑도 구도(求道)의 한 수단이 될 수 있을까?

아버지는 그걸 믿은 기사였다고 생각한다. 한정된 공간 안에서 상대보다 더 넓은 집을 짓고, 심지어는 상대가 애써 지은 집을 무너뜨려가면서 그곳에 내 집을 더 짓자는 게 바로 바둑이다. 그런데 그걸 구도의 수단으로 삼았던 것이다.

물론 바둑은 욕심만으로 되는 게 아니다. 헐리우드의 어떤 영화처럼 총소리가 울리는 순간 죽자 사자 말을 달려가서 남보다 먼저 말뚝을 박아놓으면 그때부터 그게 자기 땅이 돼버리는 게임과는 사뭇 다르다. 오히려 욕심을 버려야만 한다고 바둑은 가르친다. 남의 집이 커 보이면 진다는 말도, '선작오십가자필패(先作五十家者必敗)'라고 해서 초반에 먼저 오십 집을 짓는 이는 반드시 패하게 된다는 말도 그래서 생겨났다. 아버지는 혹시 우직스럽게 대마만을 쫓던 그 욕심, 당신 마음속에 얼룩으로 남아서 좀처럼 씻겨지지 않는 그 참담한 회한 끝에 절망하셨던 것일까?

'후지사와 슈코' 9단은 일본 바둑의 전성기 때 제1기 기성전 우승을 시작으로 내리 6연패의 위업을 달성했던 당대 고수 중의 최고 고수였다. 그에게 어느 날, 기자 한 사람이 찾아가서 물었다고 한다.

—선생님, 만약에 바둑의 신이 있다면 몇 점이나 놓고 두시겠습니까?

바둑의 9단이라면 당연히 입신(入神)으로 불린다. 그러니까 신전의 문턱에 이르러 있는 반신반인(半神半人)의 후지사와에게 정작 신을 만나면 어떻게 하겠느냐고 물었던 것이다. 그는 망설이지 않고 대답했다.

─뭐, 두 점이면 되지 않을까요?

기자가 고개를 끄덕거렸다. 그러자 후지사와가 무엇인가를 한참 골똘하게 생각하더니 조용히 입을 열었다.

─만약 내 목을 걸고 두자고 한다면, 석 점은 깔아야 되겠군요.

입신의 경지는 바로 거기다. 자존심도 그렇거니와 바둑 수에 관한 한 신과 더불어 반상 천하를 놓고 서로 네 땅 내 땅을 다툴 수 있는 처지인 것이다. 그리고 아버지도 명실상부한 입신 9단으로 당시 세계 최고봉이었다. 내 스승께서도 오래 전부터 입신에 이르러 있지만 당시는 물론 아니었다. 예로부터 중국에 전해오던 '위기구품(圍棋九品)'에 따르자면 '소교(小巧)'라고 부르던, 글자 그대로 작은 재주나 부릴 줄 안다는 4단, 그것도 약관에 미치지 못하는 사춘기 소년이었다.

아버지의 절망은, 그리고 충격은 혹시 그 대목에서 온 것이 아니었을까 하고 나는 오랫동안 생각하곤 했었다. 바둑과 관련된 수많은 격언들이 그렇고, 바둑에 인생의 경륜과 우주의 이치가 담겨 있다는 기분 좋은 얘기들은 바둑이 분명 무엇인가 함부로 도달할 수 없는 심오한 경지에 있는 게임이라는 것을 일러준다. 그런데 나이로도 오십 중반에 이른 입신이 사춘기 소년에게 패한다?

일본에는 이런 일화도 전해진다. 한 기린아가 매번 어떤 특정 상대에게 계속해서 지기만 하자 바둑을 때려치우고 산으로 들어갔다고 한다. 그는 그곳에서 바둑을 부러 잊고 계곡에서 물이 흘러가는 이치를 무심히 바라보고 새들이 본능적으로 노래하는 소리를 들었으며 산봉우리마다 서로 푸르름을 다투지 않는 모습들에 매혹됐다고 한다. 그리고 얼마 뒤에 산을 내려왔는데 그 뒤로는 항상 지기만 하던 상대를 쉽게 이길 수 있었다고 한다.

내 아버지의 편에 서자는 게 아니라 아버지에게 바둑이란 건 항상 그런 큰 의미를 담고 있지 않았을까 하는 것이다. 그런데 그게 어느 한순간 무너지고 만 셈이다. 그건 단순한 씨름 같은 걸 하다가 실수로 어린애에게 졌다는 것과는 분명 다른 의미를 갖는다. 당신 평생 최고의 가치로 믿어왔던 바둑이 사실은 그냥 손끝의 마술이 아닌가 하는 회의가 없을 수 없었던 것이다.

작은 섬이던 선유도 망주봉 아래쪽 해안에 속절없이 침몰한 빈 폐선처럼 숨어들어간 아버지는 늘 고적했다. 자식 하나 없는 팔자라서 더욱 그러셨으리라. 그의 은둔이 길어지자 나중에는 어머니도 그 섬으로 들어와 합류했지만 객지 타향에다가 궁벽한 섬이기까지 해서 돌아보면 앞산도 침침하고 뒤쪽 바다도 그저 망망하기만 한 곳이었다.

그즈음 어머니가 아이라도 하나쯤 입양해서 키우면 어떻겠느냐고 조심스럽게 제안했다. 아이를 키우다보면 시나브로 그애에게 정을 붙이게 될 것이고, 그렇게 되면 아이 교육을 핑계로 서울로 돌아갈 수도 있을뿐더러 바둑알도 다시 손에 쥘 수 있지 않을까 하는 생각에서였다. 아버지는 한동안 반대하셨지만 이내 마음을 고치셨다. 아니, 나중에는 더욱 적극적으로 그 일에 나섰으며 심지어 집착을 보이기까지 하셨다. 그리고 그해 겨울, 아버지와 어머니는 전국의 거의 모든 고아원과 보육원 등을 돌아다니셨다. 나를 찾기 위한 길고 긴 여행이었다.

우리가 서로 부모와 자식으로 만날 수 있었던 운명은 무엇이었을까? 아무리 친부모 친자식의 관계라고 하더라도 그 인연이 성사되는 비율은 몇억 분의 일 정도에 지나지 않는다고 말하는 사람도 있다. 아마도 그만큼 소중한 인연이라는 뜻을 담고 있으리라. 그런데 비록 친자식은 아니었지만 아버지는 나를 진정한 자식으로 받아들이기 위해서 그 이상 애를 쓰셨던 것만큼은 분명하다. 일일이 다리 품을 팔아가면서 나를 만나기 위해 전국 여러 곳을 헤매셨던 아버지다.

— 아이 하나 입양하려고 합니다.

— 염두에 두고 계신 아이가 있으십니까?

— 누구라도 괜찮소. 단, 고집이 센 아이면 됩니다.

— 고집이요?

— 예. 누구도 그 고집을 꺾을 수 없어서 아예 내놓은 아이가 없소?

내가 과연 고집이 센 아이였을까? 만약 그런 게 고집이라고 할 수 있다면 아버지는 제대로 찾으셨던 셈이다. 그게 아니다 싶으면 한 나절이든 두 나절이든 다리 뻗고 앉아서 우는 바람에 보육원에서는 실제로 나를 내놓다시피 했으니까.

처음 아버지와 대면하고 그에게 안겨 섬으로 들어가는 배를 기다리면서도 나는 아이들과 헤어진다는 사실 때문에 내내 울고 떼를 썼다. 아버지는 그런 나를 오히려 흡족한 눈으로 바라보셨다. 그렇지만 아버지의 선택은 올바르지 않았다고도 할 수 있다. 왜냐하면 결국은 내가 당신을 떠나왔으니까 말이다.

그 일은 어찌 됐든 아버지와 처음 만나던 날의 풍경은 결코 잊히지 않는다. 섬으로 향하는 배를 기다리다 말고 아버지께서는 한없이 울기만 하는 나를 달래기 위해, 그리고 새롭게 맺은 부녀의 인연을 기념하기 위해 발걸음을 돌려 다시 군산 시내로 향했다. 우리가 찾아간 곳은 애완동물 센터였다. 아버지는 거기서 새끼 고양이 두 마리를 사서 내게 안겨주셨다. 한 마리는 솜털처럼 하얗고, 또 한 마리는 아버지의 구두보다 더 까만 색이었다.

　—수연아, 이 고양이 이름을……

　아버지가 먼저 흰 솜털을 둘러쓴 것 같은 고양이 쪽을 가리켰다.

　—'검은 달'이라고 하자. 그리고 이놈은 '흰 구름'이다.

　내가 왜 그 엉뚱한 이름에 항거하여 아니라고 고집을 부리지 않았는지 알 수 없다. 왜 아버지의 까만 구두 같은 고양이를 흰 구름이라고 하고, 오히려 흰 구름 같은 하얀 고양이를 일러 검은 달이라고 하자는데도 곧이곧대로 용납했던가를 말이다. 어쨌거나 아버지께서 나를 가르치셨던 최초의 바둑, 내가 바둑과 맺은 최초의 인연은 바로 그 흑백의 고양이 두 마리였다.

　오후 대국 시각이 얼마 남지 않았다. 오 분 전까지는 대국장에 입장해 있어야 한다. 게다가 내가 도전자의 입장이어서 상대보다는 먼저 입장해서 기다리는 게 예다. 그러려면 지금 일어서야 한다.

　용주배 예선이 곧 열린다는 소식을 듣고 스승에게 넌지시 운을 뗐을 때, 스승은 그걸 언급하는 내 의도를 이미 간파하셨던 것 같다. 예선에 나가도 좋다고 허락하셨던 것이다. 그 동안 승단(昇段) 대회가 아니라면 어떤 기전이든지 참가하지 않는 걸 불문율로 여겨왔기 때문에 나는 사실 이번에도 크게 기대하지는 않았었다. 승단 대회라면 스승과 내가 단수가 틀리기 때문에 대회에서 만날 일이 아예 없지만 다른 기전들에서는 타이틀로 향하는 길목 어디선가에서는 한 번쯤 조우하지 않을 수 없는 것이다. 어쩌면 스승은 내가 예선을 통과하고 본선에 진출한 다음 최종 결승 대국까지 올라올 수 있으리라고는 예상하지 못하셨던 걸까?

　—수연이, 밥 먹었나?

반상을 살피고 있는데 스승이 들어와 앉으면서 불쑥 묻는다.

—예.

—먹어야지.

대국중에 스승이 던지는 질문들은 대개 아무런 뜻도 없다. 어떤 때는 내가 무슨 말인지 잘 못 알아듣고 반문을 하는데도 그게 옳다고 말하는 경우가 있다. 수 읽기에 골몰해 있다보면 그 정도는 아무것도 아니다. 실은 밥을 먹었다고 한 내 대답도 건성이었다.

그사이 두시 정각이 되고, 입회인이 봉수했던 백 58의 수를 확인하라고 내게 보여준다. 예상했던 대로 스승은 내 말을 끊지 않았다. 대신 아래쪽 변에서 내 진영을 갈라 쳤던 외로운 한 수를 보강한다. 거기도 분명 선수(先手)의 의미가 있는 곳이긴 하지만 아무래도 좀 작은 곳처럼 보인다. 옛적 아버지 같으면 크게 화를 내실 그런 수다. 그러나 지금쯤 텔레비전의 해설자는 해설자대로 이 수야말로 학수고대의 진면목을 엿볼 수 있는 수라고 설명할지도 모르겠다.

스승의 별명이 학수고대라면 사람들이 내게 붙여준 이름은 '망부석(望夫石)'이다. 참고 기다리는 일만큼은 나도 일가견이 있다. 망부석은 내 기풍 때문에 붙여진 것이기도 하지만 언론사 기자들이나 바둑 팬들이 왜 그 별명을 유독 선호하는지 내가 모르는 건 아니다. 그건 설화에 등장하는 주인공처럼 마침 내가 여자인데다가 아직 미혼이기 때문이다. 그러니까 아내가 남편을 기다리다가 돌로 굳어버렸다는 뜻이 아니라 결혼하기 위해서 신랑감을 기다린다는 의미가 담겨 있다.

두어진 모든 바둑의 한 수 한 수는 거의 언제나 중층의 의미를 지니고 있다. 몇 겹의 의미로 포장되기 마련인 불가의 선문답처럼 상대가 수를 놓으면서 내 뜻을 물어오면 나는 어떤 식으로든 대답을 해야 하는데 그 수는 단순한 대답이 아니라 대답이면서 동시에 질문이 되게 하는 것이다. 그러고 보면 백 58의 수는 혹 57을 두었던 내 의중을 훤히 꿰뚫어보면서도 딴지를 거는, 이를테면 내 의표를 찔러보는 그런 수다. 자신이 물러설 지형을 미리 살피고 나서 내가 다가오기를 기다리고 있다. 역시 스승은 학수고대의 초식을 펼쳐 보이려는가보다.

백이 내 말을 끊어오지 않는 바람에 이제 상대의 말을 끊을 권리가 나에게 주어졌다. 스승의 의중은 과연 무엇일까? 어쩌면 스스로는 분란을 일으키지 않겠다는 뜻으로 해석할 수도 있다. 끊으면 싸움이 벌어지는데 굳이 이전투구(泥田鬪狗)를, 글자 그대로 진흙땅에서 서로 뒹굴며 다투는 개들처럼 몸을 더럽힐 필요가 있겠느냐는 것이다. 그러니 나한테 오히려 자기 말을 끊어달라는 주문일 수도 있다. 어떻게 응수해야 할까?

아버지가 흰 고양이에게 붙여주신 이름인 검은 달과 검은 고양이에게 붙인 흰 구름!…… 나는 그것들의 실체를 어린 날 선유도의 바닷가에서 만난 적이 있다.

집 뒤로 나 있는 산길을 따라 조금만 올라가면 거기 아버지가 올라가 즐겨 쉬시곤 하던 너럭바위가 하나 있었다. 주변에는 세월에 시달린 큰 해송도 몇 그루 있어서 그냥 자연이 베풀어놓은 정자 같은 곳이었다. 아버지께서는 거기를 '식파정(息波亭)'이라고 불렀다. 파도가 쉬어간다는 뜻이라고 했지만 거기서 내려다보면 파도는 거의 언제나 몸을 뒤척이고 있었으며 그 파도에 놀란 갈매기만 이따금 날아와 지친 날개를 접다 가곤 했다.

그곳은 이를테면 아버지의 성역 같은 곳이었다. 어느 집 안에나 그 집 가장의 자리라고 묵시적으로 정해진 공간이 있듯이 그곳이 바로 누구든 함부로 침입할 수 없는 아버지의 자리였다. 그 바위 한쪽에는 바둑판 넓이만큼 바닥이 매끄럽게 잘 골라진 부분이 있다. 누군가가 거기에 바둑판을 새기다 만 것처럼 손질이 아주 잘 돼 있었다. 거기다 가로 세로 19로(路)의 길만 내면 바둑판이 완성됐을 텐데 그게 없어 늘 아쉽던 기억이 있다. 그러나 나는 그곳을 깎아 다듬었던 이가 다름아닌 아버지였다고 믿고 있다. 그리고 아버지께서는 일을 하다 마신 게 아니라 그것으로 마무리를 지으신 것이라고 믿는다. 19로가 일일이 새겨져 있는 바둑판이 아니라 오히려 그게 없는 눈먼 바둑판을 통해서 아버지는 더 넓은 반상 세계를 보려고 하셨을 것이다.

아버지가 나를 그곳으로 처음 데려가셨던 날의 정경도 그런 것이었음은 두말할 나위가 없다. 달이 아주 밝았으며 무척 추웠던 것으로 미루어볼 때 아마 그 이듬해 정월 대보름이 아니었던가 싶다. 아버지는 춥다고 엄살을 부리는 나를 당신의 외투 앞자락에 꼭꼭 싸안고는 그 너럭바위에 앉으셨다.

—아가, 저기 달을 봐라. 참 밝지?

—……?

—그리고 달 위에 흘러가는 구름도 좀 보거라.

여민 외투 사이로 얼굴을 조금 내밀어 나는 훔쳐보듯 바다 끝을 바라보았다. 검은 바다 위로 드리워진 검은 하늘에 잘 깎아놓은 배의 속살처럼 새하얀 달이 떠 있었다. 달 위로는 검은 비단자락 같은 구름이 누군가 그 끝을 잡고 펄럭거리기라도 하는 양 흘러가고 있었다. 당연하게도 구름은 검고 달은 희었다. 그 순간 영악하기 그지없던 나는 거짓말을 떠올렸다. 보육원 생활을 견디면서 본능적으로 몸에 익힌 것이기도 했다.

　—아빠, 달이 우리 고양이처럼 새까만데?

　—그래? 넌 정말 그렇게 보이는 거냐?

　—예. 달을 까맣게 바꿔보면 그땐 하늘도 구름도 다 하얗게 보여요.

　—아, 저런!…… 네가 나보다 더 낫구나.

　돌이켜보면 아버지는 나에게 역지사지의 교훈을 주고자 했던 것 같다. 흑돌을 잡았을 때는 백의 입장에서 살필 줄 알아야 하며 백돌을 쥐고 바둑을 둘 때는 흑의 관점에서 판세를 읽을 줄 알아야 한다는 가르침이었다. 물론 지금이라면 몰라도 당시로서는 요령부득의 문제가 아닐 수 없었다. 아니, 애초부터 불과 여섯 살의 내게는 어렵다거나 쉽다는 판단조차 가능하지 않았다. 그러니까 돌이켜보면 아버지는 내게 말하는 동시에 당신이 듣고자 했던 것이며 내게 가르치면서 정작 당신이 배우고자 애쓰셨던 셈이다.

　그것은 아버지가 내게 보여주셨던 또다른 교훈이며 사랑의 상징이었던 바둑돌과 바둑판으로도 엿볼 수 있는 일이다. 내가 고사리 같은 손으로 처음 쥐었던 바둑돌은 아버지께서 수도 없이 바닷가를 오가며 직접 하나하나 주워오셨던 181개의 흑돌과 180개의 백돌이었다. 아무리 궁벽한 섬이라고 해도 선착장에 있는 슈퍼마켓만 가면 바둑알을 얼마든지 구할 수 있었다. 그런데도 아버지는 굳이 섬의 앞뒤 백사장을 다 뒤져 모양과 크기가 거의 일정한 것들로 그걸 장만하셨다. 그게 정성이었고 또한 인내와 구도의 과정이기도 했다.

　바둑판도 예외는 아니었다. 전에 일찍이 목수들이 쓰는 연장을 손에 쥐어본 적이 없으셨을 아버지는 당신 손으로 톱과 자귀, 도끼, 대패 등을 쥐고 바둑판을 직접 만들어냈다. 내 바둑 세계는 두 마리의 고양이를 거쳐 식파정에서 보던 달과 구름과 갈매기떼를 지나

비로소 그 바둑판에서 열렸다. 그 울퉁불퉁하던 못난이 바둑판, 그렇지만 우리 부녀의 손때가 묻어 반질반질해졌던 그 정겨운 바둑판을 아버지는 혹시 바닷속에 던져버리지나 않으셨을까?

장고 끝에 나는 흑 59를 결정한다. 나 역시 상대의 말을 끊는 대신 우변 고립된 말을 중앙으로 한 칸 뻗어두는 선에서 양보를 하고만다. 끊고 싶은 마음이야 굴뚝같지만 상대가 원하는 대로 둘 수는없다. 그런데 사실 59는 내 나름대로는 더 큰 노림수라고 할 수 있다. 늦게라도 상대가 내 말을 끊어올 경우에 축 머리로 삼아서 붙잡거나 아니면 '우하 귀' 상대의 집에 침입해서 파가(破家)할 수 있는 '맞보기'로 둘 다 활용이 가능해지기 때문이다.

바둑판 건너편에 앉은 스승이 59의 착점을 보더니 학처럼 내 쪽으로 길게 목을 늘여빼신다. 그가 숨을 쉬는 소리까지 들을 수 있을 지경이다. 장고에 드는 신호이기도 하다. 문득 스승 댁 일층 응접실에 꿇어앉아 바둑을 배우던 날들처럼 마음이 놓이고 편안해진다. 앞으로 그런 날은 다시 오지 않을 것이다.

아버지에게 바둑을 배운 날들이 13년, 그리고 지금의 스승과 함께한 날이 7년 세월이다. 그러니 여섯 살 이후 꼬박 20년을 바둑과 함께했다. 내 스물아홉 생애 거의 전부를, 가로 세로 두 뼘의 공간을 열아홉 개의 선으로 촘촘히 나눈 반상에서 다 보낸 셈이다. 개다리소반 하나보다 결코 넓을 게 없는가 하면 바둑알들이 놓여짐에 따라 세상 만물의 형상을 다 보여주기도 하는 곳!…… 그런데 그 이치를 올바로 읽어내지 못하면 어느 누구나 바보가 되고 만다. 오랜 세월 들여다본 곳이 기껏해야 두 뼘 공간에 지나지 않기 때문이다. 누구라고 할 것도 없이 사실은 내가 그랬었다. 3년의 세월을.

쪽지 한 장 남기지 않고 섬을 떠나는 밤배에 몸을 실은 건 고등학교를 졸업한 이듬해 봄의 일이었다. 십 년이 훨씬 넘도록 섬은 아무 것도 변한 게 없었는데 나는 훌쩍 커 있었다. 어린아이 때 입던 옷을 상기도 그대로 걸치고 있는 듯한 남루함과 답답함에서 탈출하고 싶은 마음뿐이었다. 부모의 사랑이 부족했던가? 그건 결코 아니었다. 그저 숨막힐 정도로 고즈넉하기만 했던 섬 풍경이 그 무렵 나를 서서히 질식시키고 있었을 뿐이었다.

그 오랜 세월 동안 단 하루도 빼놓지 않고 씨름해야 했던 좁은 바둑판의 세계도 이미 신물이 날 지경이었다. 반상에서 전개될 수 있는 온갖 가능한 모든 수를 다 섭렵한 것 같으면서도 돌아서면 금세 막막한 우주 공간에 혼자 버려진 미아처럼 헤매다가 녹초가 되고 마는 게 그 행로의 수순인 것만 같았다. 변명 같지만 그나마 버틸 수 있었던 것도 타고난 내 고집 때문이었는지 모른다. 그러나 나는 꿈 많은 사춘기 섬 처녀였다. 바둑판 앞에 앉으면 온몸이 다 근질거리는 바람에 견디기 힘든 지경이었다. 눈앞에 펼쳐지는 현실의 봄이 마구 꿈틀거리는 것처럼 나도 좀 기지개라도 켜고 싶었다.

그 뒤 3년 풍상은 혹독하고 길었다. 밤길을 전전하면서 웃음을 팔던 일과 내 몸을 숙주 삼아 기생하는 남자들과의 잇단 동거는, 이야기하자면 길지만, 내가 굳이 원해서 이루어진 일은 아니었다는 사실만 고백하자. 그리고 그 끝의 자해로 말미암아 지금껏 고스란히 후유증으로 남겨진, 여성으로서는 치명적인 신체적 결함까지가 모두 그 혹독한 풍상의 상처였다.

또 있다. 한낱 노름꾼에 지나지 않는 하수들과 내기 바둑에 빠져 지내던 과거!…… 그건 내게 몸을 팔아서 쌀을 사는 일보다 더 싫은 일이기도 했다. 보통의 여자들이라면 이 말을 믿을 수 있을까? 그렇지만 사실이다. 아버지의 가슴에 못을 박으면서 떠나온 바둑, 한때는 최고가 되겠다고 꿈꾸었던 그 바둑으로, 기껏 망가질 대로 망가져버린 몸뚱어리나 연명시키자는 게 무엇보다 싫었다.

그렇게 내기 바둑으로 내 영혼을 파먹느라 골몰하던 어느 날, 나는 우연히 아버지에 관한 오래 전의 일화를 들었다. 둘러앉아 바둑을 구경하던 이들이 저만치 물러앉았더니 한담으로 꺼낸 얘기가 그것이었다.

— 그나저나 옛적 마독수 9단은 죽었나?

— 죽진 않았을걸? 글쎄, 은퇴했나?

— 토혈국이 기막혔는데, 그걸 끝으로는 못 본 것 같거든.

— 토혈국인지 토란국인지, 그게 다 학수고대를 위한 잔칫상이었지 뭐.

— 그래, 맞아. 어린것이 딱 세 판만 배우겠다고 말하던 당돌함도 참 대단했지.

나는 그들이 나누는 얘기에 두 귀를 세웠다. 처음으로 아버지 개인의 과거사를 듣는 순간이었다. 누구도 내게 그 사연을 들려준 사람은 없었기 때문이다.

두던 바둑을 아예 작파해버린 채 나는 한낮인데도 불구하고 그들을 호프집으로 이끌었다. 맨정신으로는 도저히 들을 수 없는 얘기이기도 했다. 가엾은 아버지!……

그곳 호프집에서 시작해서 집으로 돌아오는 길까지, 그리고 방구석에 처박힌 채 나는 어린 시절 아버지에게 안겨 섬으로 처음 들어가던 날만큼이나 울었다. 그들은 늙은 사자가 젊은, 아니 젊다고 할 수도 없는 어린 사자의 일격을 받아 끝내 회복되지 못한 채 밀림에서 도태된 게 아니겠느냐는 말로 내 동의를 구하기도 했다. 그들이 지켜보는 자리에서 울고 또 울면서도 나는 마독수 9단이 내게 어떤 존재인지를 밝히지 않았다. 그 대신 아버지의 기구함을 떠올리다가 울고, 나 자신에 대한 회한 때문에도 흐느껴 울었다.

섬으로 다시 돌아가겠다고 나는 작정했었다. 정말이지 그렇게 하고 싶었다. 가서는 무릎 꿇고 아버지에게 빌고 싶었으며 바둑은 버리더라도 또다시 아버지를 떠나지는 않겠다는 다짐도 했다. 그러나 나는 섬으로 향하는 대신, 학수고대, 그 길을 물어 지금의 스승 댁으로 발걸음을 돌렸다.

— 참으로 가정부를 자청해서 온 거요?

사흘째 그 댁 대문 앞을 지키고 서서 떠나지 않자 나를 불러들여 스승이 처음 물으셨던 말이다. 젊은 처자가 가정부를 자청한다는데 누구나 금방 곧이들을 만한 얘기는 아니었으리라.

— 숨김이 없어야 가정부로 쓰든 손님으로 받든 할 게 아니오?

— 그냥 가정부로 이 댁에 있고 싶습니다.

— 특별히 우리집을 고른 이유가 있소?

— 선생님의 바둑이 좋아서요.

— 바둑을 아시오?

나는 그렇다고 대답했다. 스승께서 다시 나를 한번 훑어보았다. 삼십대 초반이었던 그의 눈빛은 어린아이의 그것처럼 맑고 깊었다. 얼굴은 희고 턱이 안정되게 발달해 있어서 어떤 일이 닥쳐도 흔들리지 않을 것 같다는 느낌을 주었다. 실제로 그는 나를 대하고 앉아 있으면서도 석불처럼 미동조차 하지 않았다. 이미 반상 천하를 제패하고 있는 지존의 위엄이 온몸에 배어 있었다.

— 얼마나 두지?

—두 점이라면 누구에게나 한번쯤 가르침을 청할 만합니다.

—……?

—선생님께는 석 점으로 가정부의 일자리를 사고 싶습니다.

—누구에게 배웠는데?

—독학을 했습니다.

—그렇다면 가정부에 뜻이 있는 게 아니라 수를 한번 시험받고자 원하는 거요?

—아닙니다. 진정으로 선생님 댁에서 일을 하고 싶어요. 그럴 수 있다면 제겐 영광입니다.

나는 계속해서 고집을 부렸다. 가정부로 있게 된다면 그 입장에서 감히 배우고 자시고 할 수는 없는 노릇이었다. 당시로서는 그에게 따로 사사를 받고 싶다는 생각도 특별히 없었다. 다만 자나깨나 그를 지켜보면서 꾸준히 독학할 수 있다면 그것만으로도 충분하겠다는 게 내 계산이고 각오였다.

—과연 그 일자리를 살 수 있는지 돌로 가려볼까?

—고맙습니다.

바둑판 위에 내가 흑돌 석 점을 깔자 그는 눈을 지그시 감았다. 산중의 왕인 호랑이가 토끼 한 마리를 사냥할 때에도 전력을 다하는 법이다. 그가 속으로 그렇게 말하고 있는 것 같았다. 아버지, 기다리세요. 나는 속으로 그렇게 외쳤다.

자, 아가. 이 바둑알로 갈매기를 그려볼까? 오냐. 앉아서 쉬고 있는 갈매기구나. 이번에는 물고기를 낚아채는 새도 한번 만들어볼까?…… 스승과 처음 마주 앉아 대국하던 시간, 내 기억은 선유도의 그 정자에 가 있었다. 잔잔한 파도가 저녁노을을 받아 황금빛으로 물드는 시각이었다. 아버지가 고양이에게 검은 달과 흰 구름이라는 이름을 붙여주셨듯이 나는 해송에 앉아 쉬어가곤 하는 갈매기 모두의 이름을 지어 부르곤 했었다. 노란 원추리며 돌부처며 회색 상어며.

　—일곱 집을 좁히기 어려운가?

　바둑이 종반에 이르자 스승이 혼잣말처럼 중얼거렸다. 나는 아무런 대꾸도 하지 않았다. 아직도 갈 길은 많이 남아 있었지만 그 길의 끝은 이미 정해진 형세였다.

　돌이켜보면 그게 비록 공식적인 대국은 아니었다고 하더라도 스승과 마주 앉아 끝까지 두어본 처음이자 마지막 바둑이었다. 가르침을 주고 배움을 받는 입장에서는 막상 직접 대국을 하는 경우는 거의 없기 때문이다.

　—약속대로, 오늘부터 우리집에서 함께 지내지.

　바둑이 끝나자 그가 말했다. 나는 자리에서 일어나 스승에게 큰절을 올렸다.

　—허허, 내가 호랑이 새끼를 거두어들이는 건 아닌지 모르겠군.

　—……!

　나는 가슴이 뜨끔했다. 내가 아버지에 대해서 실토했더라면, 아니 스승께서 나에게 조금만 더 관심을 가졌더라면 그 호랑이 새끼라는 표현은 의심할 바 없는 사실이 됐을지도 모른다. 나 자신은 호랑이 새끼가 아닐지 몰라도 아버지는 호랑이 이상이었으니까 말이다. 그렇지만 스승은 내 개인의 신상에 대해서는 더이상 관심을 두지 않았다.

　그렇게 해서 가정부도 아니고 내제자(內弟子)도 아닌 어정쩡한 생활은 시작되었다. 그게 오늘까지 7년 세월이니까 계절로만 따져본다면 지금의 내 나이만큼이나 바뀐 셈이다.

장고 끝에 백이 둔 수는 의외다. 그전에 두었던 58에 이어 눈 목(目)자 벌림으로 '좌하귀' 내 집 쪽으로 꼬리를 길게 내린 것이다. 그 바람에 하변 일대가 백 집으로 굳어지면서 내 집의 앞마당을 크게 잠식해온다. 중앙 대마를 끊고 싶거든 끊어보라는 주문을 한 셈이다. 기회가 왔다는 생각이 든다.

호텔 방을 나올 때 CD플레이어를 끄지 않았다는 사실이 문득 떠오른다. 판소리 〈적벽가〉는 지금쯤 화공에 크게 패한 조조가 군사 몇 명만을 거느린 채 이리저리 쫓기는 장면을 가고 있을 것이다. 그 부분에서 참으로 비장하게 펼쳐지는 '새타령'!…… 나는 그 대목을 듣기 위해 판소리 〈적벽가〉를 처음부터 틀곤 했었다. 적벽강에서 죽은 군사들이 원조(怨鳥)라는 한 맺힌 새가 되어 조조 앞에 날아와 우짖는 내용이다.

'소탱 소탱 저 흉년새, 입삐추입삐추 저 삐쭉새, 꾀꼬리 쑤리루리루 저 꾀꼬리, 고리까까욱 저 까마귀, 수루루루 저 호반새, 노구지리 노구지리 저 종달새, 따옥따옥 저 따오기!……'

바둑이 다 끝나고 난 뒤에는 적벽강을 한번 찾아가보고 싶다는 생각이 문득 인다. 아버지께서 〈적벽가〉를 그토록 즐겨 감상하셨던 것은 혹시 당신의 심사를 조조가 대변하고 있다고 여기셨기 때문은 아니었을까? 그야말로 새타령에 들어가는 초입처럼, '산천은 험준허고 수목은 총잡(叢雜)헌디 만학(萬壑)으 눈 쌓이고 천봉(千峰)으 바람 칠 제……'

끊고 싸울 것인지, 아니면 지킬 것인지를 놓고 나는 고민에 빠진다. 어느 길을 가든지 백의 주문에 영합하는 수다. 시간이 허락한다면 그 적벽강을 한번 찾아가보고 싶다. 지금도 강변에서는 틀림없이 새들이 울고 있을 것이다.

　고스란히 나에게 전수된 아버지와 스승의 가르침은 오늘 내 바둑의 살과 뼈를 이루고 있다. 그 살과 뼈처럼 두 분의 기풍은 차이가 있었다. 아버지는 당신이 바닷가에서 직접 주워 모으신 돌들을 내게 쥐어주면서 나를 바둑의 세계로 이끌어주셨던 분이다. '기다림의 미학(美學)'이라고 내 바둑을 평하는 이들이 있지만 내 바둑에는 파도처럼 거칠게 소용돌이치는 일면도 없지 않다. 망망대해 한가운데 섬처럼 놓여지는 바둑돌, 그래서 사면에서 몰아치는 파도와 다투는 형상, 그게 내 바둑의 참모습 가운데 하나다. 그 반면에 스승께서는 실리와 안정을 철저하게 중시한다. 땅콩을 볶아놓고 조금이라도 큰 순서대로 차례차례 골라먹듯이 반 집이라도 더 큰 자리에 먼저 착수하라고 엄하게 꾸짖곤 했다.

　아버지, 다시 섬으로 돌아갈게요.

　나는 이윽고 오랫동안 별러왔던 대로 중앙 백 대마를 끊는다. 이제 한바탕 이 섬에 태풍이 몰아치고 풍랑이 높아질 것이다. 영리한 어떤 갈매기들은 이때를 놓치지 않고 먹이를 사냥한다. 파도에 휩쓸리는 물고기들을 노릴 수 있는 좋은 기회가 되기 때문이다. 나 역시 이 싸움에 움츠러들거나 피할 생각은 없다. 태풍을 불러들인 사람도 바로 나다.

　바둑이 모두 끝나면 정말이지 섬으로 돌아갈 생각이다. 이기든 지든 그건 상관하지 않는다. 끝내 외면하지만 않으신다면 아버지를 업고 섬을 한 바퀴 돌고 싶다. 그는 나에게 세상 어느 곳에도 없는 바둑돌을 선사하기 위해서 그 바닷가를 몇 번이나 도셨을 것이다. 그러니 아버지를 업고 섬을 한 바퀴쯤 일주하는 일은 아무것도 아니다. 아버지께서는 이제 많이 늙으셨을 테니까 내가 업는 데도 훨씬 수월할 것이다.

그래, 모든 아버지들은 모두 노인이 된다. 하지만 그냥 늙어가고 그냥 가벼워지는 건 결코 아니다. 우렁이가 새끼들에게 제 몸뚱이를 나누어주고 자신은 빈 껍질만 남게 되듯이 자식들을 하나둘 살찌우고 장성시키면서 사라져간다. 말하자면, 스스로 사라져가는 길로 접어드는 것이다. 나는 너무도 늦게 이 평범한 사실을 깨달았다.

그런데 참 이상한 일이다.

백돌을 끊은 내 흑의 수 61을 가만히 내려다보자니까 묘한 느낌이 든다. 아까 스승께서 내 집 마당 쪽으로 슬그머니 다리를 들이밀었을 때도 사실은 그랬었다. 한순간 그가 바둑판이 놓여 있는 탁자 아래로 손을 내밀어 내 무릎을 만지는 듯한 착각이 들었던 것이다. 그런데 막상 반상의 한가운데 백 대마를 덜컥 끊고 내려다보니, 이번에는 내가 스승의 허리를 두 팔로 휘어잡은 듯한 불경스런 느낌이 엄습하고 몸 전체가 점차 데워지는 듯하다. 이건 도대체 무슨 조화일까?

누이처럼, 더러는 가정부처럼 대하기는 했지만 바둑판을 사이에 두고 스승께서는 더러 남자의 눈길로 나를 바라보신 적도 있었던게 사실이다. 그러나 그때마다 이미 오래 전에 여성의 샘이 말라버린 나로서는 스승의 그 눈길 자체가 매서운 꾸지람이나 벌처럼 여겨지곤 했었다. 그런데 이제 와서 몸이 다시 데워질 수 있다니.

이곳 중국의 바둑 야사에는 이런 얘기도 전한다. 당나라 시절, 장안성 밖 여산의 골짜기에 은거하던 어떤 노파는 바둑돌을 잡은 지한 갑자가 흘러간 날부터 느닷없이 머리가 검어지고 온몸에 새살이 돋아나더라는 얘기다.

그게 사실이라면 나에게 찾아온 현상도 좋은 징조가 틀림없다. 때마침 스승께서는 백돌 62수를 멀리 뻗지 않고 내가 끊었던 61수의 어깨를 짚는 선에서 타협을 하고 마는데 그건 또 영락없이 내 전체 말의 가슴에 손을 집어넣어 애무하는 형국이 돼버린다. 이제 나도 좀더 노골적으로 응수할 필요가 있다.

바야흐로 두 마리 말이, 아니 거대한 두 마리 흑룡과 백룡이 온통 하늘 전체를 뒤덮은 채 교접을 하기 시작한다. 이번에는 내가 흑룡이지만, 2국에서는 백룡의 몸을 빌리게 될 것이다. 그렇지만 지금은 내가 흑인지 백인지, 사실 분간을 할 수가 없다. 머릿속이 온통 수선스럽던 종전과는 사뭇 다르다. 바둑에 몰입하다보면 상대도 보이지 않게 되고 내가 놓는 돌도 바둑판이라는 화선지에 그냥 스며드는 먹물처럼 의식될 때가 있다. 지금이 그렇다. 바둑돌뿐만 아니라 내 몸뚱이 전체가 판에 녹아드는 걸 느낄 수 있다.

바둑은 이제 시작이다.

우리들 사이버 키드

물론 내게도 꿈이 아주 없는 건 아니었다.
할 수 있다면 나는 컴퓨터 공간에 사랑방 하나를 들여놓고
거기서 방주(房主)를 하고 싶었다.
일정한 가입비만 낸다면 누구라도 찾아와
마음껏 수작을 부리다가 연애도 할 수 있는 방!……
나는 기회가 오면 그런 공간을 개업해서
'롤리타의 사랑방'이라고 이름 붙일 작정이었다.
롤리타, 달콤하고도 두려운 범죄에의 유혹.

"이 방면에서 일해본 경력 있어요?"

'헤어 가든(Hair Garden)'에 처음 들어섰을 때 주인 여자는 내 경력에 대해 물었다. 이력서를 따로 쓴 적은 없었지만 경력이 있다는 사실은 이미 밝힌 바 있었다. 그런데도 손님들 앞에서 그걸 물은 건, 내 소개도 할 겸 앞으로 얼굴을 모르는 새내기가 와서 면도칼이나 가위를 들이밀더라도 그 실력이 어떨지 의심하지 말라고 미리 못을 박아두자는 속셈이었을 것이다.

"삼 년쯤 일했습니다."

나는 제대한 지 며칠 안 된 친구들처럼 조금은 절도가 있는 음성으로 대답했다. 경력이 있다는 허위 사실을 군대식 언행으로 얼버무리자는 의도 또한 아주 없지는 않았다. 사실 그 삼 년은 내 군 복무 기간이었으므로 엄밀하게 말하자면 이런 일에 내내 종사했다고는 할 수 없었다. 기껏해야 따로 이발사가 있을 리도 없는 소총 부대에서 불쌍한 졸병들을 상대로 그때그때 재미삼아서 머리를 깎아준 일이 전부였기 때문이다. 물론 누군가가 굳이 캐묻는다면 항변할 거리는 미리 준비해두고 있었다. 예를 들어 군대에서 운전을 했다면 사회에서도 어느 정도는 그걸 경력으로 쳐주지 않던가 말이다. 그러니 이용이든 미용이든, 내 경력도 경력으로 인정받아야 한다는 계산.

"학교는?"

주인 여자는 또한번 새삼스러운 사실을 물었다. 짧은 반바지 아래드러난 맨무릎에 여성지를 올려놓고 찬찬히 페이지를 넘기던 손님하나가 고개를 들어 흘끗 나를 바라보았다. 손님이라고는 그 여자와 젖은 머리를 말리면서 담배를 맛있게 피우고 있는 중년 여자, 그리고 이제 중학교에나 다니고 있음직한 소녀 하나가 전부였다. 그애는 소파에 파묻힌 채 아이스크림을 핥으며 케이블 TV에 눈을 주고 있었다. 이제 막 피어오르기 시작하는 나이였다. 롤리타구나!…… 나는 그애를 보는 순간 그런 생각을 했었다. 롤리타(Lolita), 롤리타……

"대학을 졸업했습니다."

나는 화끈거리는 얼굴을 의식하며 대답했다. 답변을 제대로 하고 있는 건지 알 수 없었다. 주인 여자는 처음 전화 통화를 하면서 내가 굳이 대학을 졸업했다는 사실을 내세울 필요는 없다고 얘기했었다. 대신 자기가 손님들에게 넌지시 귀띔하겠다는 것이었다. 물론 누가 묻지 않는데도 불구하고 대학을 졸업했다고 자랑할 마음은 없었다. 자랑이 되기는커녕 까딱하면 무능력자로 손가락질을 받을 수도 있는 일이었다. 번듯한 직장 하나 구하지 못하고 이렇게 이곳저곳을 기웃거려야 하는 처지가 우선 나 스스로도 당당하지 못했다.

72

모교 도서관을 들락거리면서 혹시 무슨 취업 정보가 없는지 찾아보다가 자취방으로 돌아와 인터넷 성인 사이트를 열람하는 게 고작이던 생활을 좀 청산해볼 수는 없을까 하고 나선 길이었으니까.

"어머, 그럼 언제 이런 일을 해봤어?"

담배를 피우던 손님이 관심을 보였다. 상습적으로 흡연을 하고 있는 것 같은데도 불구하고 얼굴 피부는 우윳빛처럼 해맑은 여자였다. 그녀가 다음에 가게에 들를 무렵이면 내가 부분적으로 머리를 손질할 기회도 있을 것이다. 어쩌면 간단한 피부 마사지 서비스 정도는 내가 해야 될지 모른다.

"휴학을 좀 했었습니다."

"아, 저런! 총각이 사람 됐네. 학비를 벌려고 휴학도 하고……"

휴학은 일 때문이 아니라 순전히 군대 때문이었지만 나로서는 화제가 바뀐 게 다행이었다. 경력에 대해 자꾸 묻고 또 대답하다가는 내 알량한 과거가 드러날 게 뻔하고 그러다가는 모처럼 어렵게 구한 일자리를 놓쳐버릴 수도 있었다. 학원을 통해 자격증이야 물론 받아두기는 했다. 그래서 커트 머리는 물론이고 염색이나 코팅을 비롯해서 어떤 종류의 파마도 다 해낼 수는 있었다. 그렇지만 자기 직업을 '머리 정원사'라고 부르면서 간판도 '헤어 가든'이라고 내건 자존심 많은 주인 여자의 욕심에 내가 얼마큼 양이 찰지 걱정이었다.

"엄마, 나 먼저 들어갈게."

그애가 소파에서 몸을 일으켰다. 특별히 누군가를 쳐다보고 말한 게 아니었으므로 나는 그애의 엄마가 누구일지 잠시 헤아려보았다. 담배 피우는 중년일 수도 있었고 여성지를 꼼꼼히 읽고 있는 여자일 수도 있었다.

"그래, 놀지 말고 공부해!"

그렇게 말한 건 주인 여자였다. 어린아이도 아닌 소녀가 가게에 앉아 아이스크림을 핥고 있었다면 보나마나 주인집 딸이었을 텐데 내가 완벽하게 헛다리짚은 셈이었다. 그애는 책가방을 둘러메고 이내 가게를 나갔다. 교복이 잘 어울리는 아이였다. 나는 다시 롤리타를 생각했다. 롤리타는 말할 나위도 없이 같은 제목의 러시아 소설에 나오는 여주인공의 이름이다. 중년 남자가 나이 어린 소녀의 육체를 사랑했다는 게 그 줄거리다. 그런데 인터넷의 성인 사이트를 방문하면 롤리타라는 이름은 어디에고 있었다. 일본의 롤리타는 알몸의 일본 소녀를 지칭했고 미국 롤리타는 그 본래 이름이 무엇이든 성적 대상이 되는 미국 소녀들을 일컫는 말로 쓰였다. 이를테면 아홉 살부터 열세 살까지의 일본 롤리타, 열 한 살부터 열 다섯까지의 미국 롤리타…… 그런 사이트가 수두룩했다.

"대학에서는 뭘 전공했수?"

담배를 비벼끄던 여자가 다시 호기심을 빛내며 물었다. 남자든 여자든, 나이 든 사람들이 갖는 집요한 호기심 문제는 PC통신의 구설수에도 자주 오르내리는 화제 가운데 하나였다.

"경영학입니다."

"저런, 이제 보니까 곧 기업을 경영할 사람이잖아!…… 여긴 연습삼아서 나오기로 한 모양이지?"

"아, 아닙니다."

나는 황급히 손을 내저었다. 가게도 못 되는 한낱 구멍가게라고는 해도 어디든 감지덕지 붙어 있어야 하는 절박한 판국에, 그것도 주인 여자 앞에서 연습이라니 당치도 않은 소리였다. 그렇다고 야속한 심사를 내비칠 수도 없는 노릇이었다. 나는 주인 여자의 얼굴을 바로 보지 못하고 하릴없이 창 밖으로 시선을 옮겼다. 아파트 단지가 하늘을 우중충하게 잘라낸 스카이라인이 거기 답답하게 놓여 있었다. 물론 내게도 꿈이 아주 없는 건 아니었다. 할 수 있다면 나는 컴퓨터 공간에 사랑방 하나를 들여놓고 거기서 방주(房主)를 하고 싶었다. 노래방 기기도 하나 갖추어놓고, 전국망을 갖춘 택배 서비스 업체와 제휴를 맺은 다음 원하는 사람들에게는 그 계절에 맨 처음 핀 꽃이나 처음 뚜껑을 연 포도주를 골라 배달할 수도 있을 것이다. 그리고 일정한 가입비만 낸다면 누구라도 찾아와 마음껏 수작을 부리다가 연애도 할 수 있는 방!…… 나는 기회가 오면 그런 공간을 개업해서 '롤리타의 사랑방'이라고 이름 붙일 작정이었다.

그날 밤, 가게문을 닫기 전에 주인 여자는 말했다.

"자, 이 의자에 앉아보세요."

"……?"

"일은 내일부터 해요. 그리고, 내가 잠깐 머리를 손볼 테니까 기분이 어떤지 느껴봐요."

주인 여자가 내 말총머리를 풀었다. 그런 다음 손가락을 놀려대며 먼저 내 머리와 뻣뻣해진 목을 매만지기 시작했다. 가윗날이 목덜미를 스칠 때면 누구라도 섬뜩해지지 않을 수 없다. 그런데 비록 섬섬옥수는 아니라고 하더라도 그녀는 아주 능란하게 가위가 지나가는 자리마다 손가락으로 애무하듯 쓰다듬기를 반복함으로써 내게 감각적인 짜릿한 맛을 선사하는 것이었다. 그래서 섬뜩하던 자리마다 새살이 돋듯 간지럽기 시작하고, 수면에 파문이 일듯 그 자리에서부터 조금씩 졸음이 퍼져나왔다. 단맛이 느껴지는 졸음이었다.

"실제로 가위질을 하지는 않았으니까 머리칼 걱정은 말고, 어때요, 강재씨?"

"글쎄……"

"말하지 않아도 돼요. 다만, 이게 내 노하우예요. 아마 누구도 가르쳐주지 않았을걸요. 머리라는 곳이 어떤지 아세요? 거긴 말초신경의 전시장 같은 곳이에요. 그러니 거기에 손을 대면서도 손님의 기분을 바꿔놓을 수 없다면 아예 자격이 없는 거예요. 그걸 해낼 수 있을 때 비로소 최고의 정원사가 될 수 있는 거라구요. 오늘 왔던 담배 피우는 아줌마 있잖아요? 강재씨가 그 아줌마한테서 언제쯤 팁을 받아낼지 지켜볼게요."

나는 졸음의 바다에 떠서 그녀의 얘기를 들었다. 앞으로 내가 본격적으로 하게 될 일에 대한 자신감이 주유소 미터기처럼 두 귀를 통해 내 머리에 주입되는 기분이었다.

"참, 그리고 아까 그애가 내 딸인데 공부 좀 가르쳐줄 수 있겠어요? 저녁 먹고 나서 한 시간씩만 시간을 내주면 밤에 가게에서 일한 걸로 해드릴게요."

"지금은 어떻게 공부를 하고 있는데요?"

"컴퓨터로 한답디다. 그걸로 무슨 공부를 한다는 건지……"

"그래요?"

"자나깨나 그것만 들여다보고 있어요. 게임에 빠진 건지, 요즘은 아이들이 온통 다 거기에 목을 매달고 있다던데 그럼 나중에는 누가 농사 짓고 누가 고기를 잡아요?"

"컴퓨터가 하든가, 아니면 그걸 모르는 아이들이 커서 하겠죠, 뭐."

주인 여자는 뭔가 미심쩍은 듯한 표정을 지었다. 어쨌거나 과외 문제는 생각을 좀 해봐야겠다고 나는 대답했다. 컴퓨터로 공부를 하고 있다면 아마 그애도 PC통신을 즐기고 있을 것이다. 틀림없이 연예인의 이름을 조금씩 변형시켜서 자기 ID로 삼는 햇병아리 여자 중고등학생들 중의 하나일 수 있었다. 그리고 심심하면 잡지를 뒤적거리듯 인터넷을 기웃거릴 것이고…… 나는 그애를 만날 수 있다는 상상으로 가슴이 설레기 시작했다. 그리고 그 설레는 마음 한구석으로 두려움의 그늘이 드리워지는 걸 느꼈다. 생각을 좀 해보겠다고 말한 건 그 때문이었다. 롤리타, 달콤하고도 두려운 범죄의 유혹.

　다음날부터 나는 손목과 겨드랑이, 그리고 말총머리 끝에도 페로몬 계통의 향수를 듬뿍듬뿍 발라가면서 출근하기 시작했다. 이성을 유혹하는 성호르몬이 함유됐다는 이 향수는 같은 동성에게는 역겨운 느낌을 줄 수도 있다고 판매원은 말했었다. 솔직히 아가씨에게는 지금 어떻습니까? 자기 손등에 뿌려놓고 냄새를 맡아보는 여자에게 나는 짓궂게 물었다. 전 좋은데요. 정말입니까? 그럼요. 좋아요, 그럼 싸주세요. 나는 그렇게 확인까지 했었다. 아닌게 아니라 출근길에 내 옆에 다가오는 남자들은 더러 눈살을 찌푸리면서 슬그머니 자리를 피하기도 했던 게 사실이다. 대신 여자들은 거의 예외 없이 내 팔 아래서 잠자코 숨을 죽이곤 했다. 그러면서 향수 한가닥의 냄새가 화학적인 작용을 거쳐 자신들의 몸을 내부에서부터 바꾸어놓는 해괴한 변화를 즐기기도 했으리라.

　따로 정하지는 않았어도 가게에 들르는 여자 손님들은 자연스럽게 내 차지가 됐다. 손님은 남자보다는 아무래도 여자가 많은 편이어서 주인 여자는 또 자연스럽게 시간 여유가 생기는 바람에 고용자와 피고용자의 작업 질서가 잡히기도 했다.

　손님이 의자에 앉으면 나는 먼저 머리에서부터 어깨까지 부드럽게 지압을 한다. 그런데 아무런 말도 없이 지압이든 마사지든 그냥 다짜고짜 해버리면 그건 단순하고 기계적인 서비스에 지나지 않는 다는 걸 나는 안다. 나는 우선 이렇게 말하곤 한다.

"가위도 무서운 흉기잖아요? 그래서 대뜸 차가운 금속성의 이물 질을 머리에 갖다대면 머리칼이 스트레스를 받을 겁니다. 그러니 먼저 지압을 좀 하겠습니다."

사람의 몸이란 참 알 수 없는 반응을 한다. 만약 내가 그따위 말을 늘어놓지 않는다면 웬만한 사람은 쓸데없이 긴장하거나 스트레스 를 받지 않을 것이다. 그런데 내가 괜히 그런 너스레를 떠는 바람에 비로소 주인 여자가 언급한 바 있는 그 말초신경이라는 게 일제히 쭈뼛쭈뼛 곤두서는 것이다. 영락없이 저 '미어캣'이라는 아프리카 야생 동물이 하찮은 소리에도 잔뜩 긴장한 채 두 발로 쫑긋 서서 사 방을 휘휘 감시하는 것처럼…… 그 말을 듣는 손님들은 거의 전부 가 마치 뒷목에 살(煞)이라도 오르는 모양으로 목을 잔뜩 움츠리기 마련이다. 나는 그때서야 비로소 안마든 지압이든 하기 시작한다.

"어떠세요, 사모님?"

"아주 조, 좋아요."

허리를 굽혀 내가 손님들의 귓불에 대고 뜨거운 입김을 뿜어대며 의견을 떠보자면 대답은 언제나 그랬다. 가위도 분명 흉기라는 공 감대, 그리고 방금 자신들이 경험한 살 오르는 일, 그리고 마사지에 이은 귓속말로 긴장이 녹아드는 기분, 또 페로몬 효과가 일으키는 상승 작용.

주인 여자는 자기만의 노하우라는 걸 내게 선보인 적이 있지만 내 방식 역시 독특한 노하우라고 자부한다. 그건 아무도 가르쳐주지 않은 것이기도 했으며 아무나 할 수 있는 성질의 것도 아니었다. 예 컨대 다른 가게에서는 그따위로 영업을 하지는 않는다는 것이다.

그래서 내가 구사하는 서비스는 우리나라는 물론이고 세계 전체를 통틀어도 흔치 않은 독특한 기술이라는 자부심을 갖는다. 비록 내가 아파트 단지에 딸린 작고 보잘것없는 가게의 종업원에 지나지 않는다고 하더라도 말이다. 내가 거기 헤어 가든에서 일하는 동안 손님이 눈에 띄게 불어났던 것도 사실이다. 사람들이 사는 곳에는 그게 어디든 남녀가 음양의 조화를 이루어야만 한다는 점도 나는 머지않아 깨달았다. 그게 어디든!…… 이웃 가게에서 뒤늦게 나처럼 말총머리를 한 녀석들을 부랴부랴 불러모으기도 했지만 그 숙맥들이 하나라도 내 손님을 빼앗아가는 일은 거의 없었다.

손님들은 나 때문에 활기가 넘쳤고 나는 손님들 때문에 일에 신이 났다. 우리가 서로 그럴 수 있었던 것은 앞에서 말한 특유의 서비스와 함께 사실은 다른 장기가 내게는 더 있었기 때문이다.

"총각, 혹시 알고 있는 이디피에스가 있으면 어디 좀 해봐요."

며칠이 지나면서부터 단골 손님들은 옛적에 유행하던 낡은 버전의 음담패설이 아닌, 새롭게 뜨는 야한 우스개가 있으면 좀 들려달라고 졸라대기 시작했다.

"전 모르는데요."

"모르는 게 어딨어? 까라면 까는 거지."

"그래, 강재씨. 하나 해봐요."

주인 여자까지 재촉하는 바람에 시작된 음담패설들은 그 뒤로 매일 계속됐다. 집에 돌아가서 PC통신을 열어보면 갓 구워져 올라오는 따끈따끈한 성인 개그는 언제나 넘쳐났다. 내게서 들었던 얘기를 외운다고 하면서 주인 여자는 새로운 손님이 오면 그걸 반복해서 들려주곤 했다. 뿐만 아니라 그녀는 그 얘기들을 더러는 장사 수완으로 삼기도 했다.

"치매(癡呆)의 최고 경지가 혹시 뭔지 아세요? 알려드릴게요. 남편이 자기 아내 거시기를 보고 발기하면 그게 바로 치매의 최고 경지래요. 하하하…… 생각할수록 웃음이 나네. 그러니까 말이에요, 미용도 자주 좀 하시고 그러세요. 그런 다음 남편분께서 뭔가 반응하신다면 그걸 두고 치매기가 있다고 몰아붙일 사람은 없을 테니까."

"누가 뭐래? 그러니까 여기를 왔지. 그건 그렇고 또 없어?"

"아, 있지요. 어떤 부부가 모처럼 그 짓을 했대요. 그런데 그걸로 감지덕지하고 끝낼 일이지 재미를 붙인 이 여편네가 또 하자고 조르더래요. 그러자 남편이 지금은 안 되니까 그게 다 마를 때까지 기다리자고 평계를 대더랍니다. 아무리 다급해도 바늘을 허리에 묶어서는 못 쓰고 대포를 땅에 눕힌 채 발사할 수는 없으니까요. 그래도 아내는 잠시 후에 다시 졸랐지요. 다 말랐어요? 아니, 멀었으니까 기다려. 내 껀 벌써 다 말랐는데 뭘. 자기 또 하자, 응?…… 그때 남편이 이 철없는 아내를 뭐라고 혼낸 줄 혹시 아세요?…… 우스갯소리가 다 그렇지만 맨 끝에 하는 말들이 다 웃기잖아요. 그런데 남편이 했다는 얘기는 유감스럽게도 아직 발표가 안 됐대요. 아예 배꼽을 쏙 빼는 얘기라니까 궁금하거든 다음주에 꼭 들르세요. 아, 머리는 안 해도 상관없으니까 지나가는 길에 그냥 얼굴만 들이미세요."

주인 여자는 두 남매만 거느리고 혼자 사는 과부라고 했다. 음담패설을 꽤 많이 기억하고 또 듣기를 즐겨한다는 사실만 빼면 흠잡을 데 없는 여자였다. 하기야 그것조차 꺼리고 싫어하는 별난 사람이 세상에 있을 것 같지는 않다. 가게 안에 자랑스럽게 붙여놓은 자격증을 보면 나이가 서른아홉이었다. 그런데 그녀가 단골로 삼아서 자주 쓰는 말 한마디가 있었다. '말초(末梢)시대'라는 용어였다. 나는 전에 그 비슷한 언어 습관을 지닌 사람을 본 적이 있었다. 고등학교 시절, '보편'이라는 별명을 가진 미술 선생님이었다. 그 분은 '보편적(普遍的)'이라는 말을 늘 입에 달고 수업을 했었다. 보편적인 그림을 그려야 한다거나 아니면 보편적인 삶을 살아야 한다고 했던 것인지, 아니면 보편적이어서는 절대 안 된다고 강조하느라고 그 말을 자주 썼던 것인지는 기억에 없다. 그런데 주인 여자도 걸핏하면 입에 올리는 말 하나를 가지고 있었던 것이다. 그녀는 텔레비전 뉴스를 시청할 때나 신문을 읽을 때면 하루에도 몇 번씩 그 말을 구사했다.

"이건 세상이 말야. 말초야, 말초…… 말초시대라고!"

그런 말과 더불어 주인 여자가 가리키는 화면을 보면 우리 사회의 갖가지 성적인 치부가 거기 있었다. 의붓딸을 성폭행한 아비, 소녀 가장을 번갈아 농락한 마을 어른들, 원조교제, 극심한 변태로 아내로부터 이혼당한 남편, 부녀자 납치나 인신매매, O양 비디오 소동, 몰카 얘기, 그리고 심지어는 좀 야하다 싶은 광고 내용이나 사소한 성희롱 기사까지…… 그런 뉴스는 하루에도 몇 건씩 끊이지 않고 보도되고 있었다. 세상이 온통 우리 주인 여자로 하여금 심심찮게 그 '말초시대'라는 말을 할 수 있도록 특별히 배려해서 온갖 요지경 속을 보여주는 것이나 아닌가 하는 생각이 들 정도였다. 물론 처음에는 그게 무슨 말인지 종잡을 수 없었던 것도 사실이다. 사장님, 말초가 무슨 말입니까? 아, 강재씨는 말초신경이라는 말도 몰라?…… 나는 그때서야 그 용어가 품고 있는 함의를 어렴풋이 짐작했다. 말하자면 말초는 '말세(末世)'라는 의미의 다른 표현일 수도 있었다. 다만 주인 여자가 나름대로 고심해서 발굴했을 이 별난 어휘는 말세를 향해 고질병적인 사회 병원균들을 싣고 치닫는, 그중에서도 도착되고 일그러진 성(性)을 승객으로 태우고 떠나는 열차를 지칭하고 있었다.

돌이켜보면 취업을 위해 내가 처음 헤어 가든에 들렀던 날도 주인 여자는 말초신경에 대해 언급했었다. 그러니까 더러운 것들을 보고 침을 뱉듯이 그녀는 뒤틀린 세상의 단면을 볼 때마다 말초라고 손가락질을 하면서 정작 나에게는 작은 말초의 기술들을 가르친 것이나 다름이 없었다. 그게 사실은 사람들의 '보편적'인 모습이었을까?

"강재씨, 내 머리 손 좀 봐주고 일찍 퇴근하지."

손님들이 모두 돌아가면 그녀는 이따금 셔터를 내리고 혼자 아득한 어둠 속으로 외출을 하곤 했다. 중이 제 머리 못 깎는다고는 했지만 무당이 다른 무당의 사주를 풀어줄 수도 없는 노릇이다. 말하자면 그녀가 내게 원하는 것은 머리뿐만 아니라 내가 다른 손님들에게 해주던 마사지도 포함되어 있었다. 그렇지만 나로서는 그 사실을 잘 알고 있으면서도 어찌 해볼 도리가 없었다. 아무리 애를 써봐도 사전에 이미 굳어버린 손이 살갑게 가 닿을 리도 없었고 또 서로의 수법을 잘 아는 처지에 아무리 용을 써본다고 하더라도 느낌이 새로울 수는 없었던 것이다. 그녀가 내 팔을 붙들고 한동안 부들부들 떨거나 심지어 내 손을 잡아 자기 젖가슴으로 마구 밀어넣을 때조차.

"나한테만 왜 이렇게 손길이 딱딱한 거지, 응? 나도 돈을 낼까, 응?"

"아닙니다. 사장님은……"

"그럼 나랑 같이 나갈까?"

"……"

그렇다고 나는 그녀가 헤프다거나 방종했다고는 여기지 않았다. 나는 그녀가 조금의 결벽증이 있는지는 몰라도 지극히 보편적인 사람이었다고 믿는다. 젊고 뜨거운 세월을 혼자 살아야 했던 여자로서 누구라도 나와 같은 젊은 남자를 가까이 두고 있는 처지라면 한 번쯤은 유혹하고 싶어질 때도 있을 것이다. 그건 보편적일뿐더러 지극히 자연스런 일이기도 하다. 아마 그런 의미에서 말초적이라거나 이상한 쪽은 오히려 나였을지 모른다. 오랫동안, 인터넷의 음란 사이트와 사이버 섹스에 탐닉하는 동안, 이제 몸의 생화학적인 구조까지도 끝내 돌이킬 수 없을 만큼 바뀌어버린 게 분명한 내가……

담배를 피우는 중년 부인에게서 팁을 처음 받은 날, 그날은 의외로 빨리 다가온 셈이었지만, 나는 주인 여자의 딸을 가르치기 위해서 처음으로 아파트를 찾아갔다.

"숙녀야, 너 혹시 롤리타를 아니?"

그애가 PC통신을 하면서 '숙녀'라는 ID를 쓰고 있다고 했기 때문에 나는 그애의 이름 대신 그렇게 불렀다. 순간 그애의 얼굴이 환하게 피어올랐다. 아마 그애는 어린 제 나이를 감추고 조금 나이 든 사람들과 접속하기 위해서 일부러 그런 ID를 썼을 게 틀림없다. 그애 또래의 아이들이란 집 밖을 나설 때면 으레 화장을 하고 또 제 언니의 옷을 좀 빌려 입기 위해서도 안달을 하듯.

"롤리타라구요?"

"모르면 됐다. 공부나 하자."

"알려주지 않으면 못 해요."

"안 돼. 그 대신 내가 집에 돌아간 다음에 컴퓨터를 켜고 우리 접속하자. 그때 알려줄게."

"정말이세요, 말총머리 선생님?"

"그래."

컴퓨터 채팅에서는 세대 구분이 엄격해진 지 물론 오래지만, 그러나 컴퓨터 밖의 세상에서는 컴퓨터 통신을 즐긴다는 사실만으로도 세대차를 너그럽게 포용하려는 측면도 있는 법이다. 그건 어른들 쪽에서 그렇다는 게 아니라 한 살이라도 어린 세대의 아이들이 그렇다는 말이다. 그러니 만약 힙합댄스를 즐기는 청소년 세대가 당신을 추방하는 게 서럽게 여겨진다면 당신은 우선 그 댄스를 이해하거나 익혀야만 한다. 혹시 한술 더 떠서 힙합 세대가 오히려 당신을 추종하기를 원한다면 당신이 나서서 동호회라도 하나 조직하고 모임을 열기 시작하면 아마 간단하게 해결될 것이다. '숙녀'와 나는 본격적으로 처음 대면한 지 불과 십 분도 되지 않아서 그렇게 가까워졌다.

집에 돌아와 컴퓨터를 켰을 때, 내 전자메일 편지함에는 벌써 그 애의 편지가 배달되어 있었다. 아이가 아닌, 숙녀의 이름으로.

'롤리타가 무엇인지 벌써 알았어요. 그거야 식은 죽 먹기!……그애들 몸도 다 열람해봤으니까요. 롤리타를 직접 보고 싶으세요? 그러고 싶다면 빨리 엔터 키를 치세요.'

나는 먼저 샤워를 했다. 일하는 동안 잘게 깎인 뾰족뾰족한 머리칼들이 온통 내 옷 속에 파고들어 껄끄럽기 일쑤였다. 어쩌다 술에 취해서 그냥 쓰러져 자기라도 할 때면 수천 개의 바늘이 일제히 나를 찔러대는 꿈에 시달려야만 했다. 하기야 그 꿈은 내 옷 속으로 파고든 머리카락 때문만은 아닐 것이다. 취업이라는 이름의 가위에 눌려 잠을 청하던 시절에도 나는 숱한 사람들이 저마다 바늘 하나씩을 들고 나를 찔러대는 꿈을 꾼 적이 있었으니까 말이다. 부모를 비롯한 가족들, 학교 지도교수와 친구들…… 그 아침마다 나는 마이크로소프트사의 황제 빌 게이츠와 야후(YAHOO) 제국의 제리양,

그리고 재일동포 손정의 사장을 떠올리며 몸이 달아오르곤 했었다. '롤리타의 사랑방'은 내가 그때 구상한 제국의 이름이었다. 그리고 그 제국에 들어앉게 되더라도 나는 절대로 겸손해야지 하고 다짐하다보면 온몸이 참으로 뜨거워지곤 했다. 남들이 뭐라고 높여 부르든, 나 스스로는 황제나 제후라는 칭호보다는 그냥 방주로 자처한다는.

확인해보지는 않았지만 일설에 의하면, 프로이트가 '오이디푸스 콤플렉스'나 '엘렉트라 콤플렉스'를 연구하면서도 그 각각의 대각선쯤에 위치해 있는 '성인 남자의 소녀 추구욕'과 '성인 여자의 소년 추구 욕망'에 대해 특별히 따로 언급하지 않았던 이유는 그게 너무나 새삼스럽다는 판단 때문이었다는 얘기도 있다. 어쩌면 그 욕망은 단순한 식욕처럼 너무 당연하거나, 따지고 자시고 할 필요도 없을 만큼 너무나 본질적인 형태라는 것이다. 이를테면 성인 남자들의 잠재의식 속에 숨어 있는 '자손 번식'에 대한 욕구를 감안해보면 그들은 튼튼하고 아름다운, 그리고 가능하다면 많은 미래를 담보하고 있는 젊은 배우자를 너무도 당연하게 선택할 것이기 때문이다. 물론 그 점은 성인 여자의 관점에서 볼 때도 다를 게 없는 법이다. 그러니 '롤리타의 사랑방'은—세계 최초의 식당에 비유될 정도로—만약 광고만 잘 된다면 단숨에 야후를 뛰어넘고도 남을 가능성이 있지 않은가!

'숙녀! 말총이 방에 들어섰다. 다른 놈들이 방해되니까 문을 닫을까?'

'오케이.'

그러자 한순간 우리의 대화방이 몹시 소란스러워졌다. 우리 대화를 엿듣던 구경꾼들이 비밀로 하지 말라고 한꺼번에 와글와글 떠들기 때문이었다. 관음증 환자들은 대화방에도 물론 있다. 그놈들을 위해서 우리가 섹스를 할 필요는 없었다. 녀석들은 아마도 '숙녀'나 '말총'이라는 ID 때문에도 적지 않은 상상력을 발동시킬 것이다. 숙녀와 그 숙녀들이 좋아한다는 말(馬), 그리고 그 두 ID가 조합되어 불러일으키는 '애마부인'에 대한 상상…… 나는 비밀의 방으로 자리를 옮겼다.

'숙녀라는 이름이 내겐 고맙다. 그렇게 불러보면 가슴이 가득 채워지는 느낌!…… 숙녀에게 못 할 말은 세상에 없을 테니까. 안 그래?'

'말총도 참 좋아요. 나를 좀 태워주세요.'

'애마?'

'굿!…… 롤리타를 진짜 보고 싶은지 물었는데?……'

'물론!'

'좋아요. 우선 약속으로 제 팬티를 벗을게요. 잠깐만 고개를 돌리세요.'

'보편'이라는 별명으로 불렸다는 고등학교 때의 미술 선생님은 우리들에게 세계의 명화들을 자주 보여주었다. 한번은 누군가의 가슴 그림을 높이 쳐들었다. 아마 부드럽고 화사한 터치의 르누아르였을 것이다. 아직 일학년이었던 우리들은 그걸 보면서 일제히 환호성을 질렀다. 그러자 그가 얼굴에 가득 웃음을 띠며 얘기를 시작했다. 아, 너희들은 지금 한창 호기심이 많을 때로구나. 여자들의 가슴도 가장 아름다울 때가 바로 너희들 또래 여학생 가슴인데…… 선생님, 그게 어떤데요? 한 녀석이 물었다. 뭐랄까, 그 꼭지가 타작하기 직전의 녹두알처럼 아릿아릿하고 푸르스름한데…… 뭐, 꼭지 크기도 그쯤 되겠다. 그렇다고 물컹한 건 아니고 아주 참 탱탱하지만 말이다.

그 수업이 있던 날 밤에 내 친구 한 놈은 여성의 신체를 들여다보고 싶은 충동을 끝내 다스리지 못하고 창녀촌을 찾아갔다고 했었다. 그는 어렵사리 여자 하나를 골라 방으로 따라 들어갔다. 그런데 여자는 매몰차게 전등을 꺼버리고는 그냥 누워버리더라고 했다. 그는 섹스는 안 해도 좋으니 구경을 좀 하게 해달라면서 불을 켜자고 통사정을 했지만 여자는 듣지 않았다. 한동안 옥신각신하던 끝에 결국 두 사람은 성냥불에 합의를 했다고 한다. 그는 그나마 고맙다고 말하며 성냥불을 켜 들었다. 그리고 자기 몸과는 다른 별스런 구조물들을 경탄의 눈길로 살피기 시작했다. 불이 다 타면 다시 또 켜기를 반복하면서……

 불똥 떨어지면 너 죽어!

 잠자코 누워 있던 여자가 소리쳤다. 그 말을 듣는 순간 녀석은 난데없이 귀싸대기라도 한 대 호되게 얻어맞은 것처럼 어이가 없어지고 말았다. 녹두알이고 완두콩이고, 입맛이 한순간에 싹 가시더라고 했다. 그래서 뒤도 돌아보지 않고 그 방을 물러나왔다는 것이다. 녀석의 입장도 충분히 이해할 만했다. 그렇지만 그게 바로 현실이었다. 그 종류와 빛깔은 비록 다를지언정 그 절박함의 무게로만 보자면 벗은 알몸 위에 불똥이 떨어질지도 모른다는 여자의 절박함도 결코 녀석의 것에 미치지 못할 게 없었다. 말하자면 솜 한 근이나 무쇠 한 근이나 그 무게만큼은 절대 다르지 않은 것처럼.

 '나 벗었어요. 보여요?'

 '아니, 안 보이는데?'

 '고개를 책상 밑으로 숙여봐요. 참, 아까 우리집에서 티셔츠 속으로 내 가슴을 들여다보시던데, 참 미안했어요.'

 '왜?'

'첫날이라서 속옷까지 다 껴입고 있었으니까요. 미안! 죄송!'

'지금은 정말 벗었다는 거야?'

'물론!'

'증명 가능?'

'음…… 아랫도리가 자꾸 뜨거워지고 있어요. 믿겠어요?'

'오케이.'

'학교에 치마만 입고 오는 애들도 있어요. 하루 종일 가슴이 뛰기도 하고 스릴 만점이래요. 나도 이대로 교복만 갈아입고 등교할 예정. 처음이지만……'

'숙녀 마음대로!'

'이만 끝. 동생 출현!'

나는 그날 밤 내내 알몸으로 뒹굴었다. '롤리타의 사랑방'에 화상전화를 연결할 수 있다면 우리는 아주 비밀스럽게 서로 벗어던진 속옷도 직접 보여줄 수 있을 듯했다. 언어라는 불편한 도구를 써서 따로 증명해 보일 필요도 없는 것이다. 내가 그날 꾼 꿈은 컴퓨터 한 대를 들고 21세기라는 이름의 무인도에 추방되는 내용이었다. 그렇지만 나는 그 컴퓨터를 통해 원하는 여성들을 골라 사이버 섹스도 맘껏 즐기고 아이를 낳게 하는 일에 성공하기도 했다. 마냥 불가능한 꿈만은 아니리라. 다음 세기로만 갈 수 있다면, 그리고 언제든 컴퓨터를 업그레이드만 할 수 있다면 그게 무인도든 우주 한복판이든 가능한 일이었다. 꿈이 깨고, 꿈을 깼다는 사실이 못내 섭섭하기로는 참 오랜만이던 꿈이었다.

그렇지만 사실은 섭섭하던 그 느낌까지 전부 꿈이었을까? 잠이 깨는 순간부터 얼굴에 열이 나기 시작하더니 나중에는 온몸 전체가 다 부어오를 정도로 들뜨는 것이었다. 할 수 없이 오전만이라도 좀

쉬겠다고 전화하고 나서 나는 죽은 듯이 곯아떨어지고 말았다. 어쩌면 간밤에 알몸으로 잔 때문인지도 몰랐다. 그렇지만 그게 처음은 아니어서 여전히 의아심은 남았다. 내가 왜 난데없이 몸살을 앓았을까?

오후 늦게 열이 좀 내렸기 때문에 나는 헤어 가든에 들렀다. 주인 여자는 아예 하루를 쉬라고 권유했지만 어떤 알 수 없는 힘이 그쪽으로 나를 끌어내고 있었다. 그런데다가 막상 집 안에만 갇혀 있다 보니 전에 느끼지 못하던 답답함이 이만저만 아니었다. 그 상태로 쪼그리고 앉아 하릴없이 컴퓨터나 들여다볼 수도 없는 노릇이었다.

"아니, 강재씨. 어쩐 일이야? 그냥 쉬라니까."

"바람이라도 좀 쐬는 게 낫겠어요."

"이런, 몸살이 바로 풍병(風病)인데 무슨 바람이야, 또?"

주인 여자는 내가 친정 동생이라도 되는 것처럼 다감한 목소리로 걱정을 해주었다. 그애는 거기서 또 아이스크림을 핥고 있었다. 나를 대하고는 고개만 한번 까딱거렸을 뿐 아무런 내색도 하지 않았다. 나를 헤어 가든으로 끌어들인 힘을 발휘한 초능력자가 어쩌면 그애였을지도 모른다는 생각이 들었다. 그렇지만 그애는 그냥 순진한 어린애처럼 아이스크림을 다 녹이고는 무덤덤한 표정으로 자리에서 일어났다.

"나 숙제가 많아서 오늘 과외는 안 했음 좋겠어요."

자기 엄마한테 부탁하는 것인지 아니면 나한테 통보하는 것인지 알 수 없는 말을 그애가 심드렁하게 내뱉었다.

"그래? 그럼 잘됐다. 강재씨도 억지로 나왔는데 뭐."

"선생님, 저 어제 했던 약속은 지켰어요."

그애가 이번에는 나를 똑바로 바라보았다. 장난기가 가득한 눈빛이었다. 나는 그게 무슨 뜻인지 대번에 알아차렸다. 대꾸할 말은 없었다.

"무슨 약속인데?"

"숙제 말이에요, 엄마."

휘파람이라도 부는 듯한 음성이었다. 그애의 기분이 가벼워 보여서 그나마 다행이라는 생각이 들었다. 밖으로 나가던 그애가 가게 문을 밀어젖히자 바람 한줄기가 휙 새어들어왔다. 그러자 얼굴로 불어오는 바람을 피하기라도 하듯 짧은 순간 그애가 뒤를 돌아보았다. 그리고는 손을 아래로 뻗어 들춰지지도 않은 치마폭을 조신하게 쓸어내리는 것이었다.

왜 그애가 과외 공부를 하지 않겠다고 한 것인지 궁금증이 일었다. 물론 내가 아프다고 하니까 숙제 핑계를 대고 나를 배려하는 것일 수도 있었다. 그렇지만 간밤에 하던 수작으로 봐서는 그 이상의 배려를 하고도 남을 정도였다. 이를테면 내가 몸이 아픈 줄 뻔히 알면서도 집으로 오게 한 다음 공부는 뒷전으로 미룬 채 나를 간호한답시고 어찌어찌 할 수도 있지 않겠느냐는 상상이 그것이었다. 그래서 사실은 그애가 나를 피하기 위한 술책이 아니었을까 하는 의심이 들기도 했다.

돌이켜보면 너무 노골적이고 너무 빠른 진전이었다. 물론 속도에 심취하는 우리들 매니아들에게 너무 빠른 것이란 아무것도 없다. 속으로는 호박씨를 까고 앉아 있으면서도 마음에 없는 공자 왈 맹자 왈을 읊어대는 일이란 적어도 내 사전에는 없다. 쓸데없는 과정이 완전하게 생략된 채널, 그게 통신의 본질이라면 본질이다. 과학이 아직 덜 발달했을 때를 기억하자면, 교환원을 불러 원시적으로 통화를 해야 했듯이, 거추장스런 단계와 절차가 분명 있었던 게 사실이다. 그렇지만 지금은 아니다. 아닐뿐더러, 전화든 팩스든 인터넷이든, 통신을 하는 사람들의 의식 자체를 하나둘 바꾸어놓기까지 했다. 속도는 분명히 사람을 바꾼다. 보아라, 우리가 간밤의 첫 채팅에서 아무 스스럼 없이 서로 옷을 벗어던지지 않던가?

풀 수 없는 숙제가 물론 아주 없는 건 아니다. 단도직입적으로 실토하자면 통신의 공간과 현실의 공간이 서로 다르다는 점이다. 그애와 내가 함께 옷을 벗었던 비밀의 방은 현실에 존재하지 않는 것이다. 그 때문에 우리는 서로 현실이라는 마당과 현실이라는 방에서 서로 마주치기를 꺼려했던 것인지도 모른다. 그애는 숙제를 핑계로, 그리고 나는 핑계거리가 없어 꾀병을 구하다가 급기야 몸살을 앓게 된 것인지도.

그날 밤을 나는 거의 뜬눈으로 지샜다. 단언하건대 그애도 마찬가지였을 것이라고 나는 믿는다. 우리들이 이미 구축해놓은 비밀의 방을 한 번만이라도 다시 들여다보고 싶은 마음이 굴뚝같았지만 나는 끝내 그렇게 하지는 못했다. 강조하지만 그건 도덕이나 윤리 때문이 아니었다. 왜냐하면 지난 20세기의 노아가 홍수를 피하기 위해 새로운 방주를 만들어 컴퓨터 속으로 떠나올 때 낡은 세계의 도덕이나 윤리 교과서는 아예 싣지도 않았으니까 말이다. 나는 다만 롤리타, 그애가 상심한 나머지 우리들 비밀의 방에 대못을 꽝꽝 박아서 폐쇄하지나 않았을까 염려되어 끝내 다가가서 살펴볼 엄두를 내지 못했을 뿐이다. 롤리타는 달콤하고도 두려운 유혹이라고 내가 말했던가?

다음날, 나는 다시 손에 가위를 잡았지만 손님들이 고대하던 음담패설은 한 토막도 들려주지 못했다. 주인 여자는 몸이 아직 회복되지 않았다면서 나를 지켜주기 위해 애를 썼지만 그 때문은 결코 아니었다. 간밤에 컴퓨터를 열어보지 못한 터라 준비한 패설이 하나도 없었던 것이다. 그 점도 참으로 이상하기만 하다. 나를 알던 사람들은 내 총기(聰氣)에 대해 적지 않게 부러워하곤 했었다. 그래서 패설 몇십 개 외우는 일은 말할 것도 없고 나 자신이 상황에 맞춰 각색, 편집, 제작까지 다 하기도 했던 적이 분명 있었다. 그런데 이제 내 두뇌 용량은 내가 쓰는 586컴퓨터에 다 이식돼버린 듯 나 자신의 머리가 어느새 하얗게 비어버린 것이다. 내 컴퓨터에 정전이 없기를!…… 내 컴퓨터에 바이러스가 침투하지 않기를!…… 내 컴퓨터가 내내 건강하기를!……

"어젯밤에는 왜 오지 않았어요?"

과외 공부를 시작하기 위해 컴퓨터 앞에 앉자마자 그애가 나직한 목소리로 물었다. 나는 처음에는 어리둥절했지만 그게 곧 대화방에 들어가지 않았던 사실을 염두에 두고 하는 말임을 이내 알아차렸다.

"공부하자."

"왜 그랬냐구요."

그애는 같은 질문만 되풀이하고는 내 대답도 기다리지 않고 고개를 책상에 파묻었다. 나는 좀 난감해졌다. 그애의 태도는 아무래도 좀 뜻밖이었던 것이다.

"그럼, 공부보다는 통신을 조금이라도 더 하기 위해서 과외를 안 하겠다고 핑계 댄 거야?"

그애는 아무런 대꾸도 하지 않았다. 확인할 필요도 없는 질문이었을 것이다. 우리들 비밀의 방에 먼저 들어가 있으면서, 어쩌면 옷을 모두 벗은 채 침대에 누워, 그애는 밤새도록 내가 오기를 기다리고 있었을 게 틀림없었다. 나는 그애가 황제나 제후, 아니 방주의 성총(聖寵)을 받으려고 안달인 상궁 나인이라도 되는 것처럼 한동안 기분 좋은 눈길로 바라보았다. 앞으로 '롤리타의 방'이 독립해서 개국(開國)을 하게 되면 이런 경사는 얼마든지 찾아오리라. 그리고 그애는 퍼스트 롤리타가 되리라.

나는 한껏 과장되고 부푼 기분이 되어, 임금이 자애로운 손길을 사해에 나누어주기라도 하듯, 손을 뻗어 그애의 등을 부드럽게 어루만졌다. 실크로 만들어진 그애의 블라우스는 미끄러웠다. 그러나 그애가 입은 옷감보다 그애의 속살은 더 미끄럽고 부드러울 것이라는 생각을 나는 했다. 그러다가 나는 그애의 등에서 브래지어 끈이 만져지지 않는다는 사실을 문득 감지했다. 노브라!…… 약속을 지켰노라고 그애는 내게 말했었다. 그렇다면 분명, 노팬티일 것도 뻔했다. 나는 허리를 숙여 그걸 확인하고 싶은 불같은 충동 때문에 어지러웠다.

그애는 엎드려 있고, 나는 꼿꼿하게 앉은 채 한참의 시간이 갔다. 내 앞에 알파벳 Y자의 길이 놓여 있었다. 나는 그 삼거리의 한가운데에 서서 — 또다시 상상을 자극하는 — 한참을 서성대며 나 자신의 입장을 헤아리기 위해 애를 썼다. 그 동안 내 또래의 많은 젊은이들이 그래왔던 것처럼 나 역시 충동적인 욕구에 치우쳐 창창한 미래를 잃어버렸다는 반성이 머릿속을 아프게 파고들었다. 어느 길로 들어서야 할지 비로소 눈앞이 열리는 중이었다. 내가 포기한 또 한쪽의 길, 세속적인 욕망이 내 의식 속에서 지워지는 광경은 눈부시고 장렬했다.

"너, 가서 속옷 전부 입고 와!"

그애가 고개를 들었다.

"나하고 계속해서 밀회를 하고 싶으면 그렇게 하란 말이야."

그애가 눈을 반짝거렸다. 나는 일부러 음성을 낮추었다.

"우리는 아직 젊으니까 미래를 생각하자. 말하자면, 통신의 방에서 계속 만나자는 얘기야. 지금 너와 나는 얼굴을 맞댄 채 하고 싶은 짓을 다 할 수도 있어. 그렇지만 그게 도대체 얼마나 지속될 수 있다고 생각하니?"

앞에서 언급한 대로 낡은 도덕 교과서의 글귀에 사로잡혀 있는 이들이라면 아마도 '미래'라는 표현이 쉽게 이해되지 않을는지도 모르겠다. 그냥 소녀 하나를 범하지 않았다는 차원으로?…… 천만에!…… 그렇지만 그애는 내 말을 완전히 이해했다. 그래서 그 조숙하고 총명한 아이는 다시 자기 방으로 들어가 다소곳이 속옷을 다 챙겨입고 왔으며 착하고 모범적인 학생처럼 과외 공부를 다 마쳤다.

그날 밤 집에 돌아와 내가 우리들 비밀의 방 앞에 섰을 때, 그 문짝에는 이런 방문이 나붙어 있었다. 그애 역시 현실보다는 미래를 중시했고, 그리고 앞길이 창창한 젊은이답게 내가 권한 길을 기꺼이 선택했음을 짐작케 하는 내용이었다.

'어서 와요. 내 아름다운 수말!…… 그리고 나를 등에 올려주세요.'

나는 기뻤다. 그애가 대견스러웠으며 고맙게까지 여겨졌다. 우리들 '롤리타의 사랑방'은 영생불멸할 것이라는 자신감도 들었다. 그리고 이 때문에 우리들의 사이버 섹스는 길고도 격렬했다.

'롤리타, 어서 타라!'

한동안 컴퓨터 저쪽에서, 마치 벽이 부실한 현실의 여관방에서처럼, 가열된 흥분을 가라앉히는 듯한 거친 숨소리가 들렸다. 그리고 비밀의 방에서 이런 울림이 있었다.

'자, 지금 롤리타가 치마를 걷어붙이며 올라타고 있어요. 솔직한

느낌?'

나는 이미 준비가 다 되어 있었다. 옷을 벌써 벗어던지기도 했고, 저 끝없는 미래를 기약하고 현실적인 섹스를 유보해두기도 한 터였다. 그래서 나는 현실이면서도 가상 위에 존재하고, 사이버이면서도 육감이 생생한 비밀의 방에서 감미로운 메아리를 만들기 시작했다.

'지금 막 타는 걸 느꼈으니!…… 보리 이삭의 꺼끄러기처럼 울타리는 사나우나, 집 안에 모인 올망졸망한 식구들은 한없이 따뜻한 정으로 넘치는도다.'

'시를 쓰는 우리 수말의 가슴과 등은 넓기도 하고, 발끝에 와 닿는 거기 펜 끝은 참 뭉툭하기도 해라.'

'정말?'

'정말로 정말!…… 그런데 오래 묵은 의문 하나 있음. 진짜 말들의 가운뎃다리는 보통 마디호박만 하던데요. 말들이 막 뛰어갈 때면 가운뎃다리가 왼쪽 다리와 오른쪽 다리에 사정없이 찰싹찰싹 부딪쳐서 몹시 아플 것 같은데?…… 남자들은 달릴 때 어때요?'

'그래? 수말은 한 번도 그런 고민을 한 적이 없는데, 지금은 아, 아파!…… 두 발로 내 배를 감은 다음 롤리타의 두 발바닥으로 펜 뚜껑을 닫아줘.'

'잠깐만요…… 이렇게?'

'오케이.'

'아, 나보다도 내 발바닥이 이렇게 행복해할 줄은!'

더이상 낱낱이 우리들 비밀의 방 풍경을 나는 공개할 수 없다. 문 밖에 있는 사람들은 방 안의 일들에 대해 언제나 짐작만 할 수 있을 뿐이다. 누가 감히 이곳을 침범하려고 할 것인가? 더더구나 우리가 얼마나 힘들게 현실적인 가치들을 희생하는 대신 이 조그만 방 한 칸을 얻었는지를 아는 사람들이라면 애써 묻지 마라.

한때 유행했던 우스갯소리가 있다. '정신병자 시리즈'였는데 대충 이런 내용이다. 제가 골목까지 쫓아가서 기어코 팬티를 벗겨버렸죠. 아, 그래? 그 다음에는 어떻게 했지? 어떻게 하기는 뭘 어떻게 해요? 그 팬티 고무줄을 뽑아서 새총을 만들었죠, 뭐!……

눈앞에 보이는 가치만을 추구하는 이들이라면 내 얘기를 듣고 나를 그 비슷한 미친놈쯤으로 치부할지도 모른다. 그러나 지금도 우리는 꿋꿋하게 우주 공간 어딘가에 위치해 있을 듯한, 카시오페아 · 오리온 · 시리우스 · 카멜레온 · 안드로메다 · 페가수스 같은 멀고 아득한 비밀의 방에서 매일 밤 견우와 직녀처럼 만나곤 한다. 저녁을 먹고 난 초저녁에 그애의 아파트에서 우리가 현실적으로 만나는 시간은 괴롭고 짧으며, 무엇보다 허무하고 무가치하게 느껴진다. 그애도 초저녁 과외 시간을 아주 힘들어한다.

그애와 내가 차이가 있다면 아마 나이 때문일 것이다. 아무래도 어린 탓인지는 몰라도 그애는 우리들의 방사(房事)에 맹목적이고 또한 막무가내로 탐닉한다. 그애에게 충고하고 약속한 만큼, 내가 계속해서 일회적이고 찰나적인 유혹들을 뿌리치면서 영원할뿐더러 또한 광대무변한 사이버 섹스의 길로 일편단심 나아갈 수 있을 것인지, 지금은 사실 나도 아주 장담하지는 못한다. 예를 들어 지금 내가 몹시 허기가 진다고 해보자. 그런데 육안으로 보이는 이 곶감 한 개라도 우선 집어먹는 게 나은 것인지 아니면 그걸 놓아두는 대신 약속받을 수 있는, 저 풍성하고 끝없는 잔칫상이 기다리고 있는 사이버로 그냥 미련 없이 훌훌 떠나야 할 것인지 아직도 확신이 서지 않는다는 말이다. 소박한 우리네 선조가 옛날 옛적 끝내 넘지 못하고 고민했던 이상과 현실의 높고 뚜렷한 경계처럼.

　당신들의 생각은 어떤가?

　이제 나에게 의견을 들려다오. 아직도 나는 여전히 '말총'이라는 ID로 당신들의 고견을 기다리고 있다. 모르겠다. 정말이지 나는 현실의 눈을 치뜨고 있으면서도 현실의 가치들을 제대로 분간하지 못하는 진짜 맹목이 돼버린 건지도…… 너무 빠르게 달려와 어느 순간 문득 뒤돌아보니 세상에서 아주 멀리 이탈해버린 한 마리 어리둥절한 말처럼.

백조는 노래하며 죽다

나는 그녀의 머리를 감싸안았다.

드디어 올 것이 오고야 말았다는 느낌과 함께

그녀가 끝난다면 나 또한 끝이라는 생각은 떠나지 않았다.

그녀와 결별한 지 오래건만 이 무슨 해괴한 감정인지 모를 일이었다.

한때는 그녀에게 온갖 저주를 다 퍼부은 것도 사실이다.

그렇지만 그것도 다 지난 일이 아니던가!

무명 시절이라면 몰라도 그녀는 분명

내가 감당할 수 있을 만한 존재는 아니라는 사실을 나는 잘 알고 있었다.

지금도 이런 낡은 표현을 즐기는 사람들이 있는지 잘 모르겠지만 '백조의 노래(Swan's song)'라는, 무슨 동물 상식 퀴즈에나 나올 법한 관용구 하나를 나는 알고 있다. 죽을 때가 가까워지면 백조들은 우선 정갈한 물에 제 몸의 깃을 단정하게 고르고는 어디 한적한 곳을 찾아가 목을 가다듬어 마지막 노래를 부른다는 것이다. 그런데 백조의 전 생애를 통해서 이때 부르는 노래가 가장 아름답고도 구슬프다고 한다. 그게 바로 '백조의 노래'다.

　그냥 평온하게 한 생을 살던 백조가 이제 바야흐로 늙어 죽기 전 깜냥에 무슨 선승들께서 열반송(涅槃頌)이나 남기고 가듯 그렇게 한번 울어대는 것인지, 아니면 노래 겨루기 따위로 배필을 고르곤 한다는 놈들의 습성을 고려해볼 때 거기서 탈락하는 어떤 놈들이 실연의 쓰라림을 이기지 못하고는 어느 한 군데 찾아가 목을 매면서 부르는 처량한 노래가 그렇다는 것인지 나는 사실 정확하게는 알지 못한다. 그렇지만 분명한 것은 때론 젊은 날의 격정적인 환희를 누리고 또 때로는 놈들의 위아래 부리가 치떨리며 서로 딱딱 맞부딪칠 정도로 쓰디쓴 고난의 어떤 순간보다도 죽음을 목전에 두고 뽑아내는 그 한 대목이 비할 데 없이 가장 아름답다는 사실이다.

사람들도 능히 그럴 수 있으리라고 나는 믿는다. 다만 대부분의 인간들은 이른바 영감(靈感)의 샘물이 고갈되면서 자신들이 언제 죽을지 헤아릴 수조차 없이 타락해버린데다가—그렇다. 그게 바로 타락(墮落)이다. 또 설사 그런 상황을 좀 느낄 수 있다고 하더라도 촛불처럼 최후의 기운을 쇠진하는 마당에 특별히 노래를 남길 생각은 아예 하지 않는 존재들이라서 사정이 좀 다르긴 할 것이다. 그런데 노래 부르기를 업으로 삼고 살아가는 진정한 가수들에게서는 더러 예외가 발견되고 있다. 자신의 최후를 감지할 뿐만 아니라 그에 걸맞은 비창이며 절창들을 남기는 것이다. 간경화로 죽어가던 김현식의 〈내 사랑 내 곁에〉가 그랬고, 젊은 날 이제 더이상 할 일이 없어서 목숨을 버린다고 했던 김광석의 노래 〈일어나〉와 같은 곡들이 그랬다. 또 〈나무와 새〉를 부르고 나서 아깝게도 교통사고로 숨진 젊은 여자 탤런트 박길라, 〈돌아가는 삼각지〉의 배호(裴浩)도 그런 가수 가운데 하나라고 할 수 있다. 예컨대 영혼으로 노래하는 이들에게는 종종 있을 법한 일인 것이다. 누구보다 그녀의 경우, 채소율이 꼭 그러했다.

"오빠, 나 어떻게 하면 좋아요?"
그 섹스 비디오 사건이 처음 언론에 터져나왔을 때, 그녀는 울면서 내게 전화했었다. 누구라고 밝히지도 않은 채 전화기를 붙들고 다짜고짜 한 말이 그랬다. 나는 좀 냉철해지기 위해서 애를 썼다.

우선은 그녀를 매스컴으로부터 따돌리는 일이 급선무일 듯했다.

"우리집으로 와. 지금도 집이 거기다."

"여기서 밖으로 나갈 자신이 없어. 오빠가 이리 와주면 안 돼?"

나는 그녀가 몸을 숨기고 있다는 곳으로 차를 몰았다. 시동을 걸자마자 그 동안 수백 번도 넘게 들었을 그녀의 신곡이 흘러나왔다. 그녀가 이제 불행하게 끝장난다면 그녀에게 있어서 '백조의 노래'는 바로 이것이리라.

　　……이렇게 그대 돌아서면 다시는 볼 수 없는데

　　어떻게 해야 하는지도 모른 채 자꾸 눈물만

　　가지 말라고 가지 말라고 한마디 말이라도 해야 할 텐데

　　함께 했었던 시간 속에서 어떤 걸 제일 먼저 잊어야 할지 모르는데……*

그 절박한 상황에서도 잊지 않고 내게 도움을 청하는 그녀가 고맙기는 했다. 그러면서도 울화통이 치밀어 견딜 수가 없었다. 하고많은 연예인 중에서 왜 하필 그녀여야 하는지 받아들이기 힘들었던 것이다. 나도 한 시절 그녀의 '매니저'라는 이름으로 그 바닥을 샅샅이 헤엄치고 다닌 적이 있는데 그 세계에서는 거의 절대적이라 할 좌우명처럼, '가재는 게 편' 식의 입장이어서가 아니다. 나도 알 만큼은 알고 들을 만큼 들었던 터라 '섹스 스캔들'에서 자유로울 이들은 많지 않으리라고 믿는다. 하기야 어느 특정한 집단만이 그렇다는 건 물론 아니다. 내 생각으로는 거기든 여기든 한 통속이어서,

---

* 국내 가요 〈Sad Salsa〉 중에서.

노래를 부르는 사람들이든 박자조차 맞추지 못하는 사람들이든 우리는 저마다 '타락'한 족속들이기 때문이다.

그녀는 우리가 함께 졸업한 어느 시골 대학의 동기가 살고 있다는 오피스텔에 머물고 있었다. 정은이라고, 한때 그녀와 듀엣으로 노래를 부르기도 했는데 어느 때부턴가 그녀의 코디네이터를 전담한다고 했다. 실은 내가 그녀와 결별한 뒤로는 자포자기하듯 육체를 빼앗곤 하던 여자이기도 했다. 가엾은 여자, 정은이…… 그러나 채소율은 그애보다 더 폭삭 무너져내린 모습으로 앉아 있었다. 검은 선글라스 아래로 눈물 콧물이 다 흘러내려 그녀의 얼굴은 온통 범벅이 돼 있었다. 정은이가 그걸 닦아주면서 자신도 코를 훌쩍거렸다.

"나 이제 다 끝났어, 오빠."

기껏 섹스 한 번에?…… 나는 그렇게 되묻고 싶었지만 그냥 마른 침을 삼키는 것으로 대신했다. 연예인들은 공인(公人)이라는 표현에 나는 언제나 조금은 특별한 느낌을 받는다. 그건 누군가의 사적 소유물이 돼서는 곤란하다는 뜻으로 들리는 것이다. 맹점이 없지 않은 일부일처(一夫一妻)의 결혼 제도를 심리적으로 보완해주는 존재들이 곧 연예인일 수도 있다. 그러므로 연예인들의 개인적인 섹스는 대중들에게 심각한 배신감을 안겨줄 수도 있는 법이다.

"가만, 하늘이 무너져도 솟아날 구멍은 있다고 했으니까."

"뭘 그래! 한 번이라도 무너져봤어야 알지."

고약하게도 미국에서 먼저 인터넷에 올려져 한국에 역수입됐다는 비디오였다. 그게 미국 사회에 유포됐다면 이미 전 세계로 퍼진 것이나 다름없었다. 그녀의 몸을 지구촌의 호색한들이 다 더듬어본 셈이었다.

"이제 난 어떻게 해, 응?"

"......"

　나라고 뾰족한 수가 있을 리 만무했다. 지푸라기라도 붙들고 싶어
하는 절박한 사정을 알지만 그냥 침묵하는 도리밖에 없었다. 그 점
이 더 암담하고 서럽다는 듯이 그녀가 내게로 쓰러져 울기 시작했
다. 잘못을 빌고 용서를 구할 수는 있을까? 야반도주를 한 뒤 돌아
와서 눈물짓는 아내를 대부분의 사람들은 못 이기는 척하며 받아들
이기도 하는 법이다. 연예인이 공인이라고는 하더라도, 실은 공인
으로 인식하는 정도가 심한 사회일수록 아무래도 그들이 결혼 당사
자보다는 좀 느슨한 관계 속에 있을 테니까 용서든 체념이든 좀더
빠를 수 있지 않겠는가?

　나는 그녀의 머리를 감싸안았다. 드디어 올 것이 오고야 말았다는
느낌과 함께 그녀가 끝난다면 나 또한 끝이라는 생각은 떠나지 않
았다. 그녀와 결별한 지 오래건만 이 무슨 해괴한 감정인지 모를 일
이었다. 한때는 그녀에게 온갖 저주를 다 퍼부은 것도 사실이다. 그
렇지만 그것도 다 지난 일이 아니던가! 무명 시절이라면 몰라도 그
녀는 분명 내가 감당할 수 있을 만한 존재는 아니라는 사실을 나는
잘 알고 있었던 것이다.

　"숨이 막혀. 나 좀 어딘가 데려가줘."

　"어디로?"

　"사람들이 없는 곳으로……"

　내 품에서 흐느끼다가 깜빡 잠이 들었던 그녀는 숨을 쉬기가 곤란
하다고 했다. 사람들 사이에 있어야 비로소 편안해진다던 그녀였
다. 그리고 그런 사람들이 많이 모여 있는 자리일수록 기운이 마구
솟구친다고도 했었다. 해바라기 같은 향일성(向日性) 식물이 갑자기
배일성(背日性) 따위의 식물로 변종이라도 된 듯했다.

"남한강으로 나갈까?"

"……"

때마침 어둠이 곧 내릴 시각이었다. 그 남한강변에서의 추억들이 잠시 내 머릿속을 스쳐 지나갔다. 정은이가 외투를 챙겨 그녀의 머리에서부터 씌워주고는 잠시 내 눈치를 살폈다.

"너도 같이 가, 정은아."

"……?"

"오늘 나하고만 있으면 오빠가 힘들어할 테니까."

"오빠가 혼자서도 잘 할 텐데 뭘?"

"네가 책임지고 소율이를 부축해!"

함께 가자는 말 대신 나는 그녀를 윽박질렀다. 정은이가 거역하기는커녕 금세 순종하는 낯빛이 되어 그녀를 싸안았다.

"오빠, 정은이 잘 대해줘. 나보다 백배는 더 착하잖아."

"……"

오피스텔을 나서기 직전, 마치 그녀는 나와 그애의 관계 때문에 속이라도 상한 것처럼 또 한바탕 눈물바람을 보였다. 나와 정은이의 관계라고 했지만 사람들은 사람들마다 서로 다른 관계를 맺고 사는 법이다. 무엇으로 보나 내가 정은이에게 당당할 구실은 없고, 그애 또한 나한테 주눅이 들 이유는 어디에도 없다. 성격 탓만을 할 수 있는 형편도 아니다. 오히려 이런 관계는 사람들이 처음에 우연히 한번 씌워진 대수롭지 않은 굴레를 아예 숙명으로 받아들인다는 데 문제가 있다. 그래서 내가 그애를 대하는 방식과 그녀를 마주하는 태도가 서로 다를 수 있는 것이다. 그녀는 '그녀'이고 정은이는 여전히 '그애'라고, 내가 지금 이 순간에도 지칭하는 게 서로 다르듯.

차에 시동을 걸자마자 예의 그 노래가 다시 실내에 퍼지기 시작했다. 오래 전, 공연을 위해 그녀를 태운 채 먼길을 누비고 다니던 날들의 일들이 떠올랐다. 그렇지만 이제 그런 날들은 다 가고 다시 돌아오지 않는다. 나는 덧없는 날들을 지우듯 그녀의 CD를 뽑았다.

"그냥 들으면서 가, 오빠."

뒷좌석에서 그녀가 와락 울음을 터뜨리면서 말했다.

"이게 채소율의 마지막 노래가 될 거야. 그앤 벌써 죽었으니까."

그녀도 혹시 백조의 전설에 대해서 알고 있는 것일까? 하기야 언젠가 내가 들려줬을 수도 있다. 그녀는 남들이 무슨 얘기를 하든 호기심을 보이며 맑게 눈을 빛내곤 했었다.

노래에 관한 한 그녀는 진정한 프로였다. 출세해서 정상에 오른 사람들이 더러 강조하면서 은근히 뽐내는 유행어가 하나 있다. '외상 거래' 따위로 그 자리에 오른 건 결코 아니라는 표현 말이다. 가수든 패션모델이든, 세상의 모든 프로들이라면 그렇게 자부할 만한 가치가 충분히 있다고 나는 믿고 있다. 이를테면, 달랑 란제리만 하나 걸쳐입었을망정 패션모델 네다섯이 무대에서 나란히 걸어오는 장면을 직접 대한 적이 있는가? 정말이지 그때 그들은 이제 막 쿠데타에 성공해서 왕궁에 입성하는 장성들만큼이나 위압적이다. 그 모델들은 모델들대로 장성들이 쿠데타를 도모한 세월보다도 어쩌면 더 오래 자신만의 길을 걸어온 사람들이다. 제 눈빛에 쏘여 거울이 깨질 정도로 들여다보면서 웃어보고, 혼자 윙크해보고, 숱한 자세로 팔을 뻗어보고, 또 걸어보고…… 진정한 프로는 바로 그 지치지도 않는 끊임없는 인고의 세월이 온통 한데 녹은 뒤에야 비로소 만들어지는 것이다. 그리고 프로의 힘과 아름다움은 거기서 우러나는 법이다.

남한강으로 향하는 국도에는 은행나무가 노랗게 물들어 석양에 빛나고 있었다. 그것들도 제각각의 나이는 서로 달라서 그런지 벌써 잎을 떨구는 나무들이 있는가 하면 어떤 놈들은 아직도 푸르고 정정했다. 물론 대부분은 단풍이 한창이어서 산등성이든 들판 한 가운데든 아니면 마을 어귀에 서 있든 어디서나 은행나무는 눈에 잘 띄었다. 가을 길에서 보면 우리나라에 가장 많은 나무가 은행나무라는 생각이 들 수도 있다. 그러나 봄에는 다르다. 그 봄, 그녀와 함께 남한강변을 찾아가던 길에서는 지천으로 산벚나무뿐인 듯했었다.

"그때 거기로 가, 오빠!"

"여태 한 번도 찾지 않았었는데……"

한적한 길로 접어들자 그녀는 머리까지 둘러쓰고 있던 외투를 내려놓고 이따금 바깥을 바라보았다. 그녀도 가을 단풍을 보면서 봄꽃을 떠올릴지 모르는 일이었다.

"난 그렇다 치고 오빠는 좀 왕래를 하지. 고향 후배라면서……"

"아는 사람이라, 혼자는 더 못 찾겠더라."

똑같은 말이라도 정은이가 만약 그렇게 말했다면 나는 아마 면박을 주고도 남았을 것이다. 그게 바로 내가 아까 말한 관계의 차이라는 것이다. 내가 서로 다르게 반응하더라도 두 여자가 제각기 그게 당연하고 마땅한 것인 양 받아들이는…… 물론 정은이에게도 그애 나름대로 내가 채소율에게 대하듯 하는 다른 어떤 상대가 얼마든지 존재할 수 있다.

"아까 그 노래, 사실 내가 작사한 거나 마찬가지야."

"……?"

"작사가 선생님한테 그런 내용을 담아달라고 부탁한 뒤에 내가 몇 번씩이나 아니라고 퇴짜를 놓았거든. 선생님이 처음 써주셨던 게 가사는 더 좋았어도 내가 원하는 내용은 그게 아니었으니까."

"기분은 좀 풀렸니?"

나는 딴청을 부렸다. 사실이야 어떻든, 그 노랫말은 나를 두고 만들어진 게 틀림없다고 나는 진작부터 의심치 않았었다.

후배가 열고 있는 매운탕집이 저녁 어스름 사이로 나타났다. 가마솥 아궁이에 장작을 지피는 연기가 평화스럽게 피어오르고 있었다. 우직스런 그 가마솥 밥과 제법 정취를 즐기며 앉아 낚시할 수 있는 조대(釣臺) 몇 개를 설치해서 그럭저럭 손님을 끌어모으는 민박집이었다. 그녀와 내가 은밀하게 찾았어도 전혀 불필요한 오해나 소문이 새나가지 않았던 집.

"내 기분 따위가 좀 풀린다고 해서 뭐 하겠어."

이내 시무룩해지면서 그녀가 한숨을 내쉬었다.

"생각하기도 싫겠지만, 그놈과는 직접 연락을 해봤어?"

"아니, 미국인가 어디 처박혀서 딴소리만 하나봐. 자긴 모르는 일이라고."

"비겁한 놈, 차라리……"

나는 말을 잇지 못했다. 그사이 차가 민박집 마당으로 들어섰다. 그녀가 다시 외투를 머리끝까지 뒤집어쓰고, 나는 정은이에게 저만치 떨어져 있는 조대 하나를 가리켰다. 그들이 사라지는 것과 때를 같이 해서 후배놈이 내 차를 향해 다가왔다.

고기마다 살쪄 있다는 가을인데도 다행히 낚시꾼들은 보이지 않았다. 하기야 이미 낚시를 끝내고 집으로 돌아갔거나 다들 근처에 박혀 있는 모텔들로 기어들었을 시간이었다. 그랬으리라. 처음부터 어망 따위는 챙길 필요도 없이 이 먼 곳까지 찾은 이들은 보나마나 혼자가 아닐 것이다. 그러니 이제 서로의 육체에 밤낚시를 드리울 시간이다. 그러다가 잠시 쉬고 앉아 담배 한 개비 빼어물 참이면, 타락에 대한 자기 구실을 찾느라고 가수 채소율을 입에 올릴지도 모른다.

"종수야. 여기 나랑 같이 온 사람들이 누군지 알려고도 말고, 알더라도 입을 좀 다물어야겠다."

"원, 성님도!…… 척하면 삼천리요."

"삼천리든 삼만리든, 술이나 챙겨다오. 방 하나만 데워두고……"

그가 여자들이 가 있는 쪽을 흘깃거렸다. 누가 와 있는지 이미 눈치를 채고도 남을 녀석이었다. 나는 술상을 직접 받아가기 위해 차 앞에 선 채 담배 한 개비를 피워물었다. 강변이라서 벌써 옷깃 사이가 서늘했다. 속으로 깊은 울음을 삼키며 흘러가는 강물 소리가 들리는 듯도 했다. 아무리 숨기려고 해도 큰 가람이 울고 가는 소리는 밖으로 새어나오기 마련일까? 그녀에게 내 존재는 도대체 어느 정도나 되는 물줄기였는지 문득 알고 싶어진다.

"오빠, 나 오늘 영화 찍었어."

그날 밤에도 그녀는 내게 전화했었다. 산벚나무 꽃잎이 아름으로 뿌려지던 바로 그 봄밤의 일이었다. 아직 우리가 공식적으로 헤어지기 전이기는 했다. 그녀는 망설이고 또 갈등하고 있는 게 분명했다. 내가 먼저 포기하고 아무런 소리 소문도 없이 깨끗이 잠적해야 했지만 나는 그녀의 부재를 배겨내지 못할까 두려워서 자꾸 미적거리고 있었다. 그러다가 그 일을 맞았던 것이다.

"다 개자식들이야! 하나같이 다들!……"

그녀는 엉망으로 취해 있었다. 토악질이라도 하듯 그녀의 입에서 거친 욕설들이 마구 쏟아져나왔다. 한창 물이 올라서 장마에 죽순 자라는 듯한 기세로 뻗쳐오르고 있는 신인 가수가 호기심 많은 사람들이 지켜보고 있는 자리에서 함부로 내뱉을 말들은 아니었다.

가수를 그렇게 방치한다면 분명 소속회사에 문제가 있다고, 나는 그때만 해도 단순하게 여기고 있었다. 이른바 '연예인 길들이기' 라는 마수에 그녀가 걸려들었다는 사실을 눈치채지 못했던 것이다. 그녀와 나를 떼어놓은 놈들에 대한 불만이 팽배해 있던 때였다. 그 마피아 놈들은 말했었다.

'이봐요. 몸이 커지면 거기에다 새 옷을 또 맞춰입어야 하는 거요. 매니저라는 세계도 마찬가지란 말이지. 구멍가게에서 몇 푼씩 남기면서 팔아야 할 물건이 있고, 전문 백화점에서 고단수의 전략으로 판매해야만 하는 브랜드가 따로 있단 말요. 채소율씨를 진심으로 아끼는 사람이라면 그 앞을 '소금쟁이' 지나다니듯 하면서 사사건건 성공을 가로막아서야 되겠소?'

말인즉슨 옳다. 그녀가 대가수로 성장하려면 뒷받침이 중요하고 전략도 필요하다는 범위 안에서는 옳은 지적이 분명하다. 그렇지만 그 비유에는 함정이 숨어 있으며 음모를 감추고 있는 게 금방 드러난다. 새 옷 타령부터 그렇다. 그녀가 크고 있다면 매니저인 나도 경험을 넓히며 커가고 있을 테니까 말이다. 구멍가게 얘기 또한 얼토당토않다. 나는 단 한순간도, 꿈에서조차 그녀가 구멍가게 좌판에나 어울릴 거라고 생각해본 적이 없다. 그녀는 언제나 나에게 최고였던 것이다. 하물며 소금쟁이 운운하는 것은 쇠살에 말뼈 같은 싱거운 얘기가 아닐 수 없었다.

그런데도 불구하고 나는 용퇴하기로 결심한 터였다. 이제 하나의 가수가 하나의 기업이 되는 세상이다. 기업을 경영하듯 공격적인 마케팅을 하고 홍보 전략을 세워야 하며 또 흔한 표현대로 언론 플레이도 해야 한다. 실수였다 싶으면 재빨리 발을 뺄 줄 알아야 하고 한치의 오차도 없이 성공과 실패에 대한 분석을 해낼 수 있어야 한다. 톱 가수인 마이클 잭슨의 경우를 봐도 그렇지 않은가. 그런데 아무리 에누리 없이 내 자신의 값을 매긴다고 하더라도 내가 그런 기업의 총수를 덜컥 맡았다가는 감투의 무게에 눌려 그야말로 '깨구락지' 신세가 될 수도 있었다. 그렇다고 그들 일원에 섞여 기껏 운전사라든가 홍보 전단이나 돌리는 일로 자위할 수는 없지 않은가?

"말을 듣지 않으면 말야, 날 매장시키겠데. 오빠, 알아?…… 것도 생매장이래. 나한테 아무도 신곡을 못 주게 만드는 건 일도 아니래. 뭐라는 줄 알아?…… 어린애 손목 비트는 것보다 훨씬 재미있고 훨씬 쉽다는 거야."

"그래, 소율아. 여긴 술집이니까 소리 좀 낮춰."

"나 말야. 오늘 영화 찍었다고…… 오빠, 영화 알아? 이 등신아, 영화를 알고 있냐고?"

"나가자. 나가서 얘기하자."

"지랄!…… 어땠는지 알아? 나도 깔깔거리면서 영화를 찍었지. 볼 만할 거야. 나중에 오빠도 꼭 좀 보라고!……"

나는 그녀를 억지로 감싸안고 차에 태웠다. 그녀는 진짜 연기를 하듯 차 안에서 울다가 웃기도 하고 또 소리내어 울기를 반복했다. 그날 차를 몰아 온 곳이 바로 이 남한강변이었다. 물살을 따라 하염없이 흘러가는 작은 종이배처럼, 그녀가 내게서 갈수록 멀어져가고 있다는 생각이 들었다. 그녀가 내뱉은 욕설마냥 참 지랄 같은 봄밤이었다.

"처음 인신매매를 당해서 미아리 텍사스에 끌려오는 애들은 말야, 도망치지 못하게 발에 족쇄를 채워둔대. 오빠, 연예인들은 어떻게 하는 줄 알아? 오늘 나처럼 영화를 찍어두는 거야. 나중에 성공

하더라도 도망치지 못하게 하는 거지. 개자식들!⋯⋯"

한숨 자고 난 뒤 그녀는 술이 좀 깨는지 몸을 덜덜 떨어가며 하던 얘기를 다시 계속했다. 나는 그녀의 어깨를 안았다. 희고 가녀린 그녀의 목덜미에서는 아직도 마르지 않은 누군가의 단 침 냄새가 풍기는 듯도 했다. 나도 익히 들어서 알고는 있는 소문이었다. 다만 그 소문을 처음으로 그녀 자신이 몸소 확인해준 셈이었다.

"몸은?"

"아마 무슨 약을 먹은 것 같아. 다른 애들 영화라는 것도 보고."

"힘들 거라는 거, 각오했잖아."

"오빠는 그렇게밖에는 말을 못 해? 등신처럼⋯⋯"

"⋯⋯?"

"지금 바로 날 가져, 오빠."

"잘 들어둬!⋯⋯"

"싫어! 내 말부터 들어."

그녀가 내 말의 목을 잘랐다. 그새 새벽이 오고, 강물이 흐르는 수면 위로 물안개가 자욱하게 피어오르고 있었다. 그건 밤보다 새벽에 공기가 더 따뜻해질 경우에 흔히 발생하는 현상이다. 내 스산하고 황폐한 마음과는 달리 푸근한 하루가 시작된다는 증거였다.

"학교 뒷산에서⋯⋯ 강의실에서, 그리고 노래방!⋯⋯ 심지어 내가 짧은 치마를 입고 놀이공원에 갔을 때 회전 그네를 타면서 우리가 했던 일 기억해? 그때 오빠는 우리가 새 같다고 했지?"

경황을 잊고 그녀가 갑자기 깔깔거렸다. 여기서 섹스해도 모르겠지? 그녀가 먼저 제안을 한 셈이었다. 그 회전 그네의 칸칸마다 아이들을 앞세운 가족이 타고 있었는데 우리는 거기서도 치마를 살짝 걷어올리고 앉아서 건너편의 승객들이 눈치를 채지 못하게 '새루오기'를 한 적이 있었다. 새처럼 짧게.

"하지만 오늘 영화라고 찍은 건 너무 더러워. 난 샤워도 하지 않고 나왔단 말야. 샤워한다고 씻어진다면 난 백 번도 더 했을 거야. 그걸 찍으면서 내가 무슨 생각을 한 줄 알아? 모른다면 오빠가 좀 알아둘 필요가 있어. 오늘 아침 날 거기 태워다준 사람도 오빠였잖아? 잊었어?"

"내가 말리지 못했으니까 내가 책임져야 한다는 말 같구나."

"그래, 책임져!"

"어떻게?"

"날 데리고 도망쳐버려. 새처럼 도망치든, 말처럼 도망치든!……"

그녀가 목을 쳐들자 오른쪽 어깨에 연결된 쇄골 밑으로 시커멓게 멍든 키스 마크가 드러났다. 옷을 벗겨보면 에이즈 환자처럼 온몸 전체가 그 모양일 것이었다. 그녀는 서양 음악의 7음계 중에서 단음계의 여섯째인 '파' 음과 두번째인 '시' 음에 누구보다 강한 가수였다. 그게 둘 다 불완전한 반음(半音)인 사실을 염두에 둔다면 그녀의 본모습을 미루어 짐작할 수 있을지 모르겠다. 그녀는 그만큼 섬세하고 예민했다. 옆구리가 좀 터진 김밥을 보면서도 마냥 깔깔거렸고 또 언제 그랬냐 싶게 금방 눈물을 쏟는 여자였다. 그러니 녀석이 무슨 흡혈귀처럼 지랄발광을 떨며 심하게 굴지 않았더라도, 물론 그녀의 피부와 성격은 아무런 상관이 없다고 하더라도, 키스 자국 한두 개 정도는 간단하게 기념으로 남길 수 있는 것이다. 출장 공연에 지쳐 곤죽이 돼 있을 때면 나는 그녀의 스타킹을 벗기고 발바닥을 마사지해주곤 했었다. 그러면 그녀는 손이 닿기도 전에 간지럼을 참지 못하고 비명을 질러대면서도 감격하곤 했다. 그러니 그녀라면 녀석들이 꼭 부숴버리기라도 할 듯 심하게 대할 필요도 없었고 처음부터 영화를 찍어둘 필요도 아예 없었다. 지금도 내가 간직하고 있는 북채 하나, 발 마사지를 위해 쓰던 그 막대가 아마 그걸 말해줄 것이다.

나는 그 봄밤, 그녀를 가졌다. 온전한 하룻밤이라고는 해도 내 기억으로는 잠깐이었지만, 우리가 그전에 학교 뒷산이나 놀이공원에서 영락없는 새처럼 불안에 떨면서 도둑질하듯 서둘러 나누던 사랑과는 분명 다른 기억이었다. 그러나 다른 점은 그뿐만이 아니었다. 그것은 이별을 위한 필수적인 한 과정과도 같았다. 나는 그녀가 요구했던 것처럼 그녀를 데리고 도망치지는 못했다. 그녀가 원했던 것은 발 마사지와 같은 한순간의 위로였을 뿐이지 연예계를 아주 떠나는 도주 따위가 아님을 모르지는 않았던 것이다. 누구라도 그렇듯, 어쩌다 한번 발 한쪽이라도 들여놓으면 스스로의 의지로는 다시 몸을 빼내지 못하는 소굴이 바로 그 동네다.

물론 나는 그녀를 탓하고 싶은 마음은 조금도 없다. 하루 스물네 시간 중에서 열여덟 시간 이상을 노래 연습에 바치던 그녀였다. 자존심 때문에 무대에서는 남의 노래를 자주 부르지는 않지만 한국 초창기 가요사에 등장하는 윤심덕이나 이난영으로부터 시작해서 무려 이천 곡을 완벽하게 부를 줄 아는 그녀였던 것이다. 나는 다만 산벚나무 꽃잎이 뿌려지던 그 밤에 이제 미련도 여한도 없이 그녀를 떠날 수 있겠다는 생각을 했을 뿐이다.

"오빠, 큰일났어! 소율이 안 보여."

내가 그 봄밤의 상념에 너무 깊이 빠져 있었던가보다. 정은이가 외치는 날카로운 비명 소리가 나를 깨웠다. 흘러가는 강물처럼 가을 저녁이 홀로 깊어지고 인적에 놀라 잠시 무르춤했던 풀벌레들이 다시 와자하게 노래를 쏟아놓기 시작했다. 나는 그녀가 있던 조대

쪽으로 달려갔다.

"그애를 혼자 두었단 말야?"

"화장실에 가겠다면서 괜찮다고 했는데, 없어졌어!"

"이런, 등신!……"

그녀가 갈 곳이라고는 강변뿐임을 직감하고 나는 물이 흐르는 하류 쪽으로 내달렸다. 그녀가 혹시라도 강물에 몸을 던졌다면?…… 정은이가 내 뒤를 따르며 거의 울부짖듯 그녀의 이름을 불러댔다. 강변을 가로질러 물이 자박자박 흘러가는 곳까지 뛰어가서 나도 숨을 헐떡거리면서 그녀를 불렀다. 어둠 속에 무엇인가가 희끄무레하게 서 있는 듯해서 달려가보면 보이는 것이라곤 그녀처럼 가녀리고 부드럽게 춤을 추는 갈대뿐이었다. 나는 강물을 따라 더 달려 내려갔다.

가수들이란 참으로 상처받기 쉬운 존재들이다. 더구나 여가수들은 더 말할 나위도 없다. 늘상 가까운 곳에서 만나기 마련인 탤런트들을 보면서 스트레스를 받는가 하면 기대했던 음반이 뜨지 않으면 그야말로 밥맛조차 잃어버리고 아예 수저를 놓는 사람들이다. 물론 그건 충분히 그럴 만한 일들이기는 하다. 심지어는 TV 화면에 제 얼굴의 여드름 자국이 클로즈업됐다고 해서 밥을 굶거나 노래하는 도중에 침 튀는 장면이 좀 나왔다고 해서 전전긍긍하는 가수들도 있다. 그녀가 강물에 몸을 던질 이유는 충분한 것이다.

그녀는 우리가 찾아나선 하류 쪽이 아니라 강의 상류에 가 있었다. 신곡을 발표한 뒤 한동안은 지하에 있는 건물에는 출입하기를 꺼리는 가수들이 있다. 그걸 징크스로 여기기 때문이라고 한다. 그녀가 징크스를 믿고 따르는 편은 아니었다고 하더라도 우리가 왜 상류 쪽으로 먼저 가볼 생각을 못 했는지 모르겠다. 어쨌거나 그녀는 물굽이가 만들어놓은 작은 모래톱 안쪽의 강물에 들어가 있었다. 무릎까지 담그고 선 채 앞으로 더 나아가야 할 것인지 어쩔 것인지 저울질하고 있는 듯했다. 그런 고전적인 방식으로 자기 최후를 맞은 사람들이 전설과 민담, 그리고 역사에 부지기수로 등장하지만 그건 결코 쉬운 일이 아니라는 사실을 나는 잘 알고 있다. 내게도 실패한 경험이 있기 때문이다. 그것도 그 봄날, 바로 이 근방 어딘가 강변에서의 일이었다.

연민으로, 나는 그녀를 안아들었다. 그새 허깨비처럼 가벼워진 몸무게가 그녀의 고통을 증명하는 것 같았다. 그녀는 내게 자신의 고통을 보여주고 싶었던 걸까? 스스로 목숨을 끊는 이들은 남에게 자신이 지닌 최후의 결단력을 보여주고 싶은 유혹에 빠진다고 한다. 한강 다리에 올라서서 우선은 구경꾼이 모이기를 바라는 사람들은 경우가 좀 다르다고 하더라도, 그 자랑하고픈 유혹은 대부분 죽고 난 뒤 자신의 모습이 추해질지도 모른다는 두려움 때문에 바뀐다는 얘기도 있다. 그렇다면 그 밤에 결단력을 보여주고 싶어했던, 내가 빠졌던 유혹, 그러니까 내 최후의 단심(丹心)을 보여주고 싶었던 대상도 바로 그녀였다.

"괜찮아?"

"왜 말려? 그냥 구경이나 하지."

말린 적도 없고, 그녀 스스로도 거부한 적이 없었지만 오랜 시간 격렬하게 실랑이를 벌이고 나서 탈진한 사람처럼 그녀가 나지막한 목소리를 냈다. 내게 보여주고자 했던 행동이라면 그걸로 충분하다는 생각이 들었다. 나는 모래언덕에 넋을 잃고 앉아 있는 그녀의 어깨를 힘주어 안았다.

"힘을 내, 소율아. 나도 세상에 대해서는 까막눈이지만 내가 볼

수 있는 만큼만 우리가 사는 세상에 대해서 좀 말해줄까?…… 보아
하니, 앞으로 몇 년이면 아마 영악한 애들 사이에서는 인기라도 좀
떨어질라치면 그런 걸 서로 찍어서 발표하려고 눈이 뒤집히는 세상
이 될 거다. 그리고 모든 사람들이 그런 걸 무슨 훈장처럼 여기는
날도 오게 될 거고…… 두고 봐, 그때까지 내가 지금부터 내 손가락
에 장을 지지고 있을게. 미국 같으면 그게 벌써 떼돈을 벌고도 남을
일이었어."

"그렇더라도, 우린 멀어도 한참 멀었어."

"그래, 멀어. 하지만 네가 갈 길도 그만큼 멀어. 그러니 여기서 주
저앉을 수는 없지."

"오빠, 나 미국으로나 갈까?"

"그놈이 도망친 곳인데?"

"아니, 거긴 안 돼."

"아무래도 그건 천천히 생각해보자. 지금 가면 너도 도망치는 게
될 테니까."

"죽고 싶어. 여기저기 욕이나 실컷 하고 나서."

"나한테 해. 아, 그때 내가 먼저 그놈의 멱을 땄어야 하는 건데.
그 모델의 운전사라든가 하는 친구는 잘도 하더라만…… 그렇지만
소율아, 이건 알아둬라. 네가 어떻게 되든, 세상 끝까지 남을 마지
막 한 사람의 팬은 바로 나다."

그해 연말, 새해를 불과 사흘 앞두고 그녀는 기자 회견을 했다. 나
는 처음에 그 회견 장소에 참석하지는 않았다. 아침부터 거기서
멀지 않은 한 커피숍에 앉아서 하릴없이 신문을 뒤적거리거나 방송
사마다 경쟁적으로 편성한 연말 특집 프로그램을 번갈아 시청하고

있었다. 연말은 그녀와 같은 가수들에게는 그야말로 명절 대목으로 통한다. 그렇지만 연예인들이 등장하는 그 어떤 프로그램에도 그녀의 얼굴은 없었다. 간혹 자료 화면이 눈에 띄기도 했지만 그건 죽은 화면일 뿐이었고 그것도 연예계 10대 뉴스 따위로 오직 그녀의 섹스 스캔들을 언급할 때뿐이었다.

어느 방송사 화면에서는 느닷없이 무리를 지어 날아오르는 백조 떼가 비치기도 했다. 새해 희망을 새떼의 비상(飛翔)을 통해 상징적으로 보여주려던 것이었는지 아니면 그냥 단순한 퀴즈 프로그램이었는지는 확실하지 않다. 나는 그놈들 중에 혹시 이제 막 죽어가는 놈들이나 조금은 별스럽게 목을 뽑아올리는 녀석들이 없을까 하고 눈을 씻고 찾아보기도 했지만 아무래도 그런 게 쉽게 구분될 리는 없었다. 어쩌면 내가 그 화면을 보면서 조금은 다른 생각에 빠져들었기 때문인지도 모른다. 그 동물들의 먹이사슬과 조금도 다를 게 없는 인간의 먹이사슬 구조에 대해서 내 나름대로 가늠해보고 있었던 것이다.

세상에는 가수들을 맨 밑바닥에 두고 엮어지는 먹이사슬도 분명 있다. 좋은 노래라고 해서 그게 다 히트하지는 않는다는 단편적인 측면이 그걸 말해준다. 그 반대로 시원찮은 곡들이 크게 떠서 전파를 많이 타는 경우도 물론 마찬가지라고 할 수 있다. 이 세계에 진입하기를 원하는 사람이라면 물불을 가려서는 안 된다. 남자는 돈, 여자는 몸이라는 등식 따위는 이제 입에서 신물나고 귀에서 귀젖이 흐를 정도로 흔한 상식이 된 지 오래다. 그리고 어쩌면 나와 같은 풋내기 매니저들도 가수들의 바로 상위(上位)에 서서 먹이사슬의 한 축을 이루고 있을 것이다. 매니저뿐만 아니라 고리가 질기든 혹은 좀 느슨하든 방송 PD며 디렉터, 기자, 음반 제작자, 소속회사, 작사가, 작곡가까지 다 합친다면 이 사슬은 대나무 한 토막에서 뻗어 나간 부챗살보다 더 다양하다. 물론 내 어깨 위에 올라선 채로 내 목에 제 발을 꿰어 사슬을 엮고 있는 무리들도 있음은 새삼 강조할 필요도 없다.

그러다가 내가 왜 문득 그녀가 기자 회견을 하기로 한 곳에 들러 볼 엄두를 내게 됐을까?

장소가 비교적 넓었음에도 불구하고 기자 회견장은 말 그대로 인산인해를 이루고 있었다. 입장하지 못한 사람들이 오히려 더 많았고, 희끗희끗 눈발이 날리는 추위에도 아랑곳하지 않고 문밖에 모여 서서 그녀의 이름을 불러대는 팬들도 적지 않았다. 사건 이후에 오히려 인기가 더 수직으로 치솟기라도 한 듯했다. 아마 그 때문에 덜떨어진 일부 신문에서는 마치 떠도는 얘기인 양 소개하면서 이른바 그 '자작극(自作劇)' 가능성을 은근슬쩍 흘리기도 했으리라.

예상대로 먼저 입장했을 정은이를 불러내 합류함으로써 나는 실랑이가 끊이지 않는 회견 장소에 쉽게 기어들어가 앞자리 한 구석을 차지하고 설 수 있었다. 그새 또 얼마나 울었는지 약속 시간보다 훨씬 늦게 나타난 그녀의 눈퉁이는 이미 벌겋게 부어 있었다. 화장하지 않은 맨얼굴, 거기다가 차림새도 평범하고 수수한 편이어서 보는 이들로 하여금 동정을 자아내게 하기에 충분했다. 그걸 다 정은이가 연출했다면 그애도 이젠 제법이라고 칭찬할 만하다. 모든 걸 필요에 따라 꾸미거나 만들고 혹은 조작하기도 하고…… 그게 연예계의 법칙이고, 그게 바로 또 이 세계에 몰인정한 먹이사슬의 법칙이 합리적으로 성립되는 근거이기도 하다.

소율은 말문을 열어 비디오에 등장하는 여자가 자기라는 사실을 솔직하게 시인하고 팬들의 용서를 빌었다. 그때부터 그녀는 회견이 모두 끝나고 퇴장하는 순간까지 내내 펑펑 울었다. 그래서 나나 그녀의 가까운 가족들이 아니면 무슨 말인지 알아듣기 힘들 때도 많았다. 눈물이 그렇게도 샘솟듯 할 수 있는 것인지, 손수건이 온통 젖을 지경이었다. 눈썰미가 있는 사람이라면 혹시 기억할 수도 있겠다. 회견 도중에 한 남자가 나타나 자연스럽게 그녀의 젖은 손수건을 받아들고 총총히 사라지던 광경을 말이다. 그녀는 잠시 어리둥절한 표정이었지만 아마 조금도 거리낌은 없어 보였으리라. 그럴 만도 했던 게 그 남자가 바로 나였던 것이다. 나는 그녀가 주체할 수 없을 정도로 마구 눈물을 흘려대는 모습을 사람들에게 더 보여줄 필요가 있다고 믿었다. 그게 그녀를 위해 내가 할 수 있었던 마지막 배려다. 그녀는 그후에도 누군가가 비디오를 촬영하는 줄은 꿈에도 몰랐다고 밝혔으며 그 때문에 사건 초기에는 등장인물이 자기가 아니라는 주장을 했다고 고백했다. 예상대로 녀석은 찍어둔 비디오를 미끼로 자기 몫의 비율을 자의적으로 인상시켜왔고 매니저라는 관계가 끝난 뒤에도 여러 차례 거액을 요구했다고 한다. 그녀의 얘기에는 묘한 진정성(眞正性)이 담겨 있었으며 그 울림은 내게도 설득력 있게 전해졌다. 그건 다른 이들에게도 예외가 아니었으리라고 여겨진다. 데뷔하던 시점부터 섹스어필한 모습으로 대중에게 다가갔던 그녀는, 물론 내가 처음 기획한 등록 상표이기도 했지만, 이제는 섹스 그 자체로 홀로 감당하기 벅찬 무거운 짐에서 비로소 해방되는 듯한 느낌을 안겨주었다.

 "앞으로 가수 활동에 대한 계획을 좀 밝혀주시죠."

 끝으로 기자 하나가 그렇게 물었을 때, 회견은 이미 결말에 이르러 있었다. 무슨 말인지 잘못 들었다는 듯 그녀가 짧은 한순간 고개를 치켜들자 일시에 카메라 플래시가 터졌고 그 바람에 그녀의 눈가에 매달려 있던 눈물 방울이 반짝 빛을 내며 떨어졌다. 그녀는 더 어눌하고 전보다 더 더듬거리며 천천히 말을 이었다.

"여길 떠나서 당분간은, 대만 쪽에서만…… 활동하겠습니다. 모든 팬들이 절 욕하고, 손가락질해도…… 한 사람만, 한 사람만 남아 있다면…… 그 사람을 위해서…… 노래는 계속……"

갑작스런 박수 소리에 파묻혀 마지막 말은 들리지 않았다. 나는 그 순간, 그녀 몰래 내가 찍어두었던 비디오 테이프를 떠올렸다. 우리가 남한강을 함께 찾았던 그 화사한 봄밤, 나는 강물에 몸을 던지려다 말고 돌아와서 그걸 찍었었다.

그 몹쓸 녀석의 수법을 나 또한 뒤늦게 배우고자 했던 것이지만, 그녀는 자기도 모르는 새에 낮에 이어 또 한 편의 영화를 그 밤에 찍은 셈이었다. 그런데 맹세컨대 나는 그 녀석이 찍었다는 건 아예 구경조차 한 적이 없어도, 내 영화가 더 처절하고 더 비극적이고 또한 아름다웠으리라고 믿는다. 비록 여주인공의 속옷을 비롯한 모든 의상과 깔깔거리던 연기까지는 녀석의 것과 틀릴 게 없더라도 말이다. 녀석이 희희낙락하면서 불러댔을 휘파람 같은 노래와는 사뭇 다르게, 그날 내 옆구리에서 아프게 탄주(彈奏)되던 노래야말로 그 마지막 '백조의 노래'에 훨씬 더 가까웠을 것이기 때문이다.

한편으로 생각해보면 내가 비디오를 찍었다는 사실을 그녀가 결코 모를 것 같지는 않다. 그때는 이미 술이 깨어 있었고, 나로서도 느닷없이 계획한 일이라 설비가 어설프기 짝이 없었던 탓이다. 무엇보다 나를 만나서 무한정 풀어놓던 눈물바람도 지금 와서 돌아보면 의아스럽긴 하다. 사랑한다는 맹세, 그리고 '사랑'처럼 언뜻 비치는 일도 막상 속내를 살펴보면 그냥 '계약(契約)'에 불과한 경우가 많은 게 이 동네의 허상이고 또 실상이다. 내 비디오의 존재를 알았다면, 알고도 내색하지 않았다면 그녀가 참말로 나를 사랑했다는 뜻일까?

어쨌거나 그녀의 연락을 받고 남한강을 다시 찾았던 가을날, 그 테이프를 불 속에 그냥 던져버린 건 정말이지 잘한 짓이라는 생각이 든다. 언젠가 정은이를 상대로 찍었던 비디오까지 불에 태우고 나면 내게 남는 건 더 없다. 그러니 내가 몰래 사슬로 엮어두었던 먹잇감들의 족쇄를 스스로 잘라준 셈이 되고, 이제 상품성이라는 측면에서도 가치가 없어지긴 했지만, 그 대신 나는 의지할 데 없이 혼자가 될 것이다. 그렇지만 어차피 모든 존재들은 혼자가 아니던가? 떼를 지어 나는 새들도 가까이 다가가보면 혼자고, 그녀도 지금 이 순간 철저히 혼자일 게 틀림없다.

혹시, 백조들은 홀로 죽어가다가 문득 그 사실을 깨닫고는 그토록 아름다운 오도송(悟道頌)을 부르는 것은 아닐까? 그렇다면 백조뿐만 아니라 모든 새들이, 겉 희고 속이 검을 나나 그 녀석과 꼭 비슷할지 모를 까마귀조차, 그때에 이르러서는 하염없이 마지막 노래를 부를 것이다. 그런데 과연 그 우멍스런 '까마귀의 노래(Crow's song)'도 짧은 그때 한순간만큼은 좀 들을 만할까?

그 집 앞 은행나무

공터의 은행나무는 내가 톱을 들고 다가서자 몸을 후두둑 떨었다.
나는 주위를 몇 번이나 살핀 다음 그 임산부 나무의 정강이 부근에 톱을 댔다.
그리고는 그곳을 찾던 젊은 남녀들의 키스가 마치
고장난 필름처럼 자주 끊어지곤 하던 것처럼
나 역시 잠시 잠깐씩 몸을 뒤틀며 격렬하게 톱질을 해댔다.

우리가 명륜동 비탈의 그 자취방을 얻은 건 생각만 해도 눈물나는 어느 봄날 저녁이었다.

생각만 해도 눈물난다는 '파블로프'식 표현은 참으로 지랄 같은 내 젊은 날만을 염두에 두고 하는 얘기는 아니다. 언덕빼기에 자리 잡은 집이라 명륜동 사거리 쪽에서 최루탄을 쏘아댈 때면 가스가 집 마당까지 스멀스멀 다 기어올라왔던 것이다.

원래는 하숙을 치려고 했던 그 방을 주인 내외가 자취방으로 돌린 이유도 사실은 그 최루탄 때문이었다. 대문 초인종을 눌렀을 때도 주인 아저씨는 수건으로 코를 싸쥔 채 문을 열어주었다.

"연기가 맵디요?"

수건을 둘렀기 때문에 발음이 엇갈리는 줄로 알았는데 그게 아니었다. 주인집 내외는 평안도 출신의 피난민이라고 했다.

우리가 얻은 방은 문간방으로, 창문을 열면 길 아래 사거리가 한 눈에 내려다보였다. 전망이 좋은 곳이었지만 그놈의 가스가 산자락을 타고 곧장 올라오는 굴뚝 통로 같은 곳이기도 했다. 그래서 하숙생들이 굴뚝새처럼 자주 들락거렸던 모양이었다.

"견딜 만하냐?"

재율이가 창문을 닫으며 내 의지를 확인했다.

창문 아래로는 뭇 발에 밟혀 시커멓게 변한 흙길이 언덕 위쪽으로 구불구불 이어지고 있었다. 그 길 옆 작은 공터에는 은행나무 한 그루가 서 있었는데 그 나무 모양이 참으로 희한했다. 누군가가 일부러 가지치기라도 해놓은 것처럼 머리끝에서 발끝까지 영락없는 만삭의 임산부였다. 수령이 20년쯤은 돼 보였으니까 인간의 기준으로는 비교적 젊은 임산부라고 할 수 있는, 아주 웃기는 나무였다.

"아니다 싶으면 시방 당장 다른 집을 찾아야잖아?"

재율이가 거듭 내 의견을 물었다.

"아녀, 아녀!"

나는 손사래를 쳤다. 대문을 사이에 둔 건넌방에서 우리 또래쯤 되는 여자 둘이 고개를 내밀고 관심을 보이던 모습이 떠올라서였다. 삼수생이라면 개도 하찮게 쳐다보더라고, 그렇게 자조 섞인 말들을 나누던 시절이었다. 그렇지만 첫눈에 옆방 여자들만큼은 우리를 얕잡아보지 않을 것이라는 신뢰감이 들었다. 그냥 내 맹목적인 희망이었는지도 모르지만.

그날 저녁 우리는 주인 내외에게 냉면을 얻어먹었다. 정통 평양냉면이었다. 매운 가스에 캑캑거리면서 우리가 저녁밥을 준비하는 게 안쓰럽기도 했겠지만 그보다 주인 아저씨는 냉면 맛을 자랑하고 싶어했던 것 같다. 맛있디? 냉면 맛있디? 하면서 몇 번이나 확인했던 것이다. 하지만 냉면이 맛있게 느껴질 만한 계절은 아니었다.

마당에 물을 뿌리면서 보니까 제법 터가 넓은 집이었다. 세 들어 사는 이들은 더 있는 듯했다. 건넌방 젊은 여자들은 어느새 나가고 없었다. 밤에 일을 나간다고 했다. 뭔가 재미있는 일들이 끊이지 않을 것 같은 예감이 첫날 밤 내 머리를 스쳐 지나갔다.

"오빠들, 안 자요?"

밤이면 그 아가씨들이 우리 방 창문을 두드렸다. 대문을 열어달라는 부탁이었다. 그래서 우리는 아예 당번을 정해서 교대로 문을 열어주어야만 했다. 홀수날은 재율이가, 그리고 짝수날은 내가.

"맨날 미안해요."

이틀에 한 번씩이었지만 '유리'와 '규리'라는 그 아가씨들은 매일 미안하다고 했다. 아무리 살펴봐도 그들이 자매는 아니었다. 그러니 이름은 자기들끼리 적당히 지은 것이라는 혐의가 짙었다.

유리는 머리칼이 치렁치렁했고 규리는 다리가 날씬한 여자였다. 유리는 재율이가 좋아하는 타입이라고 해서 할 수 없이 남은 규리가 내 몫이었다. 그냥 우리끼리 그랬었다. 그래서 한때는 규리 목소리가 들리면 내가, 그리고 유리 목소리가 들리면 재율이가 나가서 문을 열어주기도 했었다. 그런데 창문을 두드리는 사람은 대부분 유리여서 그 약속도 오래 지켜지지는 못했다.

"튀김 좀 드세요."

대문을 열어주면 그녀들은 거의 언제나 군것질감을 내밀곤 했다. 군고구마며 호떡, 붕어빵 등을 비롯해서 땅콩, 오징어채 같은 것까지…… 그녀들이 주는 것치고 맛없는 건 없었다. 그 때문에 그녀들이 돌아올 시각이면 우리의 식도는 벌써부터 알아차리고 막무가내로 침을 끌어당기곤 했다.

그날은 아마 토요일이었을 것이다. 오후 들어 내리기 시작한 비가 좀체 그치지 않고 있었다. 학원을 마치고 돌아오는 길에 비를 맞은 때문인지 나는 몸살로 인해 열이 들끓었다. 그래서 재율이가 지어 온 약을 먹고 깜빡 잠이 들어 있었다.

"오빠, 오빠!"

방문 밖에서 규리의 다급한 목소리가 들리는 바람에 나는 가까스로 눈을 떴다. 밤이 늦어서 그녀들이 돌아오는 줄 알았는데 그게 아니라 아직 초저녁이었다.

"저 좀 숨겨주세요. 빨리요!"

재율이가 문을 열기도 전에 규리가 방 안으로 날렵하게 몸을 들이밀었다. 영문도 모르는 채 눈치 빠른 재율이가 벽장을 가리켰다. 그녀가 보따리 하나를 먼저 벽장에 밀어넣더니 그 안으로 몸을 던졌다. 나는 누워서 짧은 치마 속으로 드러나는 규리의 속옷을 보고 그 경황중에도 얼굴이 후끈 달아올랐다.

"뭔 일이다냐?"

나는 그제서야 일어나 벽에 등을 기대고 앉았다.

"쉬잇!"

재율이가 손가락 하나를 세워 입에 댔다. 그러더니 방문을 열고 그녀의 신발을 찾아 벽장 속으로 넣어주었다.

밖에서는 빗방울 떨어지는 소리가 끊이지 않았다. 그 사이로 비에 젖어 짤박거리는 발소리도 방벽을 타고 오르내렸다. 봄비 소리는 언제나 사람들의 발소리와 섞이기 마련이라는 생각을 그때 했다. 겨울비나 여름비와 달리 봄비는 저 혼자 따로 들리지 않는다는.

나가서 저녁 준비를 할 때도, 그리고 밥상을 물린 뒤에도 우리가 가슴 졸이며 우려하던 사태는 일어나지 않았다. 문밖에서나 벽장

안에서나 아무런 기척도 없었다. 불안하고 수상쩍은 우리들의 시간만 어정쩡하게 흘렀다.

밤이 되어 나는 다시 깊은 잠에 빠져들었다. 어수선하고 뒤숭숭한 꿈자리가 끝없이 이어졌지만 몸을 일으킬 수는 없었다. 사춘기에 자주 보이던 황당하고 안타까운 꿈 일색이었다. 분명 하늘을 날고 있기는 하지만 아주 높이 날 수는 없어서 그냥 땅 위를 걸어서 쫓아오는 추격자들의 손에도 허망하게 붙들리고 마는 그런 고약한 꿈들이었다. 그게 재수생, 삼수생들의 꿈이었는지도 모르지만.

새벽이 되어 눈을 떠보니 재율이가 방에 없었다. 벽장문을 열어보았지만 규리의 흔적도 벌써 지워지고 남아 있지 않았다. 나는 밖으로 나와 규리네 마루 쪽을 살펴보았다. 그쪽에도 신발은 하나뿐이었다. 할 수 없이 나는 방문을 두드렸다.

"내 친구 어디로 갔는지 혹시 몰라요?"

"잠깐만요."

유리 목소리였다. 나는 마루에 걸터앉아 유리의 다음 반응을 기다렸다. 모르면 몰랐지 왜 잠깐만 기다리라는 것인지 알 수 없었다. 비는 밤사이에 말끔히 그쳐 있었다.

"들어오세요, 좀."

헝클어진 머리 매무새를 바로잡으며 유리가 방문을 열었다. 나는 어찌해야 될지 난감해졌다.

"괜찮아요. 들어오세요."

도대체 누구에게 괜찮다는 것인지 알 수 없었다. 들어오라는 말은 문법적으로 '명령형'이 아니라 이 경우에는 '청유형(請誘形)'이라는 생각이 고작이었다.

"좀 앉으세요."

이번에도 그녀가 청유했다. 향수며 비누 냄새가 여자들의 방임을 일러주고 있었다. 내가 처음 들어가보았던 여자들만의 방이었다. 낮은 앉은뱅이 책상 위에는 화장품과 전화기, 머리빗, 돼지저금통 그리고 몇 권의 책이 잘 정돈되어 있었다. 그 책상 서랍을 열어보고 싶다는 생각은 우리 같은 삼수생이 아니라고 하더라도 누구에게나 드는 것일까?

"당분간 재율이 오빠를 찾지 마세요."

그녀가 밑도 끝도 없는 말을 했다.

"아니, 어디로 갔는지 말을 해줘야 할 게 아닙니까?"

"그건 저도 몰라요. 그런데 찾지 말래요, 재율이 오빠가."

나는 한 대 얻어맞은 듯 갑자기 말문이 막히고 말았다. 잠 귀신에 홀린 사이에 아주 복잡한 미로에 갇혀버린 느낌이었다.

"규리씨는요?"

"그애랑 같이 갔어요."

하룻밤에 만리장성을 쌓는다는 게 이런 것일까 하고 나는 생각했다. 재율이란 놈이 야속하기도 했다. 알게 모르게 우리 서로가 규리는 내 짝이라고 했던 것인데 내가 몸이 아파 누운 사이에 야반도주를 해버렸다는 느낌 때문이었다.

"이제부터는…… 오빠 밥은 제가 해드릴게요."

유리가 엉뚱한 다짐을 했다. 재율이를 찾지 말라는 조건인지, 우리처럼 자기네들도 규리는 내 여자라고 믿고 있던 참에 내가 배신당했다고 여겨서는 제 딴에 위로를 해주는 것인지 알 수 없었다.

재율이는 그 이후 돌아오지 않았다. 규리도 마찬가지였다.

규리는 그날 밤에 무슨 일로 우리 방에 숨어들어야 했을까? 무슨 큰 비밀이라도 되는 양 유리는 발설하려고 하지 않았다. 나 역시 자꾸 캐묻는 것은 재율이에게 욕이 되는 일일 것 같아서 그냥 함구했다. 자기가 스스로 했던 약속을 지켜 유리는 그날 아침부터 내 밥을 해주었다.

주인집 본채 끝에는 나이 차가 좀 많은 듯한 부부가 세 들어 살고 있었다. 부부가 같이 도배 일을 다닌다고 했다.

술을 즐기던 그 집 남편은 일이 없는 날이면 이따금 주인 아저씨와 어울렸다. 그들이 안방 마루에 앉아 술을 마시면서 나누는 얘기들을 엿듣다보면 세상에 그런 대화도 다 있을까 하는 생각이 들 때가 많았다. 두 사람이 서로 거꾸로 길을 가듯 화제가 제각각이었기 때문이다. 주인 아저씨는 1·4후퇴며 피난살이 얘기를 하고 도배장이 아저씨는 상대방의 반응이 어떻든 전혀 개의치 않고 공사판 주변의 얘기만을 늘어놓았던 것이다.

재율이가 나가고 일 주일쯤 됐던 날 오후, 그 도배장이는 내게 술 한잔을 하자고 청했다. 우리는 이미 그전에 같이 어울렸던 적이 있었다. 재율이와 셋이서.

"좀 건너오시래요. 약주 한잔 드시라고……"

"아직 저녁도 안 먹었는데요."

"저녁을 같이 하면서 술을 들겠다고 성화예요."

도배장이의 부인이 살짝 얼굴을 붉혔다. 이십대 후반인 그녀는 몸이 아주 가냘픈 여자였다. 우리가 밥을 해먹던 때만 해도 그녀는 반찬거리들을 우리들에게 거의 매일 나누어주곤 했었다. 그런데 당연한 일이겠지만 유리가 내 밥을 해주면서부터는 식사 때가 지나고 나서도 밥 먹었느냐는 인사 한마디 없었다. 그게 혹시 질투는 아닐까? 외로운 날이면 그렇게 믿어보기도 했었다.

두어 번 고사한 끝에 나는 그 방으로 건너갔다. 유리가 아무런 말도 없이 그런 내 뒷모습을 살피고 있었다. 나는 그 순간 대학을 포기하고 그녀와 살림을 차리고 싶다는 충동에 사로잡혔다. 아니, 대학을 포기하는 게 아니라 오히려 그녀의 도움을 받을 수도 있는 일이었다.

"한잔 하자는데 빨리 안 오고 뭐 하쇼?"

도배장이가 나를 반기면서 부러 역정을 내듯 말했다. 그는 소주한 병을 벌써 비워가고 있었다.

"초저녁부터 무슨 일입니까?"

"술시 아니오?"

"그렇게 해서 자시(子時)까지 술을 자십니까?"

"예?…… 거, 말 되네! 까짓 것, 그렇게 합시다."

그가 술잔을 내밀었다. 굵게 팬 주름살이 얼굴에 몇 개 고랑을 이루고 있었다. 어쩌면 겉모습이 보여주는 것처럼 나이가 많은 것은 아닌지도 몰랐다. 고향에서 농사를 짓고 계시는 우리 아버지가 그런 것처럼.

"내가 어떻게 해서 젊은 각시를 데리고 사는지 궁금하지 않았소?"

당시에 우리가 쓰던 표현대로, 두번째 술병을 막 꺾자마자 도배장이의 몸도 슬슬 무너지기 시작하고 있었다. 그건 물론 우리가 궁금해하던 일이었다. 만약 유리와 내가 함께 살기로 한다면 훗날 다른 사람들 역시 우리가 과거에 어떤 인연으로 만났는지 궁금해할 것이다. 그렇게 되면 우리가 재율이와 규리 사이에서 떨어져나와 부득이하게 맺어진 삼류 멜로물 같은 전후 관계를 다 실토할 자신이 있을까?

"저희들 나이에는 모든 게 다 궁금하죠."

"그렇지! 아마 그럴 거야. 사실은 말이지."

"에구, 저 푼수가!"

도배장이의 부인이 눈을 치떴다.

"푼수라니!…… 이 사람아, 나는 그때 기분으로 산다네. 알아? 그때 그 재미로 산다고!"

도배장이가 그렇게 말하자 부인의 얼굴에 금방 홍조가 나타났다. 부부가 함께 자랑할 만한 연애담이 무엇인지 호기심이 더 일었다.

"내가 처갓집에 도배 일을 나갔었다네. 물론 그때는 모르는 집에 그냥 공사를 맡았던 것이지만…… 그런데 무슨 일인가로 혼자 남아서 도배를 하고 있는데 저 사람이 밖에 나갔다가 돌아오는 거야. 이게 너희 집이냐고 물었더니 그렇다고 해서 도배지를 좀 맞들어달라고 부탁했지. 백지장뿐 아니라 도배지도 맞들면 훨씬 낫다네. 일이야 물론 방금 전까지 해냈던 것처럼 혼자서도 할 수 있었지만 아마 인연이 닿으려니까 그랬을 거야. 이 사람이 거부감 없이 순순히 도와주더라고!…… 때마침 여름날이었는데, 그렇게 일을 하다보니까 저 사람에게서 막 익기 시작하는 살구 냄새가 솔솔 풍기더라구. 노총각 콧구멍 속으로 말이네."

나는 그대로 듣고 앉아 있기가 민망스러워 혼이 났다. 그걸 자랑이라고 하는 것인지 참으로 이해할 수 없었다.

"알았습니다. 그만 하시지요."

"가만있어! 얘기가 아직 끝나지 않았으니까."

남자가 내 손목을 아프게 움켜쥐었다. 유리가 출근하기 위해 대문을 나서는 모습이 보였다. 그날따라 좀 늦은 편이었다.

"나중에 이 사람이 눈물을 짜내면서 자기를 어디 먼 곳으로 데려가달라고 하더라구. 나는 물론 약속했지. 천 번 만 번이라도 그렇게 할 수 있었으니까. 그래서 우리는 방벽에 풀칠을 하다 말고 도망쳤던 것이라네."

"행복하셨겠네요."

할 수 없이 나는 그렇게 공치사를 했다. 물론 그들 부부는 당시만 하더라도 실제로 그랬을 수도 있으리라.

"행복?……"

남자가 눈을 치떴다. 벌써 눈동자가 많이 풀어져 있었다.

"여보, 이제 그만 좀 해요."

"아니, 더 들어봐야 해."

"아저씨, 정말 그만 하시죠."

세 사람이 제각각 중구난방으로 한마디씩 떠들었다. 나는 그날 이후로 이런 선입견 하나를 갖게 되었다. 사람들이 모여 각자 서로의 얘기를 하는 자리는 틀림없이 슬프다! 라고.

"물론 행복했지. 그때 일들을 떠올릴 적이면 없던 기운도 불끈불끈 솟아나니까 말야. 그런데 지금은 어떤지 알아?…… 내 아내를 방에 혼자는 못 두겠어. 그래서 같이 일을 나가는 거라구. 알아?…… 나이가 들수록 자꾸 더 그래. 알아?"

"나도 좋아서 여태껏 일을 같이 나갔잖아요!"

"그래, 그래! 이봐, 총각!…… 내 아내가 방에 혼자 있거든 내 대신 자네가 좀 안아줘. 내가 취한 줄 알아?…… 만약 그렇다면, 거 뭐냐? 취중진담으로 새기라구!"

그는 완전히 취해 있었다. 더이상 함께 앉아 있을 수도 없었다. 이해할 수 없는 일이었다. 굳이 사치스러운 표현을 빌려 쓰자면, 내가 고독감으로 부서지고 있었던 반면 그는 불안감으로 무너지고 있었는지도 모를 일이다.

밤이 되어 혼자가 되면 나는 자주 불을 끄고 명륜동 사거리 쪽을 바라보았다. 사거리에 서 있는 늙은 은행나무의 신록이 가로등 불빛에 비치는 모습은 언제나 가슴이 아플 만큼 좋았다. 우리 창문 밖 공터에 서 있는 임산부 은행나무도 가만 보면 사거리 그 나무 쪽을 하염없이 쳐다보고 있었다. 아마 그녀의 배를 부르게 한 놈이 사거리 그 은행나무였을 것이다.

불을 꺼놓고 한밤 내내 서 있다보면 이따금 젊은 남녀들이 창문 밖 은행나무 아래에서 한참씩 쉬다 가는 게 눈에 띄었다. 기껏해야 신문지 한두 장을 깔고 앉아 그들은 오래오래 얘기를 나누다 가곤 했다. 근처의 대학생들일 수도 있었고 물론 아닐 수도 있었다. 어쨌거나 내가 가장 부러워하던 일들이 거기에 있었다.

오가는 연인들이 없어서 공치는 날도 없지는 않았지만 그러나 하나 분명한 건 있었다. 그들이 나타나기만 한다면 무엇인가 볼거리가 꼭 생긴다는 사실이었다. 그래서 나는 그들이 내 기다림에 보답을 해준다는 생각을 했고 한때는 거기 더해서 인내는 쓰지만 그 열매는 달다는 확신도 가질 만큼은 되었었다.

나는 그들이, 내게는 저마다 배우들이었던 그 젊은 남녀들이 나누던 사랑의 키스를 지금도 기억하고 있다. 그것은 참으로 이상한 모습이었다. 왜 그런지는 몰라도 그것은 내게 아주 쓸쓸하고 고통스러운 행위로 비쳤던 것이다.

물론 그들의 몸 움직임이 언제나 확실한 것은 아니었다. 가로등 불빛 쪽에서 드러내놓고 키스를 하는 사람들은 없었기 때문이다. 그런데 또 알 수 없는 일은 그들 중 어느 한 쌍도 칠흑같이 어두운 밤을 택해서 나타나지는 않는다는 사실이었다. 그런 밤이면 내 방 창문 밖을 지나 은행나무 아래로 향하는 발소리도, 도란도란 나누는 얘기 소리도 아예 들리지 않았던 것이다. 그렇다면 그들은 혹시 맛보기로 조금씩이라도 타인들에게 구경시키지 않으면 흥이 나지 않는 진짜 배우들이었을까?

어쨌거나 그들의 키스는 왜 고통스럽게 보였을까?

우두커니 알몸으로 서서, 나는 그렇게 자문했었다. 필름이 자주 토막 나는 영화 장면처럼, 그들의 키스는 불안하고 짧게 자주 끊어지는 데 비해 대신 그 동작들은 반사적으로 너무 격렬했기 때문이었는지도 모른다. 아니면 그 불행한 은행나무가 내뿜는 말없는 기운이 그 아래에서 정사를 펼치는 이들의 운명을 간섭하고 있었는지도.

나는 그 공터를 찾아오는 사람들의 키스가 그들 생애의 마지막 키스일 것이라고 단정지은 적도 있었다. 그래서 다음날 아침이 되면 교통사고나 익사사고로 목숨을 잃는 연인이 없는지 살피기도 했었다. 지금 와서 생각해보면, 임신한 은행나무에 만약 조금이라도 마술적인 기운이 있었다면 그 주술에 걸린 쪽은 오히려 내 쪽이었을 것 같다.

그날은 아마 달이 제법 밝았을 것이다.

나는 초저녁부터 마음이 아주 심란해져서 책을 가까이하지 못했었다. 그런데 무슨 일인지 저녁밥을 차려주던 유리는 나보다 더 허둥대고 불안한 낯빛이었던 기억이 난다. 그녀는 밥상을 내 방에 밀어넣다가 급기야 계란 프라이를 담은 접시를 떨어뜨리기도 했다.

"미안해요."

그녀는 그렇게 말하면서도 불만에 가득 차 있는 듯이 보였다. 한 달 자취 비용을 지불해야 할 때도 아니었다. 그런데다가 나도 마음이 안정돼 있는 형편은 아니어서 그녀에게까지 너그러울 수는 없었다. 괜찮다고, 다시 달걀을 부칠 필요도 없다는 말을 나는 하지 않았다. 이삼 일 후면 생리를 시작할지도 모른다고, 그래서 불안하고 또 흥분돼 있는 것이라고 되나캐나 짐작했을 뿐이다. 물론 여성들과 그 심리에 대해서 알던 나이는 아니었다.

밤이 되어 나는 다시 방 안의 불을 꺼버렸다. 아이들이 조잡하게 오려 붙여놓은 것처럼, 대도시의 달은 칙칙하고 또 볼품이 없었다. 매연 때문이 아니라 사실은 너무나 많은 사람들이 쳐다보고 있기 때문에 추해질 것이라는 생각이 불현듯 들기도 했다. 말하자면 유리나 규리나 또다른 길거리의 여자들처럼.

속옷까지 벗어던진 채 창가에 다가서자 비단자락 같은 달빛이 순식간에 내 몸을 휘어감았다. 달은 그 모양이었지만 그 달빛만큼은 여한없이 부드럽기만 했다. 아마 나는 그래서 달을 보면서 마음속으로나마 잠깐 길거리 여자라고 욕한 유리에게 사과하고 싶었고 또 그애의 방으로 숨어들고 싶다는 간절한 생각도 들었을 것이다.

그때 창문 밖으로 한 쌍의 연인들이 다가오는 소리가 들렸다. 나는 달빛이 미치지 않는 곳에 몸을 숨기고 고양이처럼 그들을 살피기 시작했다.

"이게 끝이구나?"

남자 목소리였다.

"그래. 이제 그만 가. 약속은 열두시야."

그렇게 말하는 여자는 머리를 한 갈래로 땋아내린 여고생이었다. 그애가 내 방 창문으로 스며드는 달빛을 막 가로막으며 지나치고 있을 때, 나는 숨이 막혀 하마터면 기침을 해댈 뻔했다. 주인집 딸이었다. 어느 때 봐도 교복이 눈부시게 잘 어울리는 학생이었다.

"키스도 한번 안 될까?"

이애들도 결국은 마찬가지라고 나는 미리 단정했다. 깨끗한 척하지만 그게 그것이고, 나는 구경이나 하리라 작정했었다. 그때 그애가 말했다.

"안 돼! 아까 그걸로 충분하고도 남아. 깨끗했으면 좋겠어."

나는 사실 그 부분의 얘기들을 정확하게 기억하는 것은 아니다. 돌이켜 생각해보면 그랬던 것도 같고 전혀 아니었던 것도 같다. 다만 확실한 사실은 그 여고생의 입에서 '깨끗했으면 좋겠다'고 말한 대목이었다.

그후에 벌어졌던 충격적인 사건에도 불구하고 '깨끗하다'라는 말을 들으면 나는 지금도 가슴이 온통 시려지거나 거의 맹목적으로 경건해지고 만다. 내가 아는 한 그애는 더이상 깨끗할 수가 없었던 것이다. 그리고 내게 있어서 그 표현은 그애가 떠나면서 아주 가지고 사라져버린 말이기도 했다. 그후 오랜 세월이 흐른 뒤 나는 TV에서 어느 광고물을 보다가 가슴이 철렁 내려앉았던 적이 있다. 당시의 그 주인집 딸 또래 소녀들이 등장해서는 '깨끗해요' 하고 말하는 장면이 그것이었다.

그후 내가 한 일이 무엇이었던가?

주인집 그애는 집에 돌아오자마자 수돗가에서 오래오래 이를 닦고 머리를 감고 또 발을 씻었다. 그리고는 제 방으로 들어가는가 싶었는데 잠시 후에 또 밖으로 나와서는 다시 그 짓을 반복하는 것이었다. 그러다가 갑자기 멍하니 앉아서 한숨을 내뱉기도 하고 내 방쪽을 가만히 응시하기도 했다.

그애는 내가 자기를 지켜본다는 사실을 알고 있었을까? 자존심이 강한 아이였는지는 몰라도 내게는 평소에 말도 잘 붙이지 않았었다. 그랬는데 그애가 비록 짧게나마 내 쪽을 향해 치마를 걷어올린 채 하얀 허벅지를 드러내놓고 씻었던 것이다. 나는 뒷날 믿었다. 그 애가 나에게 건넨 세상의 마지막 인사가 그것이었다고.

방문이 철컥 하고 잠기는 소리를 들으며 나는 방바닥에 주저앉았다. 까닭도 없이 눈물이 흘러나왔다. 나는 오랫동안 그렇게 앉아 있다가 겉옷만을 걸친 채 밖으로 나왔다.

봄이 가고 있었다. 참 이상한 봄이었다. 그러나 내게는 아직 여름이, 그리고 가을이 더 남아 있었다. 그 기나긴 날들을 어떻게 견뎌야 할지 막막하기만 했다. 될 대로 되겠지. 나는 처마의 그림자 속에서 혼자 중얼거렸다. 그애가 순간적으로 내보였던 넓적다리의 희고 깨끗한 색깔과도 같은 긴 형광등 불빛이 길 아래에서 홀로 빛나고 있었다.

그때 나는 유리네 방에 침입하고 싶은 충동을 느꼈다. 그리고 한번 그 생각이 들자 그것은 걷잡을 수 없이 나를 몰아붙였다. 그래서 나는 내 분명한 의지로 발걸음을 옮겼다. 만약 그녀가 거부한다면 주인집 딸에게 다가갈 심산이었다.

"유리야!"

그애의 방문 앞에 이르러 나는 목소리를 낮추었다.

"누구세요?"

"나야. 나 좀, 들어가도 될까?"

"……"

나는 거기 그대로 서 있었다. 일어나 앉는 것인지 부스럭거리는 소리가 잠시 들렸을 뿐 유리는 말이 없었다. 할 수 없이 내가 방문을 열었다.

"불 켜지 마. 한쪽 구석에 그냥 앉아 있다가만 갈게."

"……"

나는 잠자코 방 안으로 들어가 한쪽 벽을 의지하고 앉았다. 그 방 창문으로도 달빛 한 자락이 비쳐들고 있었지만 그늘 속에 웅크리고 있는 유리를 볼 수는 없었다.

　방 안에서는 내가 맡고자 했던 냄새들이 풍겼다. 소리나지 않게 심호흡을 하면서 나는 그 냄새들을 들이마셨다. 문득 유리 그애가 나보다 더 외롭고 막막할지도 모른다는 생각이 들었다.

　"미안해."

　"……"

　"아까 그릇을 깼을 때도 아무 말도 못 해줬고……"

　"……"

　한참을 앉아 있다보니 방 안의 사물들이 비로소 제 형체와 빛깔로 눈에 들어오기 시작했다. 그녀는 여전히 아무런 말도 하지 않았다. 내가 돌아가기만을 기다리고 있는 것인지도 몰랐다. 그래서 나는 다시 한번 깊게 숨을 들이마시고는 주춤주춤 자리에서 일어났다.

　"나 간다. 고마워."

　"……"

　유리는 숨을 죽이며 울고 있었다. 할 수 없이 나는 용기를 내어 그녀에게 다가갔다. 그러자 유리가 그냥 잿더미라도 쓰러지듯 가볍게 내게 무너져내렸다. 그래서 나는 머리가 치렁치렁하던 유리를 그날 밤 처음 안았던 것이다.

　유리네 그 방에서 우리는 새벽에 그 사태를 맞았다. 주인 내외가 마구 울부짖으며 자기 딸 방문을 부수는 참이었다. 유리가 먼저 옷을 걸쳐입고 방을 뛰쳐나간 뒤에도 나는 잠시 바깥 동정을 살피느라 멈칫거릴 수밖에 없었다. 그렇지만 그럴 필요도 없는 일이었다. 내가 어느 방에서 밤을 지새고 나오는지 아무도 신경을 쓰지 않았던 것이다.

주인집 딸은 교복을 그대로 입은 채 단정하게 잠들어 있었다. 변함 없이 아름다운 교복이었다. 간밤에 몇 번씩 씻었던 때문인지 그 치마 아래로 드러난 다리가 더욱 희게 보였다. 머리도 평소처럼 한 갈래로 곱게 땋은 채였다.

도배장이 아저씨가 그애를 들쳐업고 밖으로 내달았다. 그 뒤를 주인 내외가 뒤따르며 울부짖었다. 나로서는 어이가 없을 뿐이었다. 도대체 이게 무슨 일인지 갈피를 잡을 수 없을 만큼 멍해지는 수밖에 없었다.

그 깨끗했던 소녀의 장례가 끝나자 여름이 왔다. 나는 그로부터 세 이레를 채 넘기지 못하고 그 집을 빠져나왔다. 유리가 출근하고 없던 날 밤의 일이었다.

유리와 나는 그때까지 두 방 중에 하나는 매일 밤 비워놓고 살다시피 했다. 그녀가 내 방을 찾아들거나 내가 그녀 방에 기어들어갔던 것이다. 주인 내외는 거의 하루 종일 방에 틀어박혀 지내기만 했기 때문에 모르는 눈치였고 도배장이 내외는 거의 꼭두새벽에 집을 나가는 바람에 우리가 어찌 지내는지 알 리 없었다. 모르겠다. 다들 알았어도 입을 다물고 있었는지는.

알 수 없는 일은 그애가 왜 목숨을 스스로 끊었을까 하는 점이다. 그애는 유서 한 장도 남기지 않았기 때문에 그건 더욱 의문으로 남았다. 그러나 어차피 그게 모두 우리가 알 수 없는 삶의 속성들이기도 하리라……

다만, 망발이 틀림없긴 하지만 이런 생각 하나는 있다. 내가 가지 않았더라면 어쩌면 유리도 그 밤을 넘기지 않았을지 모른다는……

혹은, 내가 만약 그때 유리 쪽이 아니라 주인집 딸 방으로 향했더라면 그애가 오히려 유리를 대신해서 살아남을 수도 있지 않았을까 하는 더 큰 망발 같은 것이…… 그리고 그건 그 집 안팎의 풍경이 내게 길러준 설익은 예감 같은 것이기도 했다.

이제 그 일을 마저 고백해야겠다. 사실은 집을 옮긴 바로 다음날, 나는 그곳에 찾아간 일이 있었다. 철물점에서 톱을 한 자루 사들고 서였다.

공터의 은행나무는 내가 톱을 들고 다가서자 몸을 후두둑 떨었다. 인류가 지구상에 출현하기 훨씬 이전부터 살아왔다는 영험 있는 나무였기 때문인지도 모른다. 나는 주위를 몇 번이나 살핀 다음 그 임산부 나무의 정강이 부근에 톱을 댔다. 그리고는 그곳을 찾던 젊은 남녀들의 키스가 마치 고장난 필름처럼 자주 끊어지곤 하던 것처럼 나 역시 잠시 잠깐씩 몸을 뒤틀며 격렬하게 톱질을 해댔다.

피가 뚝뚝 흐르는 것 같은 생나무를 자르는 일은 정말이지 힘든 작업이었다. 그러나 나는 인내심을 발휘했으며 또 끈질기게 매달려 그것을 기어코 베어넘기는 데 성공했다.

내가 왜 그런 몹쓸 짓을 했느냐고?……

다른 사람들은 몰라도 어느 날 불현듯 그 집에 홀로 남겨져야 했던 유리만큼은 충분히 헤아렸을 것이라고 나는 믿는다. 내 방 창가에 함께 서서 유리에게 그 나무를 주목해보라고 내가 일러준 적이 있다. 그때 유리는 베개 하나를 자기 복부에 밀어넣고는 한없이 깔깔거리고 웃은 적도 있었으니까.

나는 그 뒤 그 집의 일들을 모두 잊기 위해서 애썼다. 그러나 그 음울하고 부끄러운 기억의 방 한 칸은 어느 때부터인가 내 머릿속으로 옮겨온 듯 좀체 떠나지 않는다.

지금도 내 머릿속 한구석에는 낡은 창틀이 있고 전구가 하나 불을 밝히는가 하면 비닐 장판이 깔린, 그러면서 한 막막한 청춘이 알몸으로 서 있는 방 하나가 여전히 존재하고 있다. 나는 아득한 기억 속의 그 방을 그때처럼 '자취방'이라고 부르고 있다. 이제 누가 그 고적한 방에 세를 들어 나 대신 살아주는 날이 있을까?

가보지 못한 길

안 돼요!……

그녀는 버스에서 또 내렸던 모양이다.

어떻게든 내 결행을 막아보려고 뒤를 밟았을 것이다.

그러나 그 소리를 들었다 해도 내가 차를 멈출 수는 없었다.

두 눈을 질끈 감은 채 미친 듯이 웃으며 질주해가던 나는……

그날 그애를 만난 건 순전히 우연이었다. 나는 단과대학의 교수 주차장에 차를 세워놓은 채 정 교수를 기다리고 있었다. 예술대학은 옛적 대갓집으로 보면 뒤뜰 규방이랄 수 있는 위치에 자리잡고 있었다. 여학생들이 많은 대학이라 그렇게 배치했는지도 모른다. 어쨌거나 벌써 한 시간째 그러고 있는 중이었다.

　그애는 며칠 전, 학교 앞 대학로에 있는 김밥집에서 처음 마주쳤었다. 직장을 잃은 뒤, 여느 날처럼 출근하는 듯 집을 나와 정 교수나 만나보자고 찾아왔을 때였다.

　교수라고는 해도 여성인 그녀를 붙들고 꼭 어떻게 해보겠다는 생각은 없었다. 다만 내 진의를 밝히고 싶었고 기대하기는 어렵겠지만 그녀에게서 사과의 말이라도 한마디 들을 수 있기를 기대했다. 물론 내가 직장을 잃은 게 정 교수 때문이라고만 할 수는 없었다. 내 성격 탓이 더 컸던 것이다. 심약한 주제에 사장의 사소한 질

책조차 견뎌내지 못했으니까.

새학기 교재를 판매하는 대가로 정 교수는 도저히 받아들일 수 없는 금액을 요구했었다. 교재는 정 교수 자신이 지은 것이었고 거기다가 전공서적이라고 해서 이미 터무니없는 정가가 매겨져 있었다. 그러니 점잖은 체면에는 못 할 짓이었다. 내 딴에는 사장이 요구하는 마지노선에서라도 어떻게든 타협해보려고 끈질기게 설득했었다. 그러나 정 교수가 고개만 흔들 뿐이어서 나는 결국 내 몫의 프리미엄까지 남김없이 양보했더랬다. 그녀 자신도 그런 내막쯤은 충분히 알고 있을 터였다. 그런데도 요지부동이었다. 제 밥 다 찾아먹고 남의 누룽지에까지 숟가락 찔러오는 격이었다.

결국 정 교수는 나를 꽉 막힌, 상종도 못 할 사람이라고 하더니 일방적으로 뒤돌아섰고 우리가 경쟁하고 있던 서점과 계약을 해버리고 말았다. 그 집이 제 안사돈네 가게라도 됐든지 그게 아니면 나를 부러 골탕먹이려던 수작이 분명했다. 문제는 거기서 끝난 게 아니었다. 오지랖이 얼마나 넓은 여편네인지는 몰라도 다른 교수들도 다 절레절레 고개를 흔들도록 일일이 초를 쳐놓았던 것이다. 그게 내가 해고된, 시쳇말로 명예퇴직으로까지 커질 수 있었던 일의 시초였다.

김밥집에서 그애를 만난 건 정 교수를 찾아 처음 학교에 왔을 때였다. 그 집은 몹시 붐비고 있었다. 깡통 식혜를 시작으로 수정과, 대추 음료, 미숫가루까지 우리 전통 음료가 시장을 장악하기 시작했다더니 이제 김밥도 자장면이나 햄버거를 물리친 모양이었다.

그 김밥이 터지듯 꾸역꾸역 몰려드는 학생들을 보면서 첫번째 든 상념은 내 나이가 창피스럽다는 것이었다. 서른아홉!…… 그 나이는 학생들 앞에서, 등에 북을 진 채 턱 앞에는 하모니카를 붙이고 또 손에는 깽깽이를 든 광대라도 된 듯 우스꽝스럽고 또 거추장스럽게 여겨졌다. 서점에서는 막상 느껴보지 못했던 감정이었다. 두번째는 당연하게도, 이제 직장을 잃을 마당이니 나 역시 집사람과 함께 김밥이라도 말아서 팔아보면 어떨까 하는 생각이었다. 그리고 세번째는, 속절없이, 김밥집을 가득 메운 여학생 중에서 가장 괜찮게 여겨지는 아이 하나를 선택해서 연애를 한다는 상상이었다.

그애는 그때 불쑥 내 앞에 나타났던 여학생이었다. 아니, 보다 정확하게는, 그렇다면 내가 가장 빼어나지 않겠어요? 하고 말하듯 내 무릎을 툭 치던 아이가 바로 그 여자애였다.

—어머, 죄송해요.

내 무릎을 친 건 그애의 첼로 가방이었다. 나는 고개만 끄덕거렸다. 정 교수에게서 무엇인가 한 과목쯤은 수강하고 있을 애였다.

—괜찮으세요?

그애가 내 옆자리에 앉으며 다시 사과했다. 나는 그게 그 여자애가 내게 주는 마지막 기회라고 여겼다. 말이라도 한마디 붙여볼 수 있는.

—괜찮아요. 음대 다닙니까?

—네.

—몇학년?

—삼학년이에요.

—그러면 이제 곧 만나겠네.

—……?

그때 왜 그런 말이 불쑥 튀어나왔는지 모르겠다. 어쩌면 그 말은, 이제 곧 정 교수와 내가 서로 머리끄덩이라도 붙들고 한판 싸우기라도 한다면 그때 다시 나를 만날 수 있지 않겠느냐는 뜻이었을지도 모르겠다. 그런데 그애는 눈을 휘둥그렇게 떴다.

　—우리 대학에 교수님으로 오세요?

　—……

　나는 대답 대신 흐릿하게 웃었다. 그애의 친구들이 나를 찬찬히 뜯어보고 있었다. 그때는 그걸로 끝이었다. 더 오래 앉아 있을 염치가 없었다. 덧붙일 게 있다면, 내 김밥 값을 계산하면서 슬쩍 그애들 몫까지 치렀다는 것뿐이다.

　처음 그렇게 만났던 날부터 내가 그애를 범죄의 대상으로 점찍었던 것이냐구?…… 아니다. 다만 이런 건 있었다. 정 교수였다면, 성폭행 같은 것으로 복수하고 싶은 생각도 있긴 했다. 신문을 통해 흔히 읽고 상상을 키웠던 바처럼, 그녀의 옷을 벗기고 껴안은 채 자동으로 사진을 찍은 다음 두고두고 협박을 가하는 것이다. 이왕이면 자세도 가장 노골적이고 색정적이게 해서!…… 그런 상상을 할 때면 과연 내가 정 교수에게 복수하고자 하는 것인지 아니면 그녀와 한번쯤 섹스를 하고 싶어서 그러는지 나 스스로도 혼란스럽기는 했다. 분명한 사실은 직장을 잃어버린 그 직후부터, 내 남성이 병적으로, 정말이지 병적으로 되살아났다는 점이다. 물론 그것이 내게 영원히 찾아온 회춘이라고 믿지는 않는다. 오히려 그 반대이다. 이게 마지막일 것이라고, 꺼지기 직전에 한번쯤 활활 불타오르는 것이라고, 나는 나 자신을 관망했었다.

　그 뒤 두어 번은 의도적으로 마주치면서 그애와 눈인사를 나눈 게 사실이다. 그러나 예술대학을 찾을 때마다 그애나 정 교수를 어떻게 해보겠다는 계획은 특별히 없었다는 점을 밝힌다.

　그날도 마찬가지였다. 모든 일이 다 우연이었다. 나는 차를 세워둔 채 플라타너스 이파리가 무겁게 떨어져내리는 교정을 물끄러미 바라보고 있었다. 내가 기다리고 있던 게 정 교수였는지 아니면 그 애였는지는 알 수 없다. 남학생들은 지는 낙엽을 축구공처럼 차올리며 지나가고 그때마다 낙엽을 대신하여 여학생들이 비명을 지르곤 했다. 가을이었고, 내게도 분명 그런 날들은 있었다.

가을이 내 차창에도 시나브로 떨어져내렸다. 문득 내 인생도 벌써 낙엽이 지고 있다는 느낌이 들었다. 참 빠른 조락이었다. 가게 하나를 평생 직장이라고 한눈 한번 팔지 못하고 아등바등 버텨왔던 게 우둔했고, 하찮은 곳이나마 뒷감당할 요량도 없이 순간의 감정으로 그냥 놓아버린 일은 더 천치 같은 일이긴 했다. 안다. 그건 사소한 일일 수도 있다. 그러나 그건 동시에, 세상이 나를 버리는 것이라고 여겼었다. 그러니 내게는 결코 사소하지 않았던 것이다.

한두 방울쯤은 눈물을 흘렸는지도 모르겠다. 아마 그랬을 것이다. 여차하면 죽어버리면 그만이지 하는 생각을 했으니까. 남자들의 눈물은 그래서 무서운 법이다. 흔히 눈물과 함께 극도의 감정을 키우게 된다.

그때 정 교수가 건물 쪽에서 걸어나와 차에 올라타는 모습이 보였다. 나는 고개를 숙인 채 내 차에 시동을 걸었다. 사실은 그게 아니라고 하더라도 나하고는 상관도 없는, 손목 한번 잡아본 적도 없는 여자 하나가 나를 망쳐버렸다는 억울함과 참담함이 동시에 나를 사로잡았다. 우선은 그녀의 집이 어딘지 확인해두고 싶었다. 아니면 그녀의 운전 실력을 헤아려 고의로 사고를 유발할 수도 있었다.

정 교수가 출발하는 모습을 살피며 나도 슬슬 미끄러지기 시작했다. 마른 낙엽이 차 바퀴에 깔리는 소리가 들렸다. 그 뒤를 이어 누군가가 내 차의 꽁무니를 두드렸다.

"저희 좀 태워주세요."

백미러를 통해서 바라보니 여학생 둘이 서 있는데 그중 하나가 다급하게 손을 흔들고 있었다. 나는 그냥 무시해버리려고 커브를 틀었다. 그러면서 뒤를 돌아봤는데 거기 첼로 가방이 보였으며 그걸 들고 있는 아이와 정통으로 눈이 마주쳤던 것이다. 그애가 나를 빤히 쳐다보았다.

어머, 선생님!……

그애의 입 모양이 그렇게 말하고 있었다. 이미 저만치 사라져가고 있는 정 교수의 차를 눈으로 좇다가 나는 차를 세우고야 말았다. 그애들이 쪼르르 달려왔다.

기이한 인연이었다. 그때 내가 무슨 상상을 했든 용서해주시기를!…… 나는 우선 그애가 정 교수의 딸이나 아닐까 하고 의심했다. 운명은, 아주 지독한 것일 때 그렇게 찾아오기도 한다. 그래서 경우가 완전히 다르기는 하지만 한순간 어떤 헐리우드 고전 영화를 떠올리기도 했다. 목장 여주인을 사랑했다가 실패한 뒤 석유 재벌이 된 사내가 십수년을 기다려 그녀의 딸을 유혹한다는 영화였다. 물론 나는 그 교활한 여편네인 정 교수를 사랑하는 처지도 아니고 그런 사랑을 헤아릴 줄도 모른다. 다만 그애가 정 교수의 딸이 분명하다면 복수를 할 수 있고, 사랑 아닌 욕정을 대신 풀 수 있는 대상이라고는 여겼다.

만약 딸이 아니라면, 아닌 대로, 또 그럴 수 있다는 상상을 나는 했다. 이건 예사 인연이 아니니까, 하늘이나 혹은 그만큼 절대적인 어떤 운명이 만들어주는 인연이니까 하고 나는 짐짓 엄숙하게 받아들이고 있었다. 이게 그 사소한 우연에 대한 내 반응이었다. 그리고 또 그게 내 속성이라면 속성이기도 하리라.

"아저씨, 고마워요. 애 가방이 너무 무겁다고 해서요."

내 차를 먼저 두드렸던 여학생이 핑계를 댔다. 그애의 악기 주머니는 첼로 가방에 비해 상대적으로 작았다.

"자기 악기가 무겁다고 여기는 사람도 있나?"

"어머, 챙피!"

작은 악기 주머니가 호들갑을 떨었다. 나는 정말이지 궁금해서 물었던 것이지만 그애의 말에 용기를 얻었다.

"이런 날이면 그냥 걷기만 해도 악기가 저절로 울릴 텐데……"

"어머, 이 아저씨 멋지다."

"얘는!…… 아저씨가 뭐야?"

그애가 처음으로 입을 열었다. 내 가슴이 그때 몹시 두근거렸던 기억이 난다.

"그럼, 젊은 오빠?……"

"전에 우리 김밥 값 내주셨던 그, 선생님이잖아."

"아!……"

첼로 가방과 함께 작은 악기도 그때 김밥집에 있었던 모양이다. 돌아보니 그애는 몸이 좀 비대한 편이었다. 기껏 작은 악기 하나로 제 기운을 퍽이나 아꼈던 때문일지도 모른다는 생각이 들었다. 만약 그애가 덩치처럼 큰 악기를 들고 가다가 내 무릎을 쳤더라면!……

"괜찮아요. 그냥 아저씨라고 해도."

"그 봐. 괜찮다고 하시잖아."

"얘는……"

그애들의 얘기를 들으며 나는 선물로 받았던 테이프를 오디오 박스에 밀어넣었다. 같이 근무했던 여직원 하나가 그걸 내게 주었었다. 나는 그녀가 들어보라고 했던 곡을 찾았다.

"어머, 역시 수준 높으시다."

"그래. 한영애는 확실히 가을이나 겨울에 어울리는 가수구나."

나는 쓰디쓰게 웃었지만 그애들은 그 노래를 따라서 부르기도 했다. '코뿔소, 넘어지면 안 돼. 아무도 일으켜주지 않아!……' 여직원이 그걸 내게 선물한 뜻을 알 것도 같았다.

"아, 이런 날 드라이브나 좀 했음!"

"약속 있다며?"

"글쎄 말이다."

내 심사와는 상관없이 그애들은 아무 구김이 없어 보였다. 그애들은 한없이 밝았고 나는 어두웠다. '언젠가 코뿔소가 누운 날 사람들은 코뿔소가 누웠구나 그냥 그러겠지……'

"성함은 뭐예요?"

교문을 나설 즈음에 작은 악기가 당돌하게 물었다. 책도 이제는 옷이나 구두를 파는 일과 조금도 다르지 않게 변했다. 옛적과는 달라진 것이다. 전에도 책이나 팔고 있으면서 고상하게 지식을 판다고 자부한 적은 없었지만.

"통성명을 하려면 학생들이 먼저 이름을 밝혀야 하지 않아요?"

용기가 없었던 청년 시절, 마음에 둔 여자 앞에서 긴장을 하듯 나는 침을 삼키며 대꾸했다. 그나마 표현할 수 있었던 것도 발전이라면 발전이었다. 왜 그렇게 여자 앞에서 주눅이 들어야만 했는지 참으로 한심스러울 정도였던 것이다. 그때 겉으로는 의식하지 못했지만, 정 교수와의 싸움에서 내가 결국 무너져야 했던 이유도 그 못난 자의식이 향해 갈 수 있는 필연적인 결말은 아니었을는지.

"죄송해요. 전 유진해구, 얘는 김……"

첼로 가방을 든 그애가 제 동무의 이름까지 말했지만 나는 그 이

름은 그만 놓치고 말았다. 유진해, 유진해라는 이름만 되뇌다
가…… 그애는 여전히 정 교수의 딸일 수도 있었고 아닐 수도 있다
는 생각과 함께.

"아니, 괜찮으니까 죄송할 건 없고……"

"선생님은, 맨날 괜찮다고만 하시네요?"

"그런가?"

사실이 그랬다. 나는 유진해라는 여자애, 그녀의 말에 동의했다.
그렇다. 나는 괜찮다고 거듭 말했다. 만약 누군가가 거푸 괜찮다고
말한다면, 그건 괜찮지 않은 구석이 있음을 숨기고 있는 것이다. 내
가 바로 그렇다.

"하여튼 나는, 조남혁이라고 부른다네."

나는 남의 이름이라도 알려주듯 표현했다. 그러나 사실은 정말로
그렇지 않은가? 그 순간 느닷없이 친구놈의 이름을 뱉어냈던 것이
다. 그것도 오래 전에 자주 어울려 다니다가 소식이 끊긴 뒤로 십몇
년 동안 단 한 번도 만나지 못했던 녀석의 이름을.

"너는 찐하고 나는 수운한데, 아저씨는 참 남자다운 분이신갑다,
그치?"

"깔깔깔……그래!"

작은 악기가 이름풀이를 하고 그녀가 활짝 웃으며 맞장구를 쳤다.
자기들끼리는 유진해를 찐하다고 놀리는 모양이었고, 작은 악기의
이름자에는 '순' 자가 들어 있는 모양이었다.

그렇다면, 조남혁이란 친구는 과연 남자다웠던가?

우리는 한 시절, 녀석의 무용담을 들어가며 청춘을 보내던 때가
있었다. 한편으로는 경박함을 손가락질하고 또 조금은 그를 부러워
도 하면서…… 어느 땐가 녀석이 들려준 얘기는 두고두고 술자리에

서 회자되었다. 우리는 그 애기를 술자리에서마다 안줏거리로 씹고 또 씹으며 웃곤 했었다.

　한번은 녀석이 제 주량에는 좀 섭섭한 술을 채우려고 친구들과 헤어진 다음 혼자 포장마차에 들렀더란다. 술꾼들이 이제 하나둘 집으로 돌아갈 시각이었다. 그런데 그곳에는 젊은 여자 하나가 홀로 앉아서 국수 한 그릇을 안주로 소줏잔을 기울이고 있더란다. 당연하게도 녀석의 눈이 번쩍 빛나면서 머리가 빠르게 회전했겠다.

　—여기도 쐬주 한 병 주슈.

　말을 마친 녀석이 길고 빠르게 한숨을 내쉬었다지.

　—안주는 뭘로 해드릴까요, 손님?

　—흐유!…… 어떤 게 가장 한국적인 안주일까?

　—예?

　—닭똥집?…… 그냥 그걸로 합시다. 쐬주부터 먼저 주시구.

　녀석은 습관처럼 또 한숨을 쉬었더란다. 주인 여자가 소줏병을 내주자 놈은 그걸 이빨로 까서는 우선 단숨에 들이켰다지.

　—안주 금방 해드릴 테니까 천천히 드시지 그래요.

　주인 여자가 녀석을 걱정해서 하는 말이었다. 어떤 식으로든 반응을 기다리고 있던 놈이 그 기회를 놓칠 리 없었겠다.

　—내 손바닥 안에 다 놓인 것 같아도…… 세상살이가 내 뜻대로만은 안 됩디다.

　—그래서 이 마차가 다 내려앉도록 한숨을 쉬시누만. 그나저나 무슨 일이 그렇게 어렵대요?

　주인은 때늦은 술 손님이 고마운지 연신 말을 붙이고 있었다지. 그게 아니라면 녀석의 낯짝 꼬락서니라든지 하는 처신을 보고 대꾸라도 부지런히 해줘야 포장마차가 무사하겠다 싶었던 것인지도 모

158

르겠다. 놈은 눈이 작은데다가 날선 광대뼈에 하관까지 쭈욱 빠져서 전체적으로 고약한 인상을 주는 편이었으니까.

—나는 가기 싫다는데도 부모님이 부득부득 유학을 떠나라고 성화라서, 내가 졌지요.

—저런!…… 그건 뭐 싫다고 할 일도 아니네.

—호유!…… 아주머니도 똑같네. 내 나라보다 더 좋은 곳이 어디 있겠소?

—그렇긴 한데…… 어디로 가요?

—미국이랍디다. 하바든지 핫바진지, 원.

마치 둘이 잘 짜맞춘 연극 대사처럼, 주인 여자는 묻고 녀석은 넋두리 삼아 대답을 했겠다. 바로 옆자리의 여자 손님에게 들으라는 듯이.

—여기 안주 됐어요. 그래, 언제 떠나신데요?

—내일요.

—그럼 그냥 돌아가시지 않고!……

—호유!…… 가면 포장마차가 그리워질 것 같아서요.

놈은 그때쯤에는 이제 됐겠다 싶었겠지. 그래서 소주를 입 안에 마저 털어넣으며 비로소 옆자리의 여자를 정면으로 바라보았더란다. 그리고는 입을 열었다.

—아가씨!…… 부탁 하나 있는데, 내 잔에 술 한잔 쳐주겠소?

녀석의 표현에 의하면 여자는 이미 얼이 빠진 것 같더란다. 놈이 고양이처럼 여전히 눈깔에 힘을 주고 바라보는 사이, 여자는 이러지도 저러지도 못하고 있었던 모양인데 주인 여자가 또 미리 입을 맞춘 것처럼 거들더라지.

—아, 까짓 것, 그러시구랴. 똑같이 젊은 청춘이라 이해가 더 빠

를 것도 같구마는.

—……!

그렇게 해서 여자는 결국 녀석의 잔에 술을 따르고, 내친 김에 몇 순배 오가기도 했더란다. 주인 여자의 권유가 충분히 효과를 발휘했는지도 모르겠다. 만일 그조차 이해하지 못하겠다면 그건 청춘도 아니라는 식의.

결국 둘이 나란히 여관 문을 들어섰던 건 말할 나위도 없고, 아침이 되어서도 녀석은 코를 드르렁거리며 자고 있었겠다. 그러자 여자가 한껏 사랑스러운 손길로 어루만지며 깨우더라지.

—이제 그만 일어나야 되지 않아요?

—아니, 나는 좀더 잘게. 먼저 나가.

—에이, 오늘 비행기를 타야 된다면서요?

—비행기?…… 왜?……

갑자기 정색을 하며 오히려 놈이 반문했다지. 우리가 배꼽을 움켜쥐고 웃었다는 건 바로 이 대목이었다.

—하바드로 유학을 떠난다는 날이 바로 오늘 아니에요?

—유학?

—그래요.

—허어, 이것 참!…… 내가 또 취했었구나.

—뭘요?

—그게 아니라, 나는 오늘 실은 하바드 자전차포에 취직하기로 돼 있거든.

—예?

—친구들 얘기로 내가 취하면 말이야. 자전차포에 취직하는 걸 두고 대학에 유학 간다고 꼭 우기더래.

—에라, 이 도둑놈아!

여자는 길길이 날뛰며 놈에게 마구 발길질을 하더란다. 그래도 놈은 여자가 제풀에 지쳐 돌아갈 때까지 인내하면서 맞기만 했다고 너스레를 떨곤 했다. 그런 걸 두고 이른바 '악어의 눈물'이라고들 표현할는지 모르지만, 아무리 부아가 치밀망정 서로 그 낯짝을 오래오래 마주 대하면서 발길질을 계속하려고 덤벼들 여자는 없기 때문이라고.

에라, 이 도둑놈아!…… 우리도 그 당시 놈을 그렇게 부르며 물었었다. 그냥 돌아서서 헤어지면 그만일 것을 왜 굳이 자전차포 얘기는 했던 것이냐고. 그때 녀석이 했던 말은 제법 여운을 주는 것이어서 아직도 기억에 남아 있다. 미련을 깨끗이 지우도록 해야 진짜 남자라고!……

"아저씨, 어느 쪽으로 가세요?"

작은 악기를 든 여자애가 물었다. 조남혁이 같으면, 이런 때 어떻게 대답할까? 한번은 내가 군대에서 휴가를 나오자 녀석이 술을 마시다 말고 어디선가 여자 하나를 금방 데려와 내게 붙여준 적이 있었다. 술이 식기 전에 하나를 조달할 테니까 기다리라고 하고 나간 지 십 분이 채 지나지 않아서였다. 더욱 놀랄 일은 조남혁과 여자가 서로 초면이라는 사실이었다. 하여튼 나는 그날 그 여자와 밤 늦게 상영하는 영화까지 함께 감상했다. 그런데 극장을 나오면서 여자가 집에 돌아가겠다는 것이었다. 벌써요? 하고 내가 물었다. 밤이 늦었잖아요, 하고 여자가 대답했다. 좀더 있으면 안 될까요? 하고 내가 재차 묻자 그녀가 안 된다고 말했다. 나는 더이상 할말이 없어져버리고 말았다. 그래서 그냥 헤어졌던 것이다. 다음날 얘기를 듣고 난 녀석이 조롱했었다. 에라, 병신아. 너 같은 놈한테 참말로 안심하고 우리 휴전선을 잘도 맡기겠다!……

"글쎄, 우리 드라이브나 할까?"

때마침 신호등이 들어오고 있었다. 사거리였다. 나는 여자애들의 대답을 듣지도 않고 핸들을 왼쪽으로 급히 꺾어버렸다. 야외로 빠지는 길이었다. 바로 그때, 작은 악기가 무엇이라고 말하는 것과 동시에 저 앞쪽에 있던 교통경찰 하나가 호루라기를 삐익 불며 내게 손짓하는 게 보였다.

"무슨 일이에요?"

"……?"

할 수 없이 나는 경찰 앞에 얌전히 차를 갖다댔다.

"면허증 좀 봅시다."

"왜요?"

"차선위반입니다."

변명할 말이 달리 있을 수 없었다. 사실은 지금까지 운전해오는 동안 경찰에 걸릴 때마다 모두 그랬다. 오히려 그때는 얼마짜리냐고 물어보지도 못할 형편이었다.

작은 악기는 그 경황중에 내 차에서 내렸다. 말할 나위도 없이 유진해도 그때 따라서 내리려고 했던 걸로 안다. 그런데 작은 악기가 약간은 장난기를 섞은 단호한 표정으로 그애에게 눈짓을 했다. 이판국에 유진해 너까지 내려버리면 저 아저씨 꼴이 어떻게 되느냐, 더더구나 우리 교수로 올 거라는데 넌 미리 학점이나 따둬라. 그런 눈짓이었으리라. 아마도 유진해는 그때 잠시 머뭇거리다가 내릴 기회를 잃어버렸을 것이다. 부피가 큰 첼로 가방이 방해가 됐을 수도 있었으리라. 물론 나로서는 경찰이 면허증을 돌려주는 것과 때를 같이 해서 분이라도 삭이듯 액셀러레이터를 밟긴 했지만.

"엄마가 혹시 같은 대학의 교수신가?"

할 수 있다면 그애와 더불어 이런저런 얘기들을 존조리 나누고 싶었던 것도 사실이다. 무능력자로 낙인이 찍혀 직장에서 쫓겨나야 했던 이후 정말이지 많은 말들을 하고 싶었다. 정 교수를 만나려고 했던 것도 어쩌면 그 때문이었을 것이고, 주체할 수 없을 정도로 갑작스럽게 내 남성이 요동쳤던 것도 사실은 마음껏 입을 열 수 없었던 데서 오는 상대적인 어떤 다른 에너지의 분출 현상에 지나지 않았을 것이다.

"아닌데요……?"

"그래?…… 아니라도 상관은 없지만."

"제가 누굴 닮았어요?"

비스듬히 기운 가을 해가 길 옆 야산의 나뭇잎들을 투명하게 꿰뚫고 있었다. 거기쯤에서 나는 유진해를 내려놓고 맘껏 유린하고 싶다는 생각을 했다. 어차피 씨알도 먹히지 않을 얘기들을 주절주절 늘어놓는 일이나 그 일이나 같은 성격의 것이었다.

"계속 뒤에만 앉아서 갈 거야?"

"아, 참!…… 제가 싸모님 흉내를 낸 건가요?"

유진해는 내 말에 웃었다. 매력적인 여성이 틀림없었다. 그렇게 해서 그녀는 앞자리로 옮겨앉게 된 것이다. 짧은 스커트 사이로 그녀의 흰 무릎 안쪽이 잠깐 드러났었다. 그러나 거기서 그녀를 숲으로 끌고 갈 생각 따위는 하지 않았다.

그 뒤로 우리가 막상 나누었던 얘기들은 일일이 다 옮길 필요도 없이 사소한 것들이다. 그녀는 최근의 우스개 시리즈나 대학교수들에 대한 조심스러운 평가, 첼로를 켜는 어려움 등에 대해 말했다. 그녀는 많은 얘기를 했다. 졸업과 동시에 러시아의 성 페테르부르

그에 유학 갈 계획이라고도 했다. 조남혁이 떠올라서 나도 문득 하버드 유학 얘기를 꺼낼까도 했지만 끝내 그러지는 못했다. 무엇보다 자신이 없었고, 조남혁과 나는 지나온 길이 너무 달랐다. 그건 내가 죽어서도 가볼 수 없는 길인지도 모른다. 비록 이름을 조남혁이라고 속이기는 했지만, 그녀에게 나머지 모든 일에 대해서만큼은 거짓말을 늘어놓고 싶지 않았다. 살아오면서 내가 누군가에게 단한 번이라도 속임수를 쓴 적이 있었던가? 책 한 권이라도 사장 몰래 팔아서 그냥 내 호주머니에 찔러넣은 적이 있었느냐구!…… 없다. 그래서 간간이 밭두렁의 농작물이나 나무에 대해서 나는 언급했었다. 혹은 신문을 통해 알게 된 추곡수매 가격에 대한 농민들의 심정을 옮기는 따위의, 나하고는 상관도 없는 얘기나 늘어놓았다. 나는 그게 분하기도 했고 내 얘기 속의 소재들로 내 스스로 화를 돋우고도 있었다. 요컨대 내 심리는 불안정했다. 빠른 속도로, 낭떠러지를 향해 가고 있었던 것이다.

"유진해, 너는 지금 유괴되었다."

처음, 나는 그렇게 운을 뗐다. 그때쯤에는 내 생각을 완전히 굳히고 그애에게도 그런 사실을 통고하고자 했었다. 해가 기울기 시작했고, 그 바다가 그리 멀지 않은 곳까지 달려왔을 때였다.

"예?"

그녀는 내 말을 잘 알아듣지 못한 듯했다. 나는 오디오를 눌러 껐다.

"너는 지금 납치되었다구."

"납치라구요?"

"그래."

"누구한테요?"

넌센스 퀴즈의 정답이라도 기다리듯 그녀가 호기심 가득한 두 눈을 빛냈다. 나는 대답하지 않았다. 구차한 설명을 다 늘어놓기 전에 그녀가 사태를 제대로 알아차렸더라면 더 좋을 뻔했다.

"하하하하!……"

갑작스럽게 그녀가 웃어댔다. 여자들도 참지 못하고 웃음을 터뜨릴 때에는 '하하하' 웃는다. '호호호' 하고 웃는 건 미리 웃을 준비를 했을 때뿐이다. 나도 그 모습을 보면서 씨익 웃었다.

"왜요?…… 우리 부모에게 돈을 요구하실 건가요?"

"아니."

"그럼요?"

"나도 어떻게 해야 될지 모르겠어."

"증말이세요?"

그녀는 여전히 장난스럽게 물었다. 화가 치밀었다. 실제로 어떻게 해야 될지를 몰랐고 내가 결국은 유괴조차 멋들어지게 해내지 못할 것 같은 조바심이 들었기 때문이다. 유괴나 납치라는 걸 했다면 그걸 통해 뭔가 얻어낼 수 있어야 하는데 내게는 그 목적이 없지 않은가.

사실은 농담이었노라고, 그때라도 그냥 웃음으로 얼버무리면서 끝낼까 하는 생각도 했었다. 그러나 그건 정상적인 젊은이들의 관계에서나 한번쯤 시도해볼 만한 짓거리였다. 내게는 어울리지 않는…… 대신 나는 그녀에게 거칠게 대하고 말았다. 손을 뻗어 그녀의 치마를 휙 걷어올렸던 것이다. 치마야 눈에 띌 만큼 올라가지도 않았지만 그녀는 자지러질 듯이 비명을 내질렀다. 비로소 그녀는 자신에게 닥친 일을 똑바로 인식하는 듯했다.

"왜 이러세요?"

"……"

나는 바닷물이 내륙 깊숙이 들어오는 그 방천둑에 차를 세웠다. 차가 서자 그녀는 문을 열려고 애썼으며 주먹으로 유리창을 두드리기도 했다.

"문은 잠겼으니까 쓸데없이 힘을 낭비하지 않는 게 좋아. 그리고 만약 반항하면 그대로 차를 몰아 저 물 속으로 뛰어들 테니까 잠자코 있어."

"뭘 원하세요?"

"조용히 하고 듣기만 해."

"도대체 선생님은 누구세요?"

"아니야. 아까 네 친구가 표현했던 것처럼 나는 선생님이 아니니까 그렇게 부를 필요는 없어. 난 사실은……"

나는 천천히 입을 열기 시작했다. 그렇게 해서 오랫동안 많은 얘기를 했다. 물론 정 교수와 관련된 얘기도 했다. 용렬하기 짝이 없었지만 나와 다투고 난 뒤 친정으로 가서 돌아오지 않겠다는 아내 얘기도 물론 했다. 그리고 나는 지금 바다를 향해서 가고 있는 중이라고, 이제 다시 출발한다면 쉬지 않고 바닷속까지 내처 죽음의 길을 달려갈 참이라고 했다. 마음은 의외로 차분해져서 내 스스로도 놀랄 지경이었다. 전에 내가 단 한 번만이라도 그때처럼 침착하게 내 얘기를 할 수 있었더라면!

추운지 오들오들 떨긴 했지만 그녀 역시 묵묵히 내 얘기를 다 들었다. 그때 그 사건만 벌어지지 않았더라면 내 납치극은 우스꽝스런 해프닝으로 끝나고 말았을는지 모른다. 말을 다 끝내고 났더니 내 안의 감정들을 다 연소시킨 듯한 기분이 들었던 것이다. 그 상태로 내가 벌일 수 있는 일이 도대체 무엇이었을까? 기껏 그대로 앉은 채 밤을 지새고 새벽에 그냥 떠나보낸 뒤 나 혼자서 갈 길을 서두르는 일말고는……

느닷없이 강한 불빛 두 개가 내 차를 푸욱 찌르고 들어왔다. 누군 가가 몰래 나타나 손전등 두 개를 동시에 비춘 것이었다. 그러더니 청년들 몇몇이 두런거리며 내 차를 에워쌌다. 근처에 마을이 있었 는지도 모르겠다. 짐작건대 한적한 자리에 소리없이 와서 오래 멈 추어 있던 내 차를 누군가가 목격하고 제 또래들을 불러모았던 모 양이다. 그러나 무엇인가 구경거리가 될 만한 장면을 기대했다면 그들의 기대는 보기 좋게 빗나간 셈이었다.

우리는 소스라치게 놀랐다. 그녀보다도 내가 더 혼절할 뻔했다. 그때 만약 그녀가 기절이라도 했더라면 나는 하릴없이 돌아오는 수 밖에 없었을 것이라고 믿는다. 그런데 담이 큰 여자였는지, 아니면 그렇지 않아도 바짝 긴장해 있었던 때문인지 그런 일은 벌어지지 않았다. 오히려 그 반대였다.

"살려주세요!…… 사람 살려요!"

"……?"

그녀는 밖을 향해 그렇게 외쳤다. 어이가 없었다. 믿기 어렵겠지 만 배신감까지 들었다. 그래서 나도 모르게 순간적으로 뺨을 후려 쳤던 것이다.

차에 시동을 걸자 옆에서 내 차를 들썩거리던 놈들이 뒤로 물러섰 다. 차를 뒤엎겠다는 위협으로 우리를 밖으로 나오게 하려던 속셈 이었던 것 같다. 바퀴에 돌이라도 미리 고여놓았는지 차는 좀처럼 움직이지 못했다. 주도면밀한 놈들이었다. 그러나 그건 엔진이 좋 은 새 차였다. 할부금을 넣기 시작한 지 넉 달밖에 되지 않았던 것 이다. 다만 그 차도 이제 누군가에게 넘겨야 할 운명을 맞고 있던 판이었다. 물론 그런 걸 염두에 두고 있을 처지는 아니었다. 후진을 했다가 전속력으로 앞으로 치달았더니 무엇인가가 차 밑바닥을 둔중하게 부딪치며 차체는 심하게 기우뚱거렸다. 그렇지만 그곳을 빠져 나오는 데는 성공했다.

차는 아무래도 심상치 않았다. 무엇인가가 땅에 끌리기도 했고 이미 치명적인 손상을 입은 듯 엔진 부위에서 숨 넘어가는 소리가 들렸다. 그러나 상관없었다. 오히려 아까울 게 없어져서 다행일 수도 있었다. 큰길을 가는 동안 그녀는 부서진 내 차처럼 울면서 가는데 나는 가슴이 아팠다. 겁탈을 하거나 심지어 멱살을 끌어안고 함께 바닷속으로 뛰어들망정 손찌검 따위는 하고 싶지 않았다.

"아까 그놈들에게 데려다줄까?"

"……"

"그놈들에게 가고 싶어?"

"아니에요."

손수건을 꺼내주자 그녀는 그걸 받아 제 얼굴을 감쌌다. 비록 손수건에 남자의 콧물이 묻어 더러울지라도 훌쩍훌쩍 울던 여자는 언제나 감격해서 받아쓰기 마련이다. 그녀도 그랬다. 나는 그녀의 어깨를 가만히 어루만졌다.

"선생님은 좋은 분인 것 같아요."

여전히 선생님이라는 호칭과 함께 그녀가 흐느끼면서 말했다. 스스로 돌이켜봐도 나는 좋은 사람이었다고 믿는다. 그러나 좋은 사람도 세상에는 두 종류가 있다. 선과 악에 대한 구분이 명확한 사람이 그 하나이고 나처럼 용기가 없었던 사람들이 나머지 부류다. 그래서 나는 일찍이 전에 가보지 못했던 길로 용기 있게 한번 나섰던 것이 아니겠는가.

"그런 말 하지 마. 나를 더 화나게 하니까."

"선생님을 믿을 수 있어요."

"뭘?"

"어디든 한적한 곳에 차를 좀, 세워주세요."

"이제 곧바로 가겠어."

"제발 세워주세요."

"……?"

가만 생각해보니 소변이 급할 수도 있었다. 그래서 인적이 끊어진 길로 차를 몰아 세웠다. 그 길로 줄행랑을 칠 수도 있었지만 애써 막을 마음은 없었다. 나는 차 문의 잠금장치를 풀었다.

그녀는 한참 동안 가만히 있었다. 문이 열릴지 어떨지를 모르는 듯해서 유리창을 내려주기까지 했다. 그 순간 달빛이 하얗게 섞인 서해의 짜디짠 갯내가 차 안으로 와락 밀려왔다. 나는 바깥쪽으로 코를 내밀었다. 그녀도 그걸 맡아보는 듯 숨을 몰아쉬더니 몸을 움직거리는 소리를 냈다. 문득 바다가 나를 기다리고 있다는 생각이 들었다. 그건 지독한 외로움 때문이었다.

"이제…… 저를 가지세요."

사위가 적막한 가운데 아주 작은 목소리로 그녀가 입을 열었다. 나는 순간적으로 그녀가 앉은 쪽을 바라보았다. 그녀는 거기서 희붐한 빛을 뿜어내고 있었다. 어느새 제 윗옷들을 다 벗어던졌는지 모를 일이었다. 솔직히 나는 놀라고 말았다.

"무, 무슨 짓이야?"

"한마디만 해주세요. 계획적으로, 절 노리고 기다렸었나요?"

"……"

"그럴 줄 알았어요. 괜찮아요…… 괜찮다는 말이, 쓰면 쓸수록 좋아질 것 같아요."

"어서, 옷 입어."

내가 좋은 사람이라는 증거가 바로 그것이다. 나는 그렇게 말했던 것이다. 그러나 그녀는 움직이지 않았다.

"전, 진심이에요. 처음 차를 탔던 곳에만 내려주시면 돼요. 그럼, 아무렇지도 않을 거구요. 선생님께서도 그렇게 하고 돌아가시면 남들처럼 자신만만하게 살아가셨으면 좋겠어요. 적어도 절, 가지는 만큼만이라두요."

그녀의 말은 가늘게 떨리긴 했지만 확신을 담고 있었다. 나는 그녀가 추워할까봐 유리창을 도로 올렸다. 그녀가 어느 순간부터인가 나를 서서히 제압하고 있었다는 느낌이 들었다. 그렇다면 그게 언제부터였을까?…… 나는 고개를 숙였다. 바로 그때, 그녀가 내 고개를 끌어당겨 제 가슴에 꼬옥 싸안았다. 부드럽고 따뜻하면서도 작은, 그러나 근처의 바다보다도 드넓은 포용력을 지닌 듯한 그녀의 가슴이 그곳에 있었다. 범죄로 이루어진, 어색하기 짝이 없는 자세였지만 그건 내게 참으로 감동적인 순간이었음을 밝힌다.

유진해, 그녀의 영혼은 한없이 맑았다. 세상의 남자들은 늙어가면서 흔히 소녀들의 영혼을 구하고자 한다. 신던 구두를 내던지듯 구두 한 켤레 값을 치르고 하룻밤을 사기도 하고 더러는 더욱 치사하게 등록금과 학비 등을 미끼로 해서 한 학기분의 밤을 계약하기도 한다. 그러나 그 계약이 이루어지는 순간에 소녀들의 영혼은 상하게 마련이다. 아무리 상대를 바꾸고 또 투자를 늘린다고 하더라도…… 그러니, 헛수고다.

아주 짧은, 꿈결같은 순간을 흘려보낸 뒤에, 나는 그녀를 안은 채 옷을 입혀주었다. 고백하자면 아직 그녀가 알몸이었을 때, 내 눈물 한 자락이 그녀의 가슴에 주르륵 쏟아졌었다. 마악 생성된 것이라

눈물은 뜨거웠을 것이다. 그런데 그녀는 찬물이라도 맞듯 몸을 부르르 떨었었다. 그런데도 나는 그것을 닦아주지 못했다. 그래서 맹세코 그녀의 영혼에 내가 남긴 것이라고는 서른아홉 해를 살아온 한 사내의 짜고 뜨거운, 거기다가 쓰디쓴 눈물뿐이었음을 밝힌다.

"아마 버스가 있을 거야. 거기서 세워줄게."

거기서 다시 출발한 큰길에서 이번에는 내가 울음을 삼키면서 갔다. 길가 마른 풀잎들에는 달빛이 수북이 내려 하얗게 빛나고 있었다. 그것은 어쩌면 서리가 내렸던 것인지도 모르겠다. 그러나 울음을 삼키던 내 눈에는 조락의 그 계절에 달빛이 잔잔하게 지상에 쏟아주던 투명한 사랑이 분명했다.

그 바다 포구에 닿았을 때는 밀물이 오고 있었다. 버스는 아직 있다고 했다. 나는 버스표를 그녀에게 내밀었다.

"잘 가."

"……"

그녀의 대답을 듣지도 않고 나는 차에서 내렸다. 그리고는 방파제가 있는 곳으로 걸어갔다. 좀전 길가의 덤불이 그렇듯 파도가 달빛을 받아 하얗게 부서지고 있었다. 바야흐로 내 인생도 그렇게 부서지리라. 나는 거기서 버스표를 살 때 함께 구입했던 담배에 불을 붙였다.

내가 다시 차가 있는 곳으로 발길을 돌린 것은 이미 버스 한 대가 떠난 뒤였다. 그런데 버스에 몸을 실었으리라고 믿었던 그녀가 놀랍게도 방파제 초입에 우두커니 서 있었던 것이다. 아주 멀리까지 빛을 내쏘는 등대처럼, 저 또한 달빛을 흠뻑 받으면서.

"왜 가지 않았지?"

"혼자는 갈 수 없어요."

"......"

"저 사실은 가짜 학생이에요. 이 첼로 가방도 가짜구요."

"왜 그런 거짓말을 하지?"

"믿지 않으셔도 상관은 없어요. 하지만 세상에는 저처럼 살아가는 애들도 있다는 걸 아셨으면 해요."

"날 위로하는 건가?"

"위로가 된다면 좋겠어요."

"고맙군!"

"아까 그 친구는 진짜죠. 그러니 제가 오히려 선생님께 바다로 뛰어들자고 유혹을 했어야 할 일이죠."

살아서 유진해를 다시 만난 적은 없지만, 나는 그애가 거짓말을 했으리라 믿고 싶어진다. 물론 그게 거짓말이든 참말이든 그애 얘기의 진정성이 훼손되지는 않을 것이다. 세상에는 오히려 참보다 거짓이 더욱 가치 있을 때가 적지 않은 법이다. 그렇다면 그애의 실토가 사실은 거짓이기를 내가 바라고 있었느냐고?…… 그건 아니다. 어떤 경우든 내가 이미 작정한 결심이 흔들릴 일은 아니었기 때문이다. 그만큼 그애의 마음은 충분히 헤아리고도 남을 만하다는 얘기다.

나도 물론 그런 사랑은 안다. 장차 기약 없는 것이라고는 해도…… 그래서 나는 가지 않으려고 한사코 버티는 그녀를 억지로 버스에 태웠으며 나 또한 내 길을 향해 주저하지 않고 돌진해갔다.

지상에서 나는 행복했노라고, 참으로 그렇게 기억되기를 염원이라도 하듯 수도 없이 중얼거리면서 방파제에서 액셀러레이터를 밟고 있을 때, 어디선가 날카롭게 외치는 여자의 외마디 비명 한 가닥이 내 귀에 잡혔다. 등대에서 오던 짧은 빛 하나가 내 차창을 순간적으로 훑고 지나가듯이.

안 돼요!……

그녀는 버스에서 또 내렸던 모양이다. 어떻게든 내 결행을 막아
보려고 뒤를 밟았을 것이다. 그러나 그 소리를 들었다 해도 내가 차
를 멈출 수는 없었다. 두 눈을 질끈 감은 채 미친 듯이 웃으며 질주
해가던 나는……

이게 내가 일에 실패한 뒤 살아서 경찰에 붙잡혀온 사건의 전모
다. 나는 이 자술서를 가장 진실되게 구술했음을 밝힌다. 두 눈이
아직도 남아 있었더라면 오히려 기억은 흐릿했을지 모른다. 그러니
시력을 잃게 됐다고 해서 조금도 아쉽지는 않다.

그 대신 내가 얻은 것들을 보라. 이를테면 그때 보았던 등대는 결
코 불을 꺼뜨리는 일이 없이 내 두 눈이 있던 자리에 밝고 하얗게
새겨진 채 아직도 빛나고 있다.

그건 쉬운 일이 아니지

그런데 연애는 확실히 쉽지 않더라.

이제는 우리 겨드랑이도 발바닥도 간지럼밥을 다 잃어버린 것처럼 그냥 그렇더라.

이제 우리는 버렸더라고……

지금은 그저 우리 몸에서 다 퇴화되고 말았다는 꼬리뼈 언저리나 만지작거리면서

그런 게 존재하던 날들이 참으로 있었던가 하고 생각할 뿐이지.

일은 그 지독한 여름날로부터 비롯되었다.

지독했던 건 더위가 아니라 폭우였다. 마치 몇몇 못된 패거리들이 싸돌아다니다가 아무렇게나 도리깨로 두들겨 패대듯 무섭게 비가 내렸던 것이다. 우리는 그날 시골 초등학교 동창회를 열었었다. 사십대 초반의 중년들이 이윽고 그 표현을 쓸 때가 왔다는 듯 한결같이 사십 평생에 처음 본다고 놀라던 그런 폭우였다. 호들갑을 떨 만도 했었다. 그래서 동창회는 그야말로 비에 젖은 소풍날이 돼버렸고, 할 수 없이 우리는 죽을 쑤어가며 술이나 마실 수밖에 없던 날이기도 했다.

술자리는 동창회가 끝나고 나서도 물론 이어졌다. 비가 내리지 않았더라도 어차피 그 판은 그대로였겠지만 핑계가 좋았던 셈이다. 그리고 나는 너덧이 남아 뒤풀이 3차를 하는 자리에서 비로소 경수를 주목했던 듯싶다.

녀석이 그때서야 내 눈에 띄었던 건 그가 본래 말수가 적었든지 아니면 술판에서 목청을 높이는 쪽이 아니었기 때문인지도 모른다. 흔히 그러하듯, 술판에서 말을 아끼는 동료들이란 실없이 안주나 축내고 앉아 있는 치들보다 더 눈에 안 띄는 법이니까.

"돈이라면 우리 동창 중에서 경수가 제일 많이 벌었을걸?"

술자리가 파장에 이르면서 지갑 속을 헤아리던 누군가가 돈 얘기를 꺼냈고, 그때 불쑥 경수가 화제에 올랐다. 속 보이는 말이지만 내가 그를 의식했던 게 바로 그때였다.

"그래?"

나는 적지 않게 놀랐다. 녀석의 꼬락서니나 행동거지 어느 것 하나에도 돈이 있어 보이지는 않았었다. 어지간하게도 자린고비 흉내를 내면서 모은 모양이군!…… 내 생각은 그때 그랬다. 그런데 경수의 반응이 의외였다. 겸손은커녕 당연하다는 기색이었다.

"그럼 내가 술 한잔 사지. 이 자리 값도 내가 낼 테니까."

"네가?"

술이 모자란 것은 아니었지만 나는 반색을 하고 나섰다. 오기가 발동한 탓도 없지는 않았다. 우리가 졸업한 시골 학교 동기생들이야 기껏 이백여 명밖에 안 되긴 했지만, 항상 그 모교를 머리에 떠올릴 때면 훈장처럼 나는 육 년 내내 일등을 놓치지 않았다는 사실에 늘 자부심을 갖곤 했던 게 사실이다. 그런데 삼십 년 가까운 세월이 흐르다보니 우리 동기생들 가운데 이제 경수가 일등으로 나섰다는 것이다. 그것도 슬슬 모든 가치를 아우른 것이 돈이라는 인식을 하기 시작하는 우리들 중년층 앞으로.

"얼마나 벌었어?"

나는 경수와 나란히 발을 맞추어가며 일부러 친근한 목소리를 내어 물었다.

"그냥 뭐, 겨우 모자라지 않게 쓸 만큼."

모자라지 않고 쓸 만큼의 돈이 도대체 얼마쯤을 말하는지 궁금했지만 캐물을 수는 없었다. 그게 몇백억이든 혹은 그냥 몇억에 지나지 않든 자존심이 상할 게 뻔했다.

"뭘 해서?"

"안 해본 일이 없다. 너희들 데모하고 있을 때 나는 그 옆에서 눈물을 뿌리면서도 벌었으니까."

"야, 재주 좋구나!"

제 자랑인지 아니면 신세타령인지는 몰라도 녀석이 한숨을 섞어 대꾸했지만 나는 그게 진심이었다. 세상에 태어나서 아직까지 해보지 못한 일들이 내게는 너무나 많았다. 나는 그걸 잘 알고 있었다. 그리고 그 경험의 많고 적음이 이른바 경수 같은 이들이 칭하는 우리들 먹물들에게 또 얼마나 소중한 자산이 되곤 하는지도 알았다.

호사스럽게 꾸며진 룸살롱 한 군데를 찾아낸 경수가 당당하게 앞장을 섰다. 녀석이 털어놓은 은밀하고도 별스런, 그리고 엉뚱한 자기 고백을 들은 건 거기에서였다. 녀석이 기꺼이 지불했던 술값은 그 얘깃값이었던 셈이다.

"아까 안 해본 일이 없다고 내가 말했지? 정말이야. 그리고 그때는 이런저런 모든 일들이 양심에 크게 거리끼지도 않았어. 그런데 이제 와서는 어떤지 알아?"

"……?"

"해보지 못한 일들이 너무 많다는 생각이 들어. 여태껏 해본 일들은 모두 시시하기만 하고……"

"너, 거식증에 걸렸구나."

"그게 뭔데?"

"하도 많이 먹어대서 배에 짜구 나는 것."

"그런가?"

우리가 어린 시절만 하더라도 그 짜구 난 배가 장구통만한 우스꽝스런 모습의 아이들이 적지 않았었다. 둥둥 짜구통 둥둥 장구통, 하면서 놀려주던…… 그러나 경수는 웃지 않았다. 다 실토하지 못한 무엇이 그에게 아직 남아 있다는 증거였다. 나는 잠자코 그의 말을 기다렸다. 녀석이 제 옆에 앉은 아가씨의 흰 목덜미를 잠자코 어루만졌다. 밤에 피는 꽃들은 아마도 거의 흴 것이다. 박꽃처럼.

"어쩌면 내가 세상에서 해보지 않은 일들도 이미 했던 일들에 비하면 그게 다 그 밥에 그 나물일지도 몰라. 나는 그걸 알 수 있어. 그런데 꼭 하나, 해보지 않고는 눈도 제대로 감을 수 없을 것 같은 일이 있어. 그게 아니면 이제 돈 버는 일까지 다 부질없게 여겨질 정도로……"

"인마, 그럼 자꾸 뜸만 들이지 말고 그게 뭔지 어서 말해봐. 내가 한 그릇 사줄 수도 있으니까."

"웃지 않을래?"

"웃을 땐 웃더라도!"

"그럼 싫다."

"알았어. 웃지 않을게."

"진짜 연애를 해보고 싶다는 거야."

나는 실소를 터뜨리지 않을 수 없었다. 녀석이 말수를 아끼면서 고작 이런 하찮은 유머를 준비했던가 싶기도 했다.

"어머, 사장님. 저도 오늘밤에는 연애를 할 수 있는데요."

"얘는?…… 나는 뭐, 오늘 사무실 당번이니?"

내 파트너로 지정돼 있던 여자가 재빨리 말을 받고 피부가 박속 같던 경수 옆자리의 아가씨도 눈을 흘기며 대들었다. 상대의 지갑 속에 돈이 얼마쯤 들어 있는지를 소매치기보다 더 정확하게 꿰뚫는 여자들이라고 하더니, 벌써 우리들 주머니 파악이 다 끝났던 모양이다.

"야, 너희들 지랄하지 말고 모두 나가 있어. 빨리!"

경수 녀석이 눈을 부라리며 야단을 쳤다. 녀석의 서슬에 놀란 여자들이 슬그머니 꽁무니를 빼고 말았다.

"너 혹시 여자가 아니라 남자 상대를 찾는 거 아니냐?"

거기까지 자리를 함께 했던 동창 녀석이 빙글거리며 묻자 경수는 픽 웃었다.

"그건 아니고…… 돈으로 몸을 사는 짓거리가 아니라 진짜 연애를 해보고 싶다는 거지. 내가 젊은 날 해보지 못했던 오소소 가슴 떨리는 그런 연애 말야."

"그게 그렇게 어려운 거냐?"

별것도 아니라는 듯이 호기롭게 내가 말했다. 결국 그 알량한 호기 때문에 나는 녀석의 일에 말려들고 말았던 셈이다.

"그래! 어려웠으니까 아직도 헤매고 있지. 여대생이 지천에 흔전만전이지만, 나한테는 여전히 다가갈 수 없는 멀고 먼 아이들이었으니까. 우리가 지나온 저 옛날처럼……"

"여대생이라고?"

"그래. 배운 여자들……"

그날 밤 경수가 징검다리를 뛰어 건너듯, 이불 홑청이라도 꿰매어 가듯 들려준 제 인생살이의 굽이굽이를 여기서 다 옮길 수는 없다.

그러나 나는 충분한 애정과 감동에 사로잡힌 채 그의 얘기를 들었다. 중학교에 갈 수 없게 되자 녀석은 학교를 오기로 잊었다고 한다. 등록금 때문이었음은 말할 나위도 없었다. 대신 녀석은 장차 돈으로 그걸 사고자 했으며 배운 이들을 돈으로 사서 부리고자 결심했다. 그리고는 스스로의 다짐과 자기 모멸감을 밑천으로 세상에 나아갔다고 했다. 남들이 꺼리고 멀리하는 일거리들을 일부러 찾아다니면서……

경수가 제 마음속의 얘기를 내게 들려준 이유도 사실은 그 때문이었을 것이다. 당시 우리들 시골 동기생 이백여 명 가운데 중학교에 진학한 아이들은 세 명 중 한 명꼴밖에 되지 않았고, 고등학교를 거쳐 대학 문턱까지 다 넘을 수 있었던 아이들은 또 그들 예닐곱 명 중 하나 정도에 불과했었다. 우여곡절이 적지 않았지만 내가 그중의 하나였다.

중매를 통하기는 했지만 그냥 남들이 흘리고 간 여자를 주웠을 뿐이라는 표현도, 그렇게 만난 여자와 겨우 두번째 만나는 날 물 한 그릇 떠놓고 나서 살림부터 시작했다는 녀석의 얘기도 충분히 공감할 수는 있었다. 그렇다고 이제 와서 새삼 여대생 타령이라니! 순진하다면 너무 순진했고 그게 아니라면 그 집착이 무서운 놈이었다.

지금이 우리가 초등학교에 다니던 60년대라도 되느냐고 나는 녀석에게 되물었다. 낚싯밥으로 옷 한 벌 정도만 사들고 유혹할 수 있다면 어느 누구든 쉽게 손에 넣을 수 있더라는, 무용담인지 세상에 대한 개탄인지 모를 그런 떠도는 얘기들도 전혀 들어본 적이 없느냐고 나는 묻기도 했다. 그리고 그게 다는 아니더라도 여대생이든 뭐든 여자들이란 그저 네놈 말처럼 그 밥에 그 나물이 아니겠느냐는 말까지.

녀석은 내 말을 다 듣고 나서도 고개를 가로 저었다. 그런 집요함이 우리 동기들, 심지어 나까지 제치고 그가 이제 우리들 중년을 모두 앞질러 일등으로 나서게 만든 것인지도 몰랐다. 어쨌든 그 순간 내게 떠오른 생각이 무엇이었느냐고? ……그랬다. 이제는 내가 그의 책가방을 들고 그의 뒤를 따라주어야 한다는 것이었다. 그래서 나는 제안했다.

"많이 배웠든 적게 배웠든, 안 되는 일은 죽었다 깨어나도 안 되는 법이다. 너도 마찬가지고 나도 마찬가지라는 말이지. 도덕이나 양심에게 칼침이라도 맞을까봐 겁이 나서 하는 말은 절대 아니다. 자기 몸을 용돈 몇 푼과 기꺼이 바꾸겠다고 사방을 두리번거리고 다니는 어린 여학생들도 적지 않은 세상이니까. 그렇지만 실망을 할 건 없고, 상대가 대학을 졸업했다는 여자들이라면 내가 도움을 줄 수도 있겠다."

"정말?"

"내가 말에게 물까지 먹일 수야 없겠지만 물가로 이끌고 가줄 수는 있거든. 어때?"

나는 장담했다. 녀석의 눈빛이 전등 아래로 이글거리고 있는 게 눈에 띄었다.

"물가까지 갈 수 있는 여비라면 내가 얼마든지 내지."

"여비도 필요 없어. 그냥 다리품이나 팔면 되니까."

"흰말 품삯이든 백마(白馬) 노임이든 내게는 상관없다는 거야."

"하하하! 너 이제 보니까 말을 재미있는 놈으로만 골라 탈 줄도 아는구나."

"한때 경마장 똥을 치우면서 배운 게 바로 그 말이다."

한번 말문이 열리자 녀석은 천리마라도 올라탄 듯했다. 나는 누군가에게 들었던 일화가 떠올라 군침을 삼켜가며 입을 열었다.

"좋아! 그럴 수 있으면 됐다. 지금 네가 카센터 체인점을 하고 있다니까 거기서도 방법을 찾을 수 있겠다. 손님들 많이 찾아오지?"

"그럭저럭."

"여자 손님도 많지?"

"갈수록 느는 셈이지."

"알아. 말 안 해도 알아. 네가 여자들을 보면서 난데없는 생각을 하기 시작한 게 거기 그 모습들을 보면서부터였을 테니까. 배운 여자들이 때 빼고 광내고 집을 나와 애마를 부리듯 종횡무진하더라는 것이겠지. 거기다 하나같이 선글라스를 끼고 있어서 신비감이며 호기심을 자극하기도 했을 테고…… 그런데 네놈이 기름때를 묻히고 있는 현장에서는 그게 더욱 눈에 띄었겠지. 어때?"

"……!"

"이제 나를 믿겠다면 내 말대로 해라. 알았느뇨?"

"그래. 내가 오늘에야 도사를 만났구나."

녀석이 고개를 끄덕거렸다. 여성 운전자들이 많이 늘었는가 하는 건 누구에게 물어볼 필요도 없었다. 그러니 수리 센터에도 여자들이 들끓을 건 뻔한 일이었다.

"이제부터는 여자 운전자가 나타나면 종업원들에게 일을 맡기지 말고 네가 직접 나서라. 기름때가 묻은 옷을 다시 꺼내 입고 말이지. 덩치가 꽤나 우람한 편이니까 가능하면 겉옷 따위는 홀딱 벗어붙이는 것도 좋겠다. 그리고는 땀을 뻘뻘 흘리면서 차를 고쳐주면 된다."

"그러면 뭐가 되는데?"

"우선 분위기지."

"그런 분위기도 다 있냐?"

"절대 명심해라. 폼 잡는답시고 함부로 입을 나불대다가는 산통 다 깨지고 만다. 괜히 커피 한잔 권하는 짓거리도 마찬가지고……"

"알았어."

"차를 다 고치거든, 범퍼 한번 닦아주면 좋겠다. 그걸 닦아주기 직전에 여자에게 이렇게 불쑥 물어봐라. 혹시 노래 잘하세요라고……"

"노래를 잘 부르느냐고?"

"그래. 그러고는 대답을 기다리지 말고 범퍼를 닦기 시작하는데, 또 명심해야만 한다. 앞 범퍼는 여자의 무릎이라고 여기고 뒤쪽 범퍼는 여자 엉덩이라고 생각하는 거다. 그러면 어떻게 닦아야겠냐?"

"애무하듯이?"

"바로 그거지. 그러고 나서도 반응을 보일 여자가 과연 몇이나 될지는 나도 잘 모르겠다만, 그 반응이라는 게 너에게 관심을 보이는 건지 아닌지는 너도 분간할 수 있겠지?"

"가만, 노래를 잘하느냐고 물어보라고 했잖아."

"여자는 그걸 왜 묻느냐고 되묻거나 아니면 노래를 잘한다고 대답하거나 그것도 아니라면 못 한다고 할 게 뻔하지. 그 셋 중에 하나가 아니겠냐?"

"그렇겠지."

"만약 왜 묻느냐고 되묻거든 네가 젊어서 보았던 참 예쁜 여자가 하나 있었는데 노래를 잘했다고 해라. 그녀를 꼭 빼닮아서 그런다고 둘러붙이면 되겠지. 그러면서 언제 같이 노래방이나 한번 가보고 싶다고 혼잣말처럼 은근히 중얼거려봐라."

"……"

"그러려면 자기 나름대로는 꽤 예쁘다고 자부심을 가지고 있을 만한 여자를 골라라. 그거야 물론 네가 원하는 일이겠지만, 무엇인가 남보다 더 갖춘 도도한 여자들이 더 욕심 사나운 법이란다. 사람이라면 그 욕심의 덫에 걸려드는 법이니까."

"여자가 노래를 못 한다고 대답하면?"

"노래는 어차피 잘하거나 못 하거나 상관이 없지. 그러니 대답을 새겨들을 것도 없이 그냥 네 얘기나 늘어놓으면 돼."

"그게 통할까?"

녀석이 고개를 갸웃거렸다.

"성공은 보장할 수가 없지. 사람마다 다 같은 건 아닐 테니까. 그렇지만 다시 강조하마. 이왕이면 네가 원하는 타입을 찾는 게 좋을 것이다. 이를테면 피부가 하얗고, 돈이나 시간이 다 있어 보이는데다가 물론 대학까지 나왔을 법한 여자들을…… 그렇게 해낼 수 있다면 너는 어쩌면 이미 물가에 도착해 있을지도 모르겠다."

"범퍼를 닦아주는 서비스 연기를 내가 잘 해낼지 모르겠는데?"

"영화에서 본 장면인데 이런 게 있었어. 교양미 넘치는 젊은 주부가 자기 치마와 블라우스를 들고 집 근처 세탁소에 갔지. 세탁소는 늙은 노인이 지키고 있었는데 여자는 왠지 께름칙해서 망설이다가 시간도 없고 해서 별수 없이 옷을 맡겼지. 생각이 특별할 리 없는 노인이야 평소처럼 무심하게 다림질만 할 뿐이었어. 동작이 조금은 굼떠 보이기도 했지. 갈퀴 같은 손가락으로 치마와 블라우스를 연신 쓸어내리면서 말이야. 그때 여자 반응이 어땠는지 알아?…… 그 여자는 마치 자기 몸을 정성스럽게 매만져주는 느낌에 사로잡혔지. 그래서 그걸 지켜보다가 나중에는 참지 못하고 탁자에 힘없이 몸을 의지해버리더라고."

"영화니까 그런 거 아닌가?"

"그건 안 믿어도 상관없어. 그렇지만 내 얘기만큼은 한번 믿어봐라."

"일이 안 되면 어떻게 낯을 들지?"

혼잣말처럼 녀석이 중얼거렸다. 처음 보여주던 사생결단의 의욕과는 달리 녀석에게도 양심은 아직 남아 있는 모양이었다.

"그러면 더욱 정중하게 예의를 지켜 보내드려야지. 고수를 고수로 예우하는 거, 그게 진정한 고수의 길일 것이다. 그게 아니면 깡패도 논두렁 깡패에 지나지 않고, 연애도 연애가 아니라 치정(癡情)이라는 것이 될 테니까."

"하하하! 노래방을 같이 안 가겠다는 여자도 고수라고 부르냐?"

"그럼! 그런 여자라면 윤리의식에 투철한 고수이거나 아니면 네 의도를 벌써 간파해버린 고수라고 봐야 하지."

나를 아는 사람들은 잘 알겠지만, 내가 무슨 오입쟁이 같은 소질이 조금이라도 있다거나 하는 것은 아니었다. 오히려 나는 그 방면에서라면 숙맥이라고 해야 옳았다. 그런데도 술기운을 빌려 말이 나오는 대로 무책임하게 술술 내뱉어본 것이었다. 그리고 생각해보면, 성공 여부를 떠나 말인즉슨 충분히 그럴듯할 수도 있었다.

그 뒤 경수 녀석은 갖가지 명분을 붙여서는 심심찮게 내게 용돈을 보내오고, 고급 술집으로 자주 불러내 술을 사기도 했다. 나는 그날 밤 술자리에서 실없는 소리를 좀 지껄인 것뿐이라고 여기고 있었기 때문에 녀석에게 특별히 부담감을 갖지는 않았다. 오랜 세월을 잊고 지내던 한 친구를 다시 만나 가까워졌을 뿐이니까.

물론 내가 한 일들이 없지는 않다. 나는 내가 알고 있었거나 또 새로이 만나는 많은 여성들에게 경수네 카센터를 소개하기는 했다. 그렇다고 기를 쓰고 선전을 해댄 것도 아니다. 어디어디에 가면 카센터가 하나 있는데 기술은 잘 몰라도 서비스는 그만이더라는 말을 넌지시 흘리는 정도에 지나지 않았으니까. 그리고 그 정도는 그룹 홍보실에서 오랫동안 잔뼈가 굵어온 내게는 지극히 자연스러운 일이기도 했다.

같은 직장에 다니는 콧대 높은 젊은 여성들에서부터 나를 처음 찾아오는 고객들까지 나는 경수네 가게를 소개했다. 운전을 하는 여성들이라면 아무리 처음 만나는 사이라고 하더라도 공통의 화제를 찾기가 그리 어려운 일은 아니다. 그저 오가는 인사 삼아서 차 얘기를 화두(話頭)로 세우기만 하면 되는 일이었기 때문이다.

어떤 여자들은 경수네 카센터를 다녀온 뒤 더러 내게 감사를 표시했다. 그렇지만 커피 한두 잔 사는 정도로 내가 무엇인가를 미루어 짐작할 수 있었다거나 하는 건 물론 아니다. 다만 우리 부서 오 차장의 변화는 분명 있었다.

평소 오 차장은 노래방과는 담을 쌓고 지내오던 여자였다. 부서 회식이 끝나면 누가 먼저랄 것도 없이 노래방을 찾는 게 우리 관습이었다. 그런데 오 차장은 그때마다 어떤 구실이든지 내세워 빠져나갔던 것이다. 그래서 우리는 그녀가 핑계를 대고 대다가 결국 언젠가는 없는 시어머니가 부랄 다쳤다는 구실로도 노래방에 불참할 것이라고 비꼬기까지 했었다. 그런 그녀가 한번은 자청해서 노래방을 앞서가더니 돈까지 서슴없이 지불했던 것이다. 그리고는 부서 회식이 아니더라도 일과 후면 제 동료들과 더불어 노래방을 즐겨 찾더라는 소문이 들려왔다.

그날 아침에는 오 차장 역시 내 책상에 커피 한 잔을 올려놓았다.

직장 생활을 같이 한 이후로 처음 있는 일이었다. 직위가 같다고 그랬는지 내게는 좀체 눈길조차 주지 않던 여자인데도 그랬다.

"오 차장이 어쩐 일이오?"

나는 시치미를 떼고 물었다. 그런 표현이 가능할 만큼 오 차장의 변화는 내가 이미 충분히 감지하고 있었던 것이다.

"왜요? 차 한잔 사면 안 되나요?"

그녀가 대수로운 일이 아님을 강조하듯 내 눈을 자신 있게 들여다보았다. 이쪽에서는 상대의 심중을 다 읽고 있는데도 상대방이 그걸 전혀 눈치채지 못하고 있다면 그때의 즐거움이 결코 작지 않은 법이다. 아마도 인류는 그 재미를 제 나름대로 만끽하면서 사는 동물일 것이다. 나는 지금의 직장을 얻기 위해 투자를 꽤 했고, 그리고 그룹 홍보실에 오래 근무하면서 그걸 터득했다.

"참, 엔진에서 이상한 소리가 들린다고 하는 거, 잡았습니까?"

찬바람이 일 정도로 세차게 돌아서던 그녀가 내 말을 듣고 멈춰섰다. 내 쪽으로 고개를 돌리지 않은 아주 짧은 순간, 나는 그녀가 어떻게 대답해야 할지 망설이고 있음을 알았다.

"아, 그거요? 아직 다 못 잡았어요."

"거기 기술이 좀 모자라는 거 아니오?"

"그래서 다른 곳으로 옮길까 했는데 다 잡아낼 때까지는 돈도 안 받는다고 하네요."

"서비스는 괜찮군요."

내게도 확실히 짓궂은 면이 있었다. 나는 그녀가 당황해서 몸 둘 바를 몰라하는 모습을 기대했다. 비록 경수 녀석에게 그 방법을 일러준 게 바로 나였지만 그 뻔한 낚싯밥을 덥석 문 여자들을 조롱해야 직성이 풀릴 듯했다. 그런데 서비스 얘기를 꺼내자마자 오 차장의 반응이 나타났던 것이다.

"아, 서비스요?…… 그게 제일 중요하죠."

그녀가 싱긋 웃었다. 나는 그 웃음의 의미가 무엇인지 알 수 없었다. 그녀는 혹시 알고 있었을까? 내가 그 서비스의 정체에 대해서 잘 알고 있으면서도 내색하지 않고 조금씩 즐기고 있다는 사실을?…… 그럴 수도 있다. 그녀 역시 우리 홍보실에서는 베테랑이니까. 그런데 얘기가 그렇게 된다면 오 차장은 내가 사실을 알고 있든 말든 자신은 계속해서 그 서비스를 받겠다는 뜻이 될 것이다. 그럼, 경수 놈은 그녀에게도 돈을 주는 것일까?

아, 이런 식의 표현을 용서하시길!…… 나는 그 순간 오 차장에게 질투심을 느꼈다. 그 질투는 내 수컷이 나도 모르는 사이에 조금씩 거세되고 있다는 자각에서 비롯되고 있었다.

그때 문득 윤 차장의 얼굴이 떠올랐다. 그녀에게만큼은 경수 놈의 가게를 혀끝에조차 올리지 않았었다. 만약 우리 회사에서 그 얼굴만 보고 대학을 졸업했음직한 여자를 하나 고른다면 단연 그녀가 뽑힐 것이라고 나는 믿는다. 그런데도 그녀가 경수네 카센터에 대해 전혀 듣지 못했을 성싶지는 않다. 비록 우리 부서를 떠나 옮겨가기는 했어도 남편과 헤어진 이후에는 아이 기르는 일에서부터 가구 하나를 고르는 일까지 동료들의 의견을 물어 결정한다고 했으니까 말이다.

그녀 역시 그 가게에 들렀을까? 그래서 녀석에게서 노래를 잘하느냐는 질문을 받고 또 녀석이 애무하듯 앞뒤 범퍼를 닦아주는 서비스를 받았을까? 노래방에는?…… 그러나 그녀에게서는 어떤 내색도 비치지 않았었다.

윤 차장과의 관계는 최근 들어 지지부진하기만 했다. 나나 그녀나 우리에게 서로 어떤 목적이 있는 건 아니다. 나는 나이 사십 줄에 들어서면서 이미 청춘이 돌이킬 수 없이 흘러가버렸음을 실감하고 있었으며 그녀 역시 같은 나이 또래의 남자애들보다 사춘기가 빨리 찾아왔듯이 아마도 이제 내 나이에 맞춰 청춘이 사라져감을 안타까워하며 몸부림치고 있을 것이다. 사라져가는 것들은 모두 흔적을 남기는 것 같다. 그것은 긴 꼬리다. 청춘 역시 사라져가면서 진짜 청춘이 아닌 가짜 청춘의 긴 꼬리를 흔들고 간다. 소진하는 촛불처럼…… 윤 차장과 내가 그랬을 뿐이다.

경수 놈에게서 전화가 온 건 그날 오후 업무가 시작될 무렵이었다.

"저녁에 시간 좀 내라."

"무슨 일이냐?"

"물 좋은 곳을 찾았다. 차를 보낼게."

얘기는 그뿐이었다. 나는 오 차장이 내게 커피를 들고 왔던 일과 경수의 전화가 어떤 상관관계가 있는 것인지 잠시 궁리해보았다. 그러나 크게 상관할 일은 아니었다. 물이 어떻게 좋다는 것인지 상상하느라고 그 궁리는 쉬이 잊고 말았다. 녀석을 만나면 피할 수 없을 듯한 노래 한두 곡을 위해 전처럼 달걀이라도 하나쯤 먹어두어야 할 것인지 어쩐지 생각하기도 했고.

'연정(戀情)'이라는 룸살롱은 제법 붐비고 있었다. 경제가 아무리 죽어갈망정 이를테면 중고차 판매상이나 라면 장사는 이문을 남기듯, 돈이 막히고 또 뚫리는 곳은 따로 있었다. 틀림없이 사람들은 다른 모든 종의 동물들과 조금씩 서로 닮아 있다. 그래서 사람들 역시 동물인 것이다. 그렇다면 그 상투적인 불빛을 보고 찾아오는 걸로 봐서는 인간은 부나비를 닮은 셈이다.

"이거, 용돈으로나 써라."

경수가 두툼한 봉투 하나를 내밀었다. 녀석은 수표로 만들어줘도 좋을 걸 언제나 현금으로만 장만한다. 나는 아가씨들의 눈빛이 뜨거운 가운데 그걸 안주머니에 밀어넣었다. 어쨌든 고마운 일이었다.

"두 분 사이가 돈독하신가봐요."

내 옆에 앉은 아가씨가 공치사를 했다. 고개를 끄덕거리며 살펴보니 앳되어 보였다.

시골 냇가에서 보면 물이 맑은 곳에 사는 물고기들은 따로 있었다. 가재나 모래무지나 버들치가 노는 곳들은 확실히 붕어, 미꾸리 등이 사는 곳과는 달랐던 것이다. 처음에 나는 물이 좋다는 말을 그렇게만 알아들었다. 그런데 나중에 알고 보니 바닷가 어촌이나 생선가게에서는 생선 그 자체의 싱싱함을 두고 물이 어떻다고 말한다고 했다. 그러니 물은 그냥 물을 말하기도 하고 물고기를 지칭하기도 하는 것이다.

"결국 너하고 나눌 돈이다. 알아?"

"정말이세요?"

아가씨는 내 말을 듣더니 벌써 입부터 함지박만하게 벌어진다. 사실은 여자와 돈을 나누고 싶은 생각도, 그럴 만큼의 여유도 내게는 없다. 용돈이든 생활비든, 그애에게는 공돈으로 비쳤을지도 모르기 때문에 말로나마 인정을 베풀었을 뿐이다.

그렇지만 내가 이 돈을 집에까지 다 가져갈 수 있을는지 아직 장담하지는 못한다. 녀석에게 돈을 받으면 아직도 내 자존심은 몹시 상하곤 한다. 그래서 나는 그 돈들을 물쓰듯 써버리는 것으로 자위했던 것이다. 처음에는 내 돈이 아니었다고 하더라도 여자애를 산다면 그건 분명히 내가 구매하는 것이다. 물론 여자를 돈으로 사기로만 한다면 경수를 흉내내지도 못할 것이다. 나는 녀석이 벌고 있는 만큼의 돈을 만질 수 없기 때문이다. 그런데 별게 아닌 알량하기 그지없는 것들이라고 하더라도 경수 역시 내가 가진 것을 갖지 못한 게 틀림없다. 그래서 우리는 서로 보충하고 또 돈독해야만 한다는 생각이 든다. 녀석보다는 학문에 더 투자했던 내 인생도 아직 어느 구석인가 조금쯤 소용이 있을지도 모른다는 생각이 드는 건 그 때문이다. 내가 녀석에게 돈을 받을 수 있는 것도 그렇고.

"양주 한잔 해라."

"그래, 술맛이 돈다."

녀석은 양주라고 했지만 나는 일부러 친근한 척 그냥 술이라고 표현한다. 양주를 그냥 양주라고 촌스럽게 말하는 걸로 봐서는 놈이 아직은 돈을 많이는 써보지 못했을 것이다. 그건 다행스러운 일이다. 내가 아는 한 돈을 오랜 시간에 걸쳐 많이 써본 사람들은 다시금 인색해지는 법이다. 그런데 그저 구두쇠처럼 모으기만 했을 뿐, 이제 비로소 그 보따리를 풀기 시작하는 사람들은 그야말로 물정 모를 가능성이 없지 않다. 그러니 적절한 시기에 녀석을 만난 셈이라고 할 수 있다.

"어떠냐? 직장은……"

"일차는 점잖게 명퇴(名退)를 받을 계획이라는데 이차 구조조정을 위한 사전 포석이지."

"넌 괜찮으냐?"

"우리 회사는 사십대 초반까지는 비교적 안전지대라고들 하는데, 몰라. 파편이 도대체 어디까지 튀어오를지는……"

녀석이 심드렁한 표정을 지어 수박씨라도 뱉어내듯 툭툭 질문을 던지고, 나는 그것도 황송한 처지라 말을 공손하게 받기에 바쁘다. 그건 괜찮다. 직장에서 우리는 한때 임금 인상률 1퍼센트를 두고 머리띠를 동여매기도 했었다. 그러나 지금은 몇 달째 기본급을 제대로 받지 못하면서도 회사측에서 뭐라고 하든 눈칫밥으로만 배를 불려온 지 오래다.

"일이 안 풀리거든 나한테 와라."

"그, 그래."

기세 좋게 명예퇴직을 신청하고 나가는 동료들을 보면 부럽기 짝이 없었다. 시절이 수상하니 모아둔 양곡이나 까먹고 있겠다는 동료도 부러웠고 설마 산 입에 거미줄 치겠느냐고 말하는 배짱 좋은 젊은 치들도 부럽기는 마찬가지였다. 그러니 경수 녀석의 선심이 입에 발린 말이나 아니기를 바랄 뿐.

"노래방은 좀 다녔어?"

"뭐?"

녀석이 눈을 부라리며 되묻더니 이내 생각난 듯 호탕하게 껄껄 웃는다.

"아, 노래방? 그래, 요즘 좀 나갔었지."

"혹시, 그 밥에 그 나물은 아니었어?"

"뭐라고?…… 아, 밥은 그 밥이로되 나물은 확실히 다르더라. 훨씬 쫄깃거리더라니까."

"쫄깃거려?"

"그래."

괜히 물어봤는가 싶었는데 녀석은 오히려 더 흔쾌해진 모양이었다. 나는 상대의 기분을 돋우어주는 화법에 대해서 알고 있다. 그것의 제1원칙은 상대가 자신 있게 답변할 수 있는 내용의 질문을 하는 것이다. 그럴 때 사람들은 하나같이 질문이 좋았다고 말하는 것이다. 그러니 내가 묻기를 잘한 셈이다.

"그런데 말야. 그 안경 쓴 여자, 고맙다."

"안경?…… 누, 누구?"

"시치미떼지 말고!…… 그런데 그 여자는 혹시 용수철을 만드는 학과라도 졸업했냐? 자꾸 퉁겨오르는 맛이 괜찮더라고."

"아!"

나는 그 순간 한꺼번에 많은 것을 깨닫고야 말았다. 녀석은 윤 차장을 말하고 있었다. 녀석은 또 내가 손님을, 그것도 대학을 나온 여성 운전자들을 손님으로 보내고 있었다는 사실을 이미 간파하고 있었던 것이다.

"그런데 연애는 확실히 쉽지 않더라. 이제는 우리 겨드랑이도 발바닥도 간지럼밥을 다 잃어버린 것처럼 그냥 그렇더라. 이제 우리는 버렸더라고…… 지금은 그저 우리 몸에서 다 퇴화되고 말았다는 꼬리뼈 언저리나 만지작거리면서 그런 게 존재하던 날들이 참으로 있었던가 하고 생각할 뿐이지."

"……"

녀석은 제법 문자를 써서 얘기하고 있었다. 까닭도 없이 눈자위를 근질거리게 만드는 말이었지만 내 귀에는 이미 들려오지도 않았다. 녀석은 배움의 길을 포기하고 그 대신 닥치는 대로 일을 했던 것처럼, 이제 연애를 포기하는 대신 예의 그 거식증으로 돌아서는 모양이었다.

"사장님, 인제 술 한잔 드시고 노래도 좀 하세요."

머릿속이 한껏 어지러운데 내 옆의 아가씨가 술잔을 들이밀었다. 나는 그걸 뿌리치려다 말고 순간적으로 다시 깨닫는다. 녀석이 누군가 한 여자하고만 연애하기로 한다면 내 역할도 끝이 나고 말 것이다. 그런데 그게 아니라고 한다. 그렇다면 나는 새 직장을 얻은 것이나 다름없다.

"그래! 술 마시고 노래하자."

나는 단숨에 그걸 들이켰다. 녀석이 낄낄거리며 웃고 박수를 쳤다.

"어렵지 않은 노래로 한 곡 뽑아라. 괜히 젠체하면서 멋 부릴 생각 말고 쉬운 것으로!"

나는 마이크를 움켜쥔 채 오래 잊고 있었던 곡을 찾아 번호를 꾹꾹 눌렀다. 정말이지 쉬운 노래였다. 녀석과 함께 노래방을 찾아갔던 여자들은, 오 차장이든 윤 차장이든, 좀 특별한 노래들을 불렀는지도 모르겠다. 말하자면 트로트 풍이 아닌 녀석이 따라 부르기 힘든 노래들을……

반주가 흘러나오고, 나는 소설가 이상(李箱)이 썼던 「날개」라는 소설을 잠시 머릿속에 떠올렸다. 나도 그 사람처럼 부업이, 아니 또 다른 직업이 생긴 셈이다. 아침에 내게 커피를 주던 오 차장의 미소가 자꾸 눈에 어른거렸다. 그녀도 경수 놈을 상대로 돈벌이에 나선 것일까? 오 차장이라면 영악한 여자라서 벌써 다 눈치채고 그걸 도모했을 것만 같다. 그리고 그녀가 윤 차장의 등을 떼밀어 녀석의 카센터에 보냈는지도 모를 일이다. 아!……

반주기 화면에서는 이제 막 자막이 흘러나오기 시작했다. 나는 눈을 감았다. 내게도 날개가 돋을 수 있을까? 그래서 다시 비상할 수 있을까?

　　한잔 술에 취하는 거 그거야 아주 쉽지
　　가는 세월 보내는 거 그것도 아주 쉽지
　　잿빛 바람에 흩어져가는 젊은 날의 꿈 하나
　　서러움을 감추는 것 그건 쉬운 일이 아니네
　　　　　　　　—이동원의 노래 〈그건 아주 쉽지〉 중에서

삼각관계에 대한 한 믿음

그 순간 나는 그녀의 목울대 왼쪽 밑으로

날카로운 유리 조각 하나가 박혀 있는 것을 보았다.

뭐 해요, 등신같이!……

아내는 그렇게 외쳤었다.

그 말은 이상스럽게도 내 용기를 시험하는 것처럼 들렸다.

나는 조금도 망설이지 않고 정미 처녀의 목을 힘 주어 안았다.

거기 박힌 유리 조각까지를……

그녀가 숭어처럼 몸을 파닥거리는 힘찬 전율이 묵직하게 내 팔에 전해져왔다.

그 방은 경찰청 이층 복도 끝에 있었다. '수사계(搜査係)'라고 새겨진 길이 10센티, 고작해야 두께 1센티미터를 넘지 않을 문패가 그 열 배쯤의 크기로 내 눈에 들어왔다. 너무 커진 나머지 스스로의 무게를 견디지 못하고 문패가 저절로 떨어져내렸으면 하는 생각이 간절했다. 물론 그게 아주 박살이 난다고 하더라도 내가 피해갈 도리는 없었다. 가열이 다 돼가는 뻥튀기 기계 속에서처럼 두려움이 내 안에서 거의 폭발할 지경이었다.

얼마나 많은 사람들에게 시달렸는지 거적문이나 다름없게 너덜너덜해진 문짝이 수사계 사무실이라는 이름의 이력을 보여주고 있었다. 문을 열자마자 기다렸다는 듯이 차고 냉랭한 실내 공기가 탄력이라도 받은 듯 내 얼굴에 훅 끼쳐왔다. 4월이라고는 해도 바깥 날씨는 아직 차가웠다. 그런데도 바깥보다는 실내 쪽의 온도가 더 낮은 듯했다. 찬물을 뒤집어쓴 것처럼 온몸에 소름이 돋았다.

―거기, 안기성씨요?

―예.

내 대답이 너무 컸었는지도 모른다. 몇몇 날카로운 눈매들이 화살 촉처럼 나를 노려보았다. 창가 쪽에서 내 이름을 확인했던 사내가 어설프게 히틀러에 대한 경례라도 하듯 손을 들어 보였다. 나는 그곳으로 다가갔다.

―거기 앉으시오. 나는 김 형사요. 우리 시간을 낭비하지는 맙시다. 다른 사람은 다 자백했으니까.

수박씨라도 뱉어내듯 그가 밑도 끝도 없는 말을 내게 툭 던졌다. 이 자는 거짓말을 하고 있어. 섣부른 어부처럼 되나캐나 미끼를 던져보는 것이겠지. 그러니 정신을 바짝 차리라고!…… 대답을 하는 대신 나는 스스로를 다잡았다. 아내는 자백이고 자수고 할 겨를이 없었을 것이다. 그리고 그 친구가 자백할 게 도대체 무엇이란 말인가.

―심리상태를 확인해보기 위해 우선 한 가지 물어보겠소. '불'이라고 했을 때 당신은 뭐가 먼저 떠오르시오?

―불이라고요?

―그렇소. 시간이 없으니까 두 번 말하게 하지 마시오.

그가 짜증을 섞어 대꾸했다. 나는 머릿속에 불을 그려보았다. 승용차가 불타던 장면이 선명하게 떠올랐다. 그 시커먼 불 아래로 만개한 벚꽃이 함박눈처럼 떨어져내리고 그 짧은 순간을 거쳐 불티로 바뀌던 흰 꽃잎들이 다시 하늘로 훨훨 날아올랐었다. 그 광경을 떠올리자 갑자기 목이 막혀왔다.

―담배가 생각납니다.

거짓말이 그냥 술술 새어나왔다. 하기야 담배 한 대쯤 피웠으면 좋겠다는 생각은 진작부터 해왔던 터였다. 김 형사는 자동차 사고에 대해 바로 묻고자 했던 것인지도 모르지만……

—아, 좋소. 담배 태우시겠소?

그가 서랍에서 외제 담배를 꺼내 내게 내밀고는 불까지 붙여주었다. 나는 담배연기를 깊이 들이마셨다. 피의자들이 긴장을 풀고 모든 걸 다 실토하도록 담배를 권하는 수작이 제법이었다. 만약 내가 물이라고 대답했더라면 마실 물을 떠왔을지도 모른다. 냉수 역시 긴장을 가라앉히는 데는 그만일 테니까. 그렇지만 다른 것들, 이를테면 그의 말이 떨어지던 순간 머리를 스치고 지나가던 한 뭉치의 돈이나 섹스라고 했더라면 그가 어떻게 반응을 했을지 궁금하기도 했다. 그랬더라면 그는 내 심리 상태가 정상이 아니라고 판단했을지도 모른다. 불길과 돈의 관계는 사람들이 새로 이사한 집에 성냥을 선물하는 것처럼 사실 이상할 게 없지만 말이다. 불과 섹스도 억지춘향이는 아닐 테고.

—처음에 드라이브를 함께 하자고 제안한 건 누구였소?

—아내였던 것 같습니다.

—'것 같다'니?

—저는 아내에게서 들었으니까요.

그가 처음으로 노트북의 자판을 토닥토닥 두드렸다. 수사관들에게 노트북 컴퓨터를 보급한 지 얼마 되지 않아서 그런지, 아니면 그가 게을러서 자판 연습을 하지 않아서 그런지 글쇠를 치는 솜씨가 영 아니었다. 게다가 건너편에 있는 나로서는 그가 뭐라고 기록하는지 알 수 없었기 때문에 답답함은 더 했다. 세워진 모니터의 뒷면이 내게는 감옥의 담벼락보다 더 높고 아득하게 보였다. 나는 아직 반도 태우지 못한 담뱃불을 눌러 껐다.

바람이나 쐬고 오자고 먼저 말한 쪽은 확실히 아내였다. 누구와 함께 가는지 물었지만 그녀는 대답하지 않았었다. 가고 싶거든 일요일 아침 여덟시에 가게 앞에서 기다리세요…… 그 말뿐이었다. 그녀가 대꾸하지 않았다는 사실만으로도 나는 최(崔)가 일행에 참가할 것임을 눈치챘어야만 했다. 그러니 가지 않았더라도 상관이 없었을 것이다. 지금 구경하지 않는다면 올해 벚꽃은 영영 끝이라는 사치스런 조바심? 아니면, 좋든 싫든 따라나서지 않는다면 아내가 역정을 낼지도 모른다는 두려움?…… 그게 무엇이었는지는 정확하게 알 수 없었지만 나는 일요일 새벽에 하릴없이 가게 앞에서 그들을 기다렸었다. 그리고는 거기 서서 자조적으로 '판관사령(判官使令)'이라는 속담도 떠올렸었다. 자기 아내가 시키는 대로 눈치없이 잘 쫓아가는 이들을 조롱하는 데 쓰는 표현이라지만 내 주제에 벚꽃놀이를 따라나선 일이 어쩌면 그것이었다.

　―박정미는 언제부터 알았지?

　―……

그가 반말로 물었다. 나는 재빨리 대답하지 못했다. 반말이라서 그런 건 아니었다. 웬일인지 그 이름이 한순간 귀에 설고 아득하게 들렸기 때문이었다.

　―언제부터 알았냐니까?

　―그날 처음 봤습니다.

　―처음 만나는 사람과 드라이브를 가?

　―우리 둘만은 아니었으니까요.

　―좋소. 그날 처음으로 만났다?……

띄엄띄엄, 곰이 개천에서 가재 뒤지듯 하면서 그가 다시 자판을 두드려댔다. 반말이든 해라체든 상관은 없었다. 귀싸대기라도 한 대 덜 맞는다면 그게 오히려 언감생심이라는 심정이었다. 아홉 살이나

202

나이가 어린 아내도 화가 치밀면 내게 막말을 일삼지 않았던가.

아내와 일행이 탄 차는 여덟시 반이 가까워지자 가게 앞에 나타났었다. 최가 운전대를 잡고 있었으며 아내는 뒷좌석에, 그리고 그녀가 앞좌석에 꼿꼿하게 앉아 있었다. 박정미예요…… 내가 차에 올라앉기를 기다려 그 처녀가 짧게 인사했고 나도 가벼운 목례만 보내고 말았었다. 노랗게 물들인 머리카락을 무신경한 듯싶게 뒤로 묶어올렸는데 그게 진짜 금발보다도 더 자연스럽게 보였던 기억이 난다. 최는 내게 특별히 알은체를 했던 것 같지는 않다. 나도 굳이 그와 인사를 나누기를 기대한 적은 없었다. 따져보면 나보다는 열한두 살, 그리고 아내보다는 두세 살이 적은 친구이긴 했지만.

나중에 기억을 떠올려보니 그 처녀는 아내가 소유하고 있는 레스토랑의 종업원이었다. 거기 영업을 책임지고 있는 최의 애인이기도 했다. 그러니 겉으로만 본다면 우리 일행은 화목하고 다복한 가족으로 보일 수도 있었다. 옛적 모든 이들이 바라던 이상적인 가정처럼.

—차 안에서는 무슨 얘기들을 나누었지?

—특별한 얘기는 없었습니다.

—특별하지 않은 얘기라도 해보시오.

—날씨가 아직 차다거나 뭐, 그런 얘기들이었지요.

어떤 얘기도 나눈 게 없었다고 실토한다면 아마 믿지 않을 것이다. 그러나 사실이 그랬다. 차가 이내 출발하고 서울에서 남원까지는 최가 계속 운전을 했었다. 그때까지 앞좌석에 탄 젊은이들은 특별한 경우가 아니라면 옆으로조차 고개를 돌리려고 하지 않았다. 뒷좌석에 앉은 아내와 나 역시 각자의 방향으로 시선을 고정했었다. 남원에서 내려 추어탕 한 그릇씩을 나눌 때까지도 마찬가지였다. 거기서 일어서면서 아내가 잠깐 얘기한 적은 있었다. 이제 운전 좀 교대하지 그래요······ 최는 괜찮다고 말했지만 아내가 앞좌석으로 냉큼 올라앉고 말았었다. 그래서 최가 계속해서 운전을 한다면 정미 처녀와 내가 뒷좌석에 함께 앉아서 가야 하는 불편함을 감수해야만 했었다. 물론 어떻게 앉든 마찬가지였다. 우리는 처음부터 한자리에 모일 수는 없었다. 어디로 가면 되오?······ 내가 묻자 아내는 그것도 모르느냐는 듯이 나를 멀뚱하게 건너다보았다. 구례를 지나 청학동(靑鶴洞)으로 올라가든지 아예 바다로 향하세요!······ 내 뒤쪽에서 처녀가 말했다. 산 속으로 들어가 머리를 깎든지, 청학동 도인들은 오히려 머리를 기르지만, 아니면 바다에 빠지든지 하라는 듯해서 그녀의 말은 묘한 뉘앙스를 주었다. 이의를 제기하는 사람은 없었다. 나를 제외한 세 사람은 이미 약속이 되어 있었던 것인지도 몰랐다. 처녀의 목소리는 출발할 때와는 사뭇 달라져 있었다. 아직 젊은데다가 완연한 봄빛을 쏘이다보니 말 그대로 봄눈 녹듯 기분이 풀어졌던 모양이다.

　―사고가 발생했을 때는 누가 운전을 했소?

　―제가 했습니다.

　―틀림없어요? 위증을 하면 어떻게 되는지 알아요?

　나는 고개를 끄덕거렸다. 약방의 감초처럼 법에서 자주 언급되는 위증죄라는 게 도대체 얼마나 큰지 나는 사실 알지 못한다. 마피아들의 세계를 다룬 영화에서는 언제나 그 위증죄에 대한 공갈과 협박이 등장하기는 한다. 그렇지만 내가 알기로 아무리 주먹이 작은 하수일지라도 그걸 겁내는 놈은 거의 없었다. 야쿠자든, 중국 갱들이든, 심지어 우리나라 액션영화에서든······ 나도 주먹은 아니지만 그럴 작정이었다. 아니, 아내를 중심으로 해서 최와 나는 어쩌면 소규모의 마피아 조직이랄 수도 있었다.

―좋아요. 그럼 사고가 나던 상황을 다시 한번 설명해보시오.

　―그게…… 청학동 민박집에서 출발한 게 새벽 여섯시쯤 됐을 겁니다. 한 사오십 분쯤 달려오다가 사고를 당했구요. 길이 얼어 있을 것이라고는 꿈에도 생각할 수 없었지요. 그 전날에는 하루 종일 봄이 왔다고 여겼고 벚꽃이 지는 모양도 눈이 시리게 감상했으니까요. 그런데 길을 내려오다가 빙판에 미끄러졌고 차는 그대로 빙그르르 돌면서 옆구리가 가로수에 부딪친 겁니다. 박정미씨가 앉아 있던 오른쪽 뒷좌석 쪽을 말이죠.

　―그래서 나머지 세 사람은 별 탈이 없었는데 박정미만 치명상이라?

　―……

　―졸음 운전은 아니었소?

　―아닙니다. 새벽이었는데요, 뭐.

　―간밤에 잠은 다 잤소?

　―예.

　나는 또 거짓말을 해야만 했다. 적어도 내가 잠을 잔 건 사실이 아니었다. 잠을 이룰 수도 없었다. 무엇보다도 아내가 왜 이번 여행을 계획했는지 알 수 없었고, 아내가 뜬눈으로 밤을 새우자 최도 자기 방으로 건너가려고 하지 않았다. 만약 네 사람이 다 잠을 자려고 했다면 세 개나 네 개의 방을 얻었어야 하리라. 그러니 아니다. 단순히 잠이나 자려고 했다면 아내는 멀리 지리산 산자락까지 내려오는 수고를 할 리 없었다. 그런 상황에서 눈이라도 조금 붙일 수 있었던 건 정미 처녀뿐이었다. 그녀는 우리가 지켜보거나 말거나 최에게 노골적인 애정 표현을 해댔었다. 아내에게 보여주기 위한 것임이 분명했다. 아내는 애써 태연한 척했지만 벌겋게 달아오르는 낯빛까지 숨기지는 못했다. 이 남자는 제 거예요. 나는 괜찮아도 당신은 어림없어요. 아세요?…… 처녀의 눈빛은 최에 대한 정당하고 도덕적인 소유권을 아내에게 강조하고 있었다. 그리고 내게도 무언의 압박을 가했었다. 거기 아저씨도, 아저씨 것을 가지지 그래요?…… 내가 그걸·즐기고 있었던가? 이를테면 대리 복수로?…… 고개를 돌린 채 나는 주인집에서 구한 더덕주를 내내 홀짝거렸다. 처녀를 말없이 떼어놓기만 하던 최가 급기야 호통을 치는 일이 발생했고, 그뿐, 두시가 가까워지자 처녀는 자기 방으로 혼자 건너가버렸었다. 그랬으니 그녀 역시 잠을 잤을 것 같지는 않다.

　—한 가지만 더 묻겠소. 박정미와 최 뭐냐, 그 친구가 왜 그곳에 따라갔다고 생각하시오? 혹시 이상한 점은 느끼지 못했소?…… 이건 당신의 심리 상태가 정상인 듯해서 묻는 것이오.

　—아내가 사업상의 단합대회라고 했기 때문이겠죠.

　—당신은 아까부터 자꾸 아내라고 표현하는데, 이미 이혼을 하지 않았소?

　—부득이 이혼은 했지만……

　—지금도 그냥 같이 사니까 그렇다는 말이오?

　그가 노트북의 자판은 두드리지 않고 내 눈을 후벼팔 듯이 쏘아보았다. 위쪽과 좌우 양쪽에 뾰족한 꼭지점이 드러나는 부등변 삼각형의 날카로운 눈매였다. 삼각형, 그중에서도 이각형(?)에 가까운 삼각형이야말로 남성적인 도형이라고 나는 이따금 믿어왔다. 물론 여성적인 도형은 원(圓)이다. 그래서 나는 아내야말로 돈과 궁합이 잘 맞을뿐더러 또 돈이 제 의지로 아내를 찾아들 것이라고 나름대로 확신해왔다. 그에 비하면 나 자신의 도형은 네모꼴쯤에나 분류될 수 있을지 모르겠다. 나를 둘러싼 사방팔방이 온통 사각형뿐인 것처럼. 이를테면 가게를 가득 채운 비디오 테이프, 장식장, 모니터, 야전 침대, 벽에 걸린 영화 포스터들, 그리고 이혼 서류……

　—이혼은 왜 했소?

　—제가 무능한 탓이죠, 뭐.

　—당신 쪽에서 보면 아이가 없었던 때문이고, 당신 아내 쪽에서 보면 경제적인 무능력 때문이오?

　—뭐, 그렇다고 할 수 있죠.

장(醬) 떨어지자 사위가 국 싫다고 한다더니, 때마침 일이 잘 풀리느라고 그랬는지 그가 한술을 더 떠 그렇게 단정하듯 말했다. 우리에게 아이가 없기 때문이었을까? 물론 그럴 수도 있었다. 세상에는 아이가 없다는 이유만으로도 이혼을 하는 부부들이 얼마든지 있을 테니까. 그러나 그건 적어도 내게는 낯간지러운 호사였다. 어느 모로 보든, 내 스스로 생각하기에도, 나는 사내가 아니고 그냥 네모꼴에 지나지 않는 반거충이였으니까 말이다. 그 무렵 나는 잠을 자다가도 벌떡 일어나 내 남성을 내려다보곤 했었다. 손을 대면 댈수록, 오히려 그것은 자라목처럼 아랫배 속으로 움츠러들거나 매일매일 몽당연필처럼 쪼그라들고 있었다. 그게 도대체 언제쯤이었을까? 퇴직금을 한 입에 털어넣고는 무슨 독립운동가라도 되듯 풍찬노숙(風餐露宿)을 일삼던 이후?…… 아내가 차려준 비디오 대여점에서 생활하던 그 무렵?……

　—다들 어렵소. 선생께서는 아직도 부인을 사랑하는 모양인데, 그렇다면 어려워도 그냥 함께 살 일이지 이혼은 왜 했소?

　—글쎄요.

실없는 대답이 내 입에서 새어나왔다. 울고 싶던 차에 그가 뺨을 때려준 셈이었다. 그래서 나는 저절로 눈시울이 붉어지고 말았을 것이다. 김 형사가 모로 치뜨고 있던 눈을 슬그머니 풀었다.

— 하기야 내가 상관할 일은 아니죠. 어쨌든 오늘은 돌아가도 좋습니다. 그렇지만 다른 곳으로 떠날 수는 없소. 만약 박정미가 사망하면 그때는 구속이 될 수도 있소.

— 고맙습니다.

자리에서 일어나 나는 꾸벅 절을 했다. 근육이 긴장돼 있었던 때문인지 어깨가 뻐근했다. 소변을 막 보고 났을 때처럼 진저리가 흠칫 몸을 훑고 갔다. 김 형사는 내 조서에 무엇이라고 더 채워넣는 것인지 몇 번 더 떠듬거리며 자판을 두드리고 있었다.

밖으로 나서자마자 알싸한 대기가 내 폐부를 아프게 찔렀다. 파리하고 누리끼리한 봄이 노숙자들처럼 아무렇게나 지천에 나뒹굴고 있었다. 그것은 벚꽃 개나리꽃을 비롯한 다른 무슨 꽃의 얼굴을 하고 있어도 변함없이 초라하고 볼품없어 보였다. 그게 바로 내 봄인 셈이었다. 지리산 쌍계사와 청학동 근방에서 보았던 벚꽃들이 내 마음속으로 우수수 지고 있었다. 정미 처녀가 입원해 있는 병원으로 가볼까 하다가 나는 그냥 발길을 돌리고 말았다. 나를 환영해줄 얼굴은 어디에도 없을 터였다.

가게로 돌아온 뒤 나는 문을 닫은 채 자리에 누워버렸다. 이틀을 비워둔 때문인지 썰렁하고 을씨년스럽기는 수사계 그곳에 못지않았다. 그래도 나만의 둥지였고 집이었고 숲, 그리고 나만의 바다이기도 했다. 나는 석유 난로의 스위치를 올렸다. 그때 청학동이 아니라 바다 쪽으로 길을 잡았더라면 어땠을까 하는 생각이 문득 들었다. 영화 속에서는 그와 비슷한 상황에서 주인공들이 언제나 바다를 택하였던가? 모르겠다. 만약 바다를 향해 간다면 우리 모두 몰사를 각오해야 한다는 막연한 두려움이 청학동 산길로 나를 이끌었던 것인지도······ 진열장 비디오 테이프에 갇힌 수많은 배우들이 온갖 다양하고도 풍부한 표정으로 나를 응시하고 있는 듯하다. 일이 모두 끝나고 나면 아내는 이 가게를 내 명의로 해주겠다고 약속했던가?

밤이 될 때까지 나는 습관처럼 비디오를 틀었다. 눈에서 불이 일 정도로 두 편을 계속해서 틀고 있었지만 이상하게도 내용 중의 그 어떤 장면도 머리에 남지는 않았다. 그게 서부극이었는지, 아니면 흔한 복수 드라마나 또는 멜로물인지조차 알 수 없었다. 나는 마흔 이 넘어서도 하루 종일 비디오를 본단다. 그냥 바라볼 뿐이지!······ 목이 비틀린 풍뎅이처럼 머릿속에서는 의미 없는 노랫말들이 끝도 없이 웅웅거렸다. 당신, 괜찮아요?······ 그사이 아내에게서 두어 차 례쯤 전화가 온 것도 같았다. 괜찮아. 다 괜찮아. 운전은 내가 했다 고 주장했고 졸음 운전도 아니라고 했으니까······ 정말이세요?······ 그래, 내게도 모처럼 일이 생긴 것 같군. 다 잘할 수 있어. 당신하고 섹스 한번 해볼 수 있을까?······ 딸깍······ 많으면 일 주일에 두어 번쯤, 아내는 나 혼자 지키고 있는 가게에 와서 맥 풀린 모습으로 그냥 서 있곤 했었다. 그런 날 밤이면 나는 아내를 아파트로 데리고 가서는 우유나 오일을 발라가며 때밀이처럼 능숙하게 그녀를 씻겨 주곤 했다. 목욕을 하고 있는 중간에, 혹은 다 끝나고 마른 수건으 로 닦아주고 있을 때면 아내는 더러 소리없이 울었다. 나야 함부로 눈물을 보이는 사람은 아니다. 그렇지만 내게도 강하고 독한 일면 이 있다는 사실을 아내가 좀 알아주기를 바란 적은 있었다.

봄비가 사납게 내리는 건지 혹은 테이프를 빌리러 왔던 아이들이 이따금 문을 흔들고 가는 것인지, 그것도 아니라면 틀어놓고 미처 끄지 않은 모니터가 헛도는 것인지 내 귀의 고막은 밤새 문풍지처 럼 떨었다. 어쩌면 김 형사가 두드리던 컴퓨터 자판 소리가 내 가게까지 따라왔던 것이거나 승용차가 불에 휩싸이며 타닥타닥 타오르던 소리였는지도 모른다. 그 밤 내내 나는 내 뼈가 해체되어 마구 덜그럭거리는 듯한 엄청난 고통에 시달렸다. 낮에는 미처 느끼지 못했던 사고의 후유증이었다. 그런데 어수선하고 고통스럽던 내 꿈 한가운데의 흐린 하늘을 다리가 셋인 이상한 까마귀(三足鳥)가 끝도 없이 선회하고 있었다. 나인 듯도 싶은 얼굴에 아내 얼굴이 겹치는가 하면 거기에 다시 최의 두툼한 얼굴이 모자이크되던, 세모꼴의 까마귀였다.

 ─ 우리랑 함께 가야겠소.

 아침이 되어 가게에 들이닥친 까마귀처럼 낯선 사내들은 그렇게 말하며 내 팔을 억세게 비틀었다. 나는 반항하지 않았고 심지어 무슨 일 때문이냐고 묻지도 않았다. 간밤의 고통이 너무 컸던 터라 오히려 내 잠을 깨워준 그들에게 감사하고 싶은 심정이었으니까.

 그들은 나를 데리고 가서 전날 내가 앉았던 바로 그 의자에 주저앉혔다. 기다리고 있던 김 형사도 전날 입었던 그 검은색 무스탕 그대로였고 노트북도 그대로였다. 달라진 게 있다면 그의 행동이었다. '불'이라고 하면 먼저 무엇이 떠오르느냐고 묻는 법도 없이 그는 예의 그 담배 한 개비를 내 앞에 불쑥 내밀었다.

 ─ 박정미가 어젯밤 숨졌소.

 아무래도 의식적인 듯한, 목소리를 최대한도로 낮춘 채 리듬감이라고는 전혀 없는 무미한 음성으로 그가 말했다. 나는 담배연기를 깊이 들이마셨다가 콧구멍으로만 천천히 내뱉었다. 유난히 염색이 잘 됐던 그 정미 처녀의 머리칼을 만들어 보이듯 연기가 뭉게뭉게 피어올랐다.

 ─ 그것 때문에 부른 건 아니고, 당신이 벌써 구속된 것도 아니오.

그러나 미리 말해두지만 충분히 각오해야 할 거요. 오늘은 대질 심문이 있소.

— 예.

— 그들은 좀 늦는 모양이오. 그들이 누군지 알겠소?

— 예.

— 그들이 내연 관계인 사실은 인지하고 있었습니까?

무슨 꿍꿍이속인지 그는 계속해서 정중한 태도로 내게 묻고 있었다. 나는 대답하지 않았다. 남자든 여자든 사십여 년을 살았다면 굳이 듣고 보지 않아도 알 수 있는 일들이 많은 법이다. 가령, 뒤 울안에서 느닷없이 쿵 소리가 들렸다면 그건 밤손님이거나 늦가을 찬서리에 낙과하는 늙은 호박 소리가 틀림없다. 낮 동안에 알량한 서푼짜리 선행을 좀 베풀었다고 해서 그게 무슨 임꺽정이나 홍길동이 몰래 던져주고 가는 쌀자루쯤으로 여긴다면 그 사람은 아직 사십이 까마득하게 멀었거나 철부지에 다름아닐 것이다.

— 당신은 당신 주변의 일과 그 복잡한 관계를 남들이 좀 납득하게 설명할 수 있겠소? 나라면 도대체 이해가 안 되는데 말이오.

그가 노트북을 두드리고 있지 않았기 때문에 나는 이번에도 대답하지 않았다. 아직은 얼떨떨하기만 한 때문이기도 했다. 그는 이윽고 우리들 네 사람에 얽혀 있을 어떤 치정 관계에 강한 호기심을 보이기 시작하고 있었다. 정중하다면 정중하고 상냥하다면 상냥해진 그의 태도가 그걸 대변하고 있었다. 어쩌면 그는 앞으로 전개될 흥미진진한 치정 수수께끼에 잔뜩 기대를 걸고 감정을 아끼고 있는 것인지도 모를 일이었다. 그렇다면 그들이 캐내거나 새로 발견한 사실들이 무엇일까?…… 아내는 보나마나 최가 살고 있는 또다른 자신 명의의 아파트에서 소환을 당했으리라. 그건 분명 바보짓이었다. 그녀는 당분간이라도 우리들의 집에서 잠을 자야만 했다. 간밤에 전화 통화를 하면서 내가 간절하게 애원하고 있을 때라도 집으로 들어와야만 했었다. 그리고는 따뜻한 우유 냄새가 피어오르는 욕조에 몸을 풀었어야 했던 것이다. 하긴 모를 일이기는 하다. 내가 고통스런 잠 속에 빠져 있는 동안 아내는 여러 차례 내 잠을 깨우다 그냥 돌아서버렸는지도.

─복잡하지 않소?

─글쎄요. 무엇이든 금방 익숙해지는 법이라서……

─아, 그래요?

거듭되는 그의 표현처럼 복잡할 것이라고는 사실 없었다. 이혼을 하고 난 뒤에도 함께 살자고 부탁한 쪽은 나였다. 가능하다면 정리가 좀 되는 대로, 나도 또한 먹고 자고 입는 일들에 대한 새로운 준비가 끝나는 대로 그때쯤에나 아주 갈라서도 좋겠다는 판단을 했기 때문에 서로 복잡할 게 없는 계산이었다. 그러자 짧은 침묵 끝에 아내가 입을 열었었다. 그럼 내가 어떻게 살든 상관하지 않을 자신이 있어요?…… 나는 그 순간 아내의 레스토랑 지배인인 최를 떠올렸지만 그렇다고 약속하지 않을 수도 없었다. 정미 처녀가 언제부터 최와 사귀게 됐는지 그런 일까지 내가 알 수는 없다. 아내 역시 그 둘 사이의 관계를 충분히 지켜보면서도 달리 어찌하지는 못했으리라고 짐작할 수 있다. 다만 내가 아는 게 있다. 그 두 젊은이들이 만나는 날이면 아내는 상처받고 배신당한 심사를 안고 우리 가게를 찾았으리라는 것을. 물론 아내의 눈물이 꼭 그 때문만은 아니었다고 믿는다. 그녀는 때로 내 호의에 쉽게 감동하기도 했으니까…… 그러니 복잡할 것도 없다.

─그녀의 죽음에 가책을 느끼지 않소?

느낀다고, 느끼는 정도가 아니라 죽을죄를 지었다고 말하고 싶었다. 그런데 때마침 아내와 최가 형사들에게 이끌려 그 자리에 나타났다. 나는 목구멍까지 치밀었던 말들을 삼키기 위해 고개를 숙이고 말았다. 그때 불현듯 정미 처녀의 어두운 얼굴이 불빛처럼 빠르게 내 눈앞을 스쳐 지나갔다. 짧은 그 순간, 나는 그녀가 무엇인가를 내게 사정하려고 왔다는 것을 감지했다. 돌이켜보면 청학동의 한 민박집에서 아내와 내게 보란 듯이 정미 처녀가 최를 유혹하고 있을 때, 나는 그 처녀애와 내가 사실은 셀 수도 없이 많은 섹스를 이미 해버렸다는 생각을 하고 있었다. 그 터무니없을 듯한 상상은 그 처녀가 당연히 최와 섹스를 즐기고, 최는 또 내 아내와 관계를 나눌 것이며 아내는 다시 나를 찾는다는 데서 비롯된 것이었다. 그래서 나 역시 정미 처녀와 이미 수없이 교접한 듯한 현실감이 생생했었다.

　—이제 세 사람이 다 모였으니까 묻겠소. 공연히 시간 낭비를 하지 않았으면 좋겠소. 참고로 말해두지만 밝혀질 것은 벌써 밝혀지고 조사할 내용은 이미 다 조사를 끝냈소. 신혜영씨, 알겠소?

　—네. 알아요.

아내가 얌전한 목소리로 대답했다. 흘낏 그녀를 살펴보니 벌써 입술이 파랗게 질려 있다. 원래 아내는 못 하나조차도 제대로 박을 줄 모르는 여자였다. 그런 따위의 일과 과거는, 그리고 아내의 섹스는 물론 아무런 상관이 없다. 아, 원래 내 아내는 남 앞에서 큰 소리로 웃지도 못하고 금방 귓불을 붉히고 마는 성격이기도 했다. 그 점 역시, 그녀의 외도 아닌 외도와는 아무 관련이 없는 일이지만.

　—그럼 사고 당시에 운전은 누가 했소?

　—……?

대답 대신 아내가 내 쪽을 돌아보았다. 내가 뭐라고 진술했는지 알고 싶어하는 눈빛이 반짝반짝 빛나고 있었다. 나는 제대로 자백하지 않았다는 사실을 표정으로만 귀뜸할 수 있어야 했다. 일찍이 내게 비디오 가게를 맡긴 아내의 뜻이 거기에 있을지도 몰랐다. 나는 세 평 남짓한 좁은 점포로 기어들어간 이후 줄기차게 틀어댔던 천여 편의 비디오들을 내 머릿속에서 순식간에 재생시켜보았다. 그리고 멜 깁슨이라는 배우가 주연한 한 도박 영화에서 그 장면을 찾아내는 데 성공했다. 의자 뒤로 허리를 한껏 젖히면 되는 간단한 일이었다.

— 저 사람이 했어요.

아내는 내가 들려준 말을 제대로 알아들었다. 나는 소리나지 않게 큰 숨을 뱉어냈다. 말할 나위도 없이 거짓 진술이긴 했다. 그날 새벽이 밝기 시작하자 아내는 길을 떠나자고 고집을 부렸었다. 돌아가자고 하든 그대로 주저앉자고 변덕을 부리든 아내에게 대항할 사람은 없었다. 정미 처녀가 잠시 볼멘소리를 했지만 소용없었다. 아내는 거기서부터 스스로 운전대를 잡았다. 대처까지만 자기가 책임을 질 테니까 그사이 눈을 좀 붙여두라고 했었다. 아내야 더할 나위 없이 운전을 잘하는 여자였다. 나는 그걸 알고 있었지만 연이틀 동안 압박해오던 막연한 두려움과 불안감 때문에 한가롭게 잠을 청할 수는 없었다.

— 당신은 위선자요. 아시오? 게다가 신혜영 당신은……

— ……?

김 형사가 갑자기 책상을 탕 치며 큰 소리를 내질렀다. 그는 진실에 대해 나름대로 파악하고 있는 게 분명했다. 틀렸어, 여보. 이제는 자수하는 수밖에 없겠어…… 나는 눈을 동그랗게 치뜨고 있는

214

아내에게 일러주기 위해서 턱을 가볍게 흔들었다. 아내가 그걸 제대로 읽어낼지 조바심이 들었다. 조금 전 자신감을 드러내 보이던 내 태도를 떠올리면 아내는 적잖이 헷갈릴 게 분명했다.

눈 좀 붙이라니까!…… 아내는 청학동 동구 밖을 지나오면서 내게 신경질적으로 말했었다. 나는 그제서야 안전벨트를 매고 시트에 몸을 바짝 밀착시켰다. 마을이 시야에서 사라지고 난 한참 뒤, 사고는 약간 경사진 내리막에서 일어났다. 길 중간 오른쪽에는 산벚나무 한 그루가 우뚝 서서 새벽부터 눈송이 같은 꽃잎들을 하염없이 날리고 있었다. 아내는 그 길을 조금은 빠르다 싶은 속도로 달렸다. 어, 천천히 가지 그래!…… 그러나 내 말이 떨어지는 것과 때를 같이 해서 승용차는 벚나무를 향해 들이받듯 그대로 돌진해버렸다. 그 직후 내가 보았던 일들은 모두가 한 찰나에 이루어진 일들이었다. 마른 논바닥처럼 이리 트고 저리 갈라진 나무 껍질과 누군가 베어낸 왼쪽 가지가 내 눈에 닿을 듯 가까워지는 순간 내가 우선 느낀 건 실체를 파악할 수 없는 어떤 깨달음 같은 것이었다. 그리고 또한 그 깨달음으로 오는 알 수 없는 희열이기도 했다. 아하, 이런 것이구나!…… 그래서 나는 아주 엉뚱하게 그렇게 외쳤던 것이다. 나는 동시에 아내가 왼쪽으로 크게 핸들을 꺾는 모습을 보았고, 산벚나무가 내 머리 바로 뒤쪽의 차창을 크게 박살내는 소리를 들었다. 정미 처녀가 앉은 쪽이었다. 그렇지만 마른 대나무를 쪼개는 듯한 높고 날카로운 소리에 묻혔는지 그녀의 비명 같은 건 들리지 않았다.

—그래요. 제가 운전을 했어요. 무서워서 잠시 속였구요.

의외였다. 아내가 순순히 실토하고 나섰다.

—좋아요. 심문은 여기서부터 시작하는 걸로 합시다. 한마디 할까요? 우리 옛적 전설을 보면 여우가 아무리 둔갑을 해도 결국 드러

나고 마는 게 꼬립니다. 범죄도 마찬가지죠. 일시적인 눈속임으로는 통할 수 없는 거요. 꼬리를 밟혔다는 표현이 그래서 생긴 겁니다.

만족스러운 듯 김 형사가 우리 세 사람을 차례로 돌아보았다. 자신만만해하는 표정이 얼굴에 가득 배어 있었다. 나는 그 순간 알 수 있었다. 도청(盜聽)!…… 하루 만에 다시 소환할 계획이면서도 전날 우리를 다 풀어주었던 이유가 거기 있을 듯싶었다. 살아남은 사람들끼리 통화하던 내용을 엿듣고 아울러 아내와 최가 어떤 관계인지 밝혀보고 싶었을 것이다. 누구라도 그럴 만했다. 어쩌면 미리 자기들 나름대로 사고에 얽힌 밑그림을 다 그렸을 수도 있었다.

—단순한 사고라면 큰 벌이야 받겠소? 그런데 아직 납득이 안 되는 게 있어요. 그것만 해결되면 조사가 끝나고 그냥 돌아갈 수도 있으니까 이제 거짓말하지 마시오. 거긴 왜 갔소?

—그냥 벚꽃놀이를 갔어요.

—이봐요. 이혼하기는 했지만 남편이 있는 자리에 정부(情夫)를 대동하고, 거기다가 정부의 애인까지 거느리고 벚꽃놀이를 간다는 게 말이 돼요?

—두 사람 다 내 남편이니까요.

—허, 그럼 박정미는?

—셋보다는 넷이 더 재미있을 거라고 생각했어요.

김 형사가 잠시 말을 잊은 모양이었다. 아내의 얘기가 옳을 수도 있다. 그리고 그녀는 적어도 그게 죄가 되지는 않을 것이라고 믿고 있는 듯했다. 내 생각도 그렇다. 내게 의견을 묻는다면 나도 아내가 둘이라고 당당하게 말할 것이다. 지금은 없어졌지만, 그 정미 처녀까지 포함해서……

—좋아요. 여자들이라고 첩을 거느리지 말라는 법은 없겠지. 그

216

렇다면 차에 불이 붙던 상황을 얘기해봐요. 상세하게……

—여기 두 사람이 각각 청학동과 아랫마을 쪽으로 달려갔어요. 전 혼자 기다렸구요. 그러다가 하도 추워서 논두렁 아래쪽에다 불을 지피고 있었는데 잠시 후에 보니까 차에도 불이 붙고 있었죠. 휘발유가 새나온 걸 몰랐으니까요.

—당신이 일부러 불을 붙인 건 아니고?

—아무렇게나 쓰세요. 남편이 목격한 대로 나는 차에서 그애를 꺼내느라 정신없었으니까.

—맞소?

김 형사가 나를 돌아보며 물었다. 묻는 표정이 마냥 건성이어서 내 증언을 크게 참고하지는 않을 것 같았지만 나는 얼른 그렇다고 맞장구를 쳐주었다. 김 형사는 뻐딱하게 고개를 눕힌 채 한참이나 내 얼굴을 빤히 들여다보았다. 과장된 연기를 하는 코미디언처럼.

어서 빨리 도움을 청하세요!…… 경황이 없는 중에도 아내는 침착했고, 침착한가 하면 정신이 없어 보이기도 했다. 그녀는 부상을 한 군데도 입지 않은 채 멀쩡한 최를 청학동 쪽으로 올려보냈고 우물쭈물하며 서 있던 나에게는 길 아래쪽으로 가보라고 일러주었다. 그때까지도 정미 처녀는 아직 차 안에 있었다. 전 괜찮아요…… 내가 밖으로 옮기려고 하자 그 처녀는 말했었다. 마치 울고 있는 모습을 보여주기 싫어하는 사람처럼 그녀는 숙인 고개를 들지 않았다. 그게 이상하고 께름칙하기는 했었다. 잠깐만!…… 아내가 나를 불러세웠다. 운전은 당신이 한 거예요. 알겠어요?…… 나는 그게 무슨 뜻인지를 알아차리고는 고개를 끄덕거렸다. 됐어요. 불이나 좀 주고 가…… 나는 라이터를 꺼내 아내에게 내밀고는 산 아래를 향해 달려 내려갔다. 담배를 피우지도 않는데 왜 불을 달라고 한 건지 의아했지만 나는 금세 그 사실을 잊어버리고 말았다. 오른쪽 팔뚝이 가려워서 무심코 손을 대보았더니 아내에게 주고 온 라이터만한 유리 조각이 거기 박혀 있었다. 그걸 빼내자 피가 솟아오르며 비로소 팔 전체로 통증이 퍼지기 시작했다. 다행히 오래지 않아 농가 몇 채가 나타났고 나는 그 바람에 119로 쉽게 도움을 청했었다.

그런데 서둘러 돌아오면서 보니까 차바퀴 밑으로 불길이 번지고 있었다. 게다가 아내까지도 뒷좌석에 들어가 있었다. 무슨 일이오?…… 아내가 그때서야 나를 돌아보았다. 언뜻 보자니 두 여자는 마치 씨름이라도 하는 듯했다. 차창 위로 혀를 날름거리고 있는 불길 때문인지 아내의 눈이 붉게 충혈되어 있었다. 꺼, 꺼내주려구요. 어서 좀 거들어요…… 나는 아내를 먼저 내리게 한 다음 정미 처녀를 옮기기 위해 다시 차 안으로 들어갔다. 산등성이로 마악 솟아오르는 아침해가 그녀의 머릿결을 다시 곱게 물들이고 있었다. 나는 그 경황중에도 먼저 그녀의 머리칼을 만졌다. 내내 내 상념을 떠나지 않던 것이기도 했다. 그런데 그녀의 머리칼은 막상 만져보니 의외로 거친 편이었다. 나는 다시 그녀를 부축하는 것처럼 하면서 겨드랑이 속으로 손을 쓱 집어넣어 젖가슴을 만졌다. 이번에는 부드럽고 물컹하면서도 도발적인 느낌이 손에 만져졌다. 브래지어도 하지 않은 맨가슴이었다. 나는 양쪽 가슴을 꽉 움켜쥔 채 천천히 그 처녀를 밖으로 끌어내기 시작했다. 그러자 물에 젖어 풀어지기라도 하는 것처럼 그녀의 머리가 뒤쪽에 있는 내 어깨 위로 힘없이 젖혀졌다. 문득 그 처녀의 입을 벌리고 인공호흡을 해야 하지 않을까 하는 생각이 들었다. 어쩌다 해수욕장에 가게 될 때마다 나는 거기서 물장구를 치는 젊은 여자들을 보면서 언제나 인공호흡을 하고 싶었었다. 정미 처녀의 입술은 앵두처럼 도도록해서 인공호흡을 하기에도 좋을 것이라는 느낌이 들었고, 그 순간 나는 그녀의 목울대 왼쪽 밑으로 날카로운 유리 조각 하나가 박혀 있는 것을 보았다. 뭐 해요, 등신같이!…… 아내는 그렇게 외쳤었다. 그 말은 이상스럽게도 내 용기를 시험하는 것처럼 들렸다. 최는 아직도 돌아오지 않고 있었다. 나는 조금도 망설이지 않고 정미 처녀의 목을 힘 주어 안았다. 거기 박힌 유리 조각까지를…… 그녀가 숭어처럼 몸을 파닥거리는 힘찬 전율이 묵직하게 내 팔에 전해져왔다.

   ─좋아요. 이번 교통사고 건은 이쯤에서 종결시키겠소. 그렇지만 난 이 사고를 결코 잊지 않을 거요. 두고 보시오. 당신들, 알아요? 비록 위증죄 운운하면서 엄포를 놓기는 했지만 내가 그냥 묵살한 이유를?…… 이제 가도 좋소.

   ─감사합니다.

   아내가 다소곳하게 허리 숙여 인사를 했다. 그러나 김 형사는 이미 고개를 돌려버린 뒤였다. 나는 왜 그가 쉽게 포기하는지 이해할 수 없었다. 우리 전화를 도청하고 또 우리를 계속 미행해서 흔들릴 수 없는 어떤 결정적인 증거를 포착하려는 속셈일 수도 있었다. 어쨌든 좋다. 나는 비록 쇠고랑을 차는 한이 있더라도 아내를 위한 마피아 가족으로 남을 것이다.

   경찰청 앞마당에는 꽃샘바람이 불고 있다. 이 바람으로 봄은 더 기름질 것이라고 나는 믿는다. 정미 처녀의 갸름하던 얼굴과 참으로 보기 좋게 물들인 노란 머릿결이 떠올랐다. 그 처녀가 잠시 뜻밖으로 다가와서 나를 도운 셈이었다. 그리고는 꽃샘바람처럼, 오고 또 갔다. 문득 뒤돌아보니 아내의 얼굴에는 수심이 걸렸는데 고개를 숙이고 걷는 최의 심사는 도무지 헤아려볼 수가 없다. 나야 물론 들끓던 머릿속이 다 가라앉아 이미 편안해진 상태다. 아직까지는 나와 아내, 그리고 최가 이루는 삼각의 구도가 더 안정적이라는 생각이 들기 때문일까? 그렇다. 정미 처녀를 결정적으로 제거하고 우리들 관계에서 불안하기 짝이 없는 네모꼴을 다시금 세모꼴로 바꾸어놓은 건 바로 나다.

서른, 예수의 나이

그것은 간밤의 비바람이나 어둠과는 완연히 다른 세계였다.

그럼에도 불구하고 그 순간 나는 절 집 그 문턱에 기대고 앉아 있다가 퍼뜩 깨달았다.

이제 계속될 내 인생은,

내 스스로도 주워담을 수 없을 정도로

사정없이 속되고 비굴하게 꾸려질 것이라는 참담한 예감을……

그날 우리는 카페 '델리'라는 곳에서 만났다. 그녀는 무려 열몇 번째의 맞선을 거치는 동안 내가 만났던 여자 중의 하나였다. 그곳은 이름과는 달리 실내장식이 인도풍은 아니었다. 누구든 상식적인 안목으로 봐도 그랬다. 더구나 인도를 직접 다녀왔다는 그 여자의 주장이 그렇고 보면 그건 틀림없는 사실이었을 것이다. 델리는, 너무 멀었다.

다만, 델리에서 그날 바라보던 바깥 풍경은 인도풍일 수도 있다는 생각이 들었다. 어쩌면 여자는 그것 때문에 만나자고 했는지도 모른다. 붉고 누런 단풍잎들이 휩쓸리는 거리에는 가을비가 추적거리고 있었다. 그리고 색색의 우산들이 꿈을 꾸듯 길거리를 떠다니는 풍경이 보였다. 그건 물론 인도뿐만 아니라 중세 유럽풍일 수도 있고 현재의 일본풍일 수도 있었다. 내게는 인도든, 인도가 아니든 그게 중요한 것은 아니었지만.

전화를 받던 절 집 마당에도 비는 내렸었다. 나는 수화기를 내려놓으며 탈곡을 눈앞에 둔 채 비에 젖고 있는 볏단들을 바라보았다. 그 위에 살찐 개구리 한 마리가 앉아 있었다. 내가 이제 움직임을 보이면, 저 개구리는 어느 방향으로 뛰어오를까?

여자는 보나마나 내게 이별을 고할 것이다. 나는 이미 그렇게 예감하고 있었다. 많은 여자들이 나를 스치고 떠난 뒤였다. 그 동안 즐거웠어요. 그런데 저는 좋은 여자가 못 돼요라는 말들과 함께…… 그런데 그녀의 전화 목소리는 의외로 밝은 편이었다고 기억된다. 우리가 헤어진다는 사실 역시 아무 일도 아니라는 듯. 어쩌면 여자의 그런 무심함이 그때껏 나를 사로잡고 있었는지도 모른다. 저, 황토 흙먼지 자욱하다는 인도처럼?

그녀는 자리에 앉자마자 다짜고짜 내게 물었었다.

"혹시, 헌혈해봤어요?"

"헌혈?"

"네."

나는 그때 절 집 마당에 있던 개구리가 머리에 떠올랐다. 그놈이 어느 방향으로 뛰었는지 미처 보지 못했던 것이다.

"군대에서…… 그런데 왜?"

"오다가 헌혈 차를 만나서 늦었거든요."

여자가 재미있는 구경거리라도 만나고 온 것처럼 웃었다.

"사람을 못 가게 붙드나?"

"그러지는 않지만……"

"그럼, 자진해서?"

"그냥 기념이죠."

더이상 묻지 말았어야 했는지도 모른다. 그러나 나는 앞뒤 생각할 겨를도 없이 불쑥 입을 열고 말았다.

"기념할 일이 있어? 있으면 함께 하지."

"……"

여자가 침묵하자 내 귀에는 카페 델리가 자랑하는 인도 전통 음악이 들렸다. 델리의 주인은 이따금 들려주는 그 음악으로 자기 상호의 정당성을 간접적으로 주장하고 있었다. 그건 노래라기보다는 누군가가 웅얼거리면서 흐느끼는 소리를 그냥 아무런 가감도 없이 녹음해두었다가 들려주는 듯했다. 그녀는 그들의 노래에 대해서 내게 설명해준 적이 있었다. 짜증스러울 때 들으면 함께 짜증스러워지고 자신이 편안할 때 들으면 또 함께 편안해진다고, 그게 바로 가장 자연적인 인도 음악의 특성이라고 말이다. 그렇다면 나는 그때 짜증스러웠을까?

"담배 한 대 피울게요."

여자는 벌써 담배 한 개비를 빼물고 있었다. 나는 여자에게 담배에 대해서만큼은 너그러운 편이었다. 여자가 손가락을 펴서 공중에 올릴 때는 보석을 자랑하는 때가 아니면 담배를 피울 때뿐이라고 믿었었다. 그런데 경제적인 내 무능력이 미추관념까지 흐리게 했는지는 모르지만 나는 반지를 낀 손이 아름답다고 생각한 적은 결코 없었다. 그 대신 여자들이 희고 긴 손가락 사이에 담배를 끼고 있는 모습을 보면서는 내심 아름답다고 여기는 것이다.

그녀를 처음 만났을 때만 해도 그랬다. 나는 그녀의 손가락이 예쁜지 선을 보기 위해서 담배를 권했었다. 그녀는 그걸 내 너그러움으로 받아들인 모양이었다. 그날 이후 또 만나자는 약속은 그녀가 먼저 했었다.

"헌혈했다면서, 차라리 피나 잘 돌게 맥주를 한잔 하지."

"그런가요? 그 말 맘에 들어요."

그녀가 웃으면서 담배를 다시 찔러넣었고 나는 그녀의 컵에 술을 따라주었다. 그녀가 맥주 잔을 쳐들었다.

"피를 이만큼쯤 뽑았을까요?"

"글쎄, 그 정도는 되겠지."

"힌두교의 신 중에 칼리라는 신이 있는데 참 아름다운 여신이에요. 그런데 그 여신이 긴 혀를 내밀고 항상 뭘 요구하는지 아세요?…… 바로 피예요. 그래서 신전마다 동물들의 피 냄새가 진동하고, 거기에는 파리떼들로 온통 시커멓죠. 왜 신이라는 존재들이 하필 피를 원하죠?"

그녀가 단숨에 맥주 잔을 비우고 내 대답을 기다렸다.

"종교야 사람들이 만들었으니까, 날마다 죄를 짓는 사람들이 그걸로 죄를 씻은 셈 치자고 서로 약속하는 것이겠지."

"그럴지도 모르겠네요. 한 잔 더 주세요."

나는 그녀의 헌혈과 힌두의 여신이 무슨 관계가 있을지 궁리하며 술을 따랐다. 그녀는 그걸 또 마셨다.

"헌혈도 혹시 그런 것이었어?"

"하하하…… 그냥 기념이라구 했잖아요. 전 오늘로 제 나이만큼 헌혈을 했으니까요."

"나이만큼이나?……"

"……"

그녀가 대답 대신 자기 스스로 술잔을 채웠다. 술을 잘 마시지 못한다던 여자였다. 나는 그녀 스스로 차마 발설하기 힘든 말들을 내게 보다 효과적으로 전하기 위해서 기회를 엿보고 있음을 눈치채고 있었다. 그래서 나는 그녀의 인내심을, 그리고 갈등을 나름대로 즐

226

기고자 했다. 언제나 그래왔던 것처럼.

희망이 없는 싸움, 조금도 요동이 없는 줄다리기는 몇 년째 계속되고 있는 내 절 생활이었다. 공부랍시고 아직도 책을 펴고 있지만 절 집에서 본다면 나는 그저 머슴에 지나지 않을 터였다. 가족들과는 이미 소식을 끊다시피 했고 밥이나 얻어먹자고 절 집의 농삿일을 거들어주고 있었으니 말이다.

그런 내게 조금이라도 기대를 하는 사람이 있다면 고모 한 사람뿐이었다. 그 고모는 그래도 잊을 만하면 한 번씩 절에 찾아와 쌀말이라도 들여놓고 내 손에 용돈을 쥐어주기도 했다. 그러나 그녀도 내가 가망 없는 싸움에 매달리고 있음을 아주 모를 리는 없었다. 나를 찾을 때는 언제나 새로운 여자를 만나 맞선을 보라는 얘기가 빠질 때가 없었던 것이다. 고모는 아주 현실적인 여자인 셈이었다. 결혼은 뒤로 미루더라도 우선 여자를 만나 사귀면서 공부에 필요한 뒷바라지를 받으라고 내게 가르쳤으니까.

그런 고모도 헛짚은 게 있긴 했다. 내가 무슨 큰 공부라도 하는 걸로 믿었는지 맞선 상대로 내 앞에 앉혀놓는 여자들이 내게는 하나같이 과분한 여자들이었던 것이다. 그 바람에 여자들은 나를 만나자마자 돌아서기 일쑤였고, 어쩌다 만남이 두세 번 계속된다고 하더라도 끝내는 별꼴 다 봤다는 듯이 앉았던 자리의 먼지까지 탈탈 털고 일어나는 게 예사였다.

어쨌거나 고모가 쌀을 놓고 가면 나는 그걸 으레 산신각에 시주했다. 그게 바로 굶지 않을 수 있는 길이기도 했다. 그리고 다시 고모가 올 때까지 절 집의 밥을 먹으며 농사일을 거들고, 책을 펼치고, 이따금 고모가 소개한 여자를 만나러 산을 내려가곤 했다.

아주 드물게 어떤 여자들은 내게 쌀 값이며 반찬 값이라는 돈을 내밀고 가기도 했던 게 사실이었다. 그러나 나는 여자들을 붙들어 둘 재주는 없었다. 고쳐 말하자면 그녀들에게 희망을 줄 여건이 못 되었던 셈이다. 그런 다음이면 고모는 내게 어김없이 핀잔을 주곤 했었다. 자기 발로 절까지 찾아오는 여자는 누가 욕하지 않을 테니까 강제로라도 내 여자로 만들어버리라고, 그래서 여자 팔자는 뒤웅박 팔자라고 일컫는 게 아니냐고……

나도 그러고는 싶었다. 실제로 뒤돌아서 가는 여자를 산길에서 붙잡아 일을 벌인 적도 있었다. 그러나 그걸로 끝이었다. 말이 되는지 모르겠지만, 여자들은 어느새 뒤웅박 신세에서 오뚜기 같은 것으로 탈바꿈했는지도 모르겠다. 아니라면, 고모나 내가 택했던 방식이 아예 틀렸거나……

그러나 그런 일들보다 내가 정작 견디기 힘든 경우는 따로 있었다. 이를테면 용돈이 바닥나버린 다음에 담배를 어떻게 구할 수 없어서 안달하는 따위의 형편없는 고민이 그것이었다. 농사일이 클 때는 절 집 주인 할머니가 내놓는 담배도 없지는 않았지만 실상은 못물에 가랑비 내리는 정도도 못 되곤 했던 것이다.

담배는 애초에 계산에 넣지도 않았던 문제였다. 밥이야 눈칫밥 코칫밥을 다 섞은 비빔으로 적당히 한술 때우고 견딘다고 하지만 한번 독하게 인이 박여버린 담배는 끊으려야 끊을 수도 없었다. 그걸 끊으려고 도전했다가는 번번이 내 우유부단함이나 확인하고는 씁쓸하게 물러서야 했다. 내가 스스로 돌아봐도 한심한 일이었다.

결국 꾀라고 부려볼 수 있다면 비교적 여유가 있을 때 값싼 담배를 양껏 사재기하는 일뿐이었다. 그러나 그것도 흉년에 종자 볍씨 빼먹듯 아끼고 아껴서 피운다고 해도 몇 주를 못 버티고 바닥이 드러나게 마련이었다. 그런 날이면 솔잎이나 감잎을 냄비에 쪄서 말린 다음 그걸 피워보기도 하고 심지어는 주인 할머니 방에 몰래 들어가 일꾼들에게 나눠주고 남은 담배가 없는지 뒤져보기도 했다. 그러다가 찾아가는 게 결국은 전에 꽁초를 버렸던 자리였다. 담배를 물고 싶어서 견딜 수 없는 날이면 내가 여유가 있을 때 함부로 피우다 꽁초를 버렸던 자리가 고맙게도 떠오르곤 한다. 거기에 가보면 며칠 동안 이슬에 젖었다가 다시 마르곤 했던 꽁초가 분명 있었다. 나는 그걸 다시 피워물면서 독한 연기에 눈물을 찔끔거리기도 했었다.

그게 내 절 생활이었다. 여자들은 그런 내 처지를 동정할망정 감동하지는 않았다. 나도 맞선을 통해 만났던 여자들을 상대로 더이상 굳이 신음하면서 죽어가는 시늉은 하지 않게 되었다. 그런데 그녀는 뭔가 좀 달랐다. 내가 어떻게 밥을 먹고 담배를 피우든 아예 관심이 없었던 것이다. 그녀는 관심은 오로지 인도였을 뿐이다.

"인도에도 비가 올랑가?"

여자는 벌써 취기가 오르는지 얼굴에 홍조를 띠고 있었다. 내가 먼저 화제를 다시 인도로 삼아 그녀에게 물었다. 그녀와 조금이라도 더 오래 앉아 있을 수 있는 방법이기도 했다. 그녀는 어차피 인도로 출발할 날짜가 잡혀졌다는 따위의 말로 이제 일어서자고 내게 통고할 수도 있었다.

"어쩌면 그럴 거예요."

그녀가 담배를 피워물자 나도 그렇게 했다. 속물!…… 그녀나 나나 영락없는 속물이라는 생각이 들었다. 그녀 쪽을 얘기하자면 가을비의 감상에 젖어들어서 인도에도 비가 내릴 것이라고 믿어버리는 속물이었다. 그리고 내 쪽은 그걸 알면서 묻고, 인도 얘기는 도대체 쇠코에 경 읽기고 말 귀에 염불로 여기면서도 끝내 앉아서 듣는 체하는 속물이었다.

"몇 년간 비가 내리지 않거나 몇 달 동안 계속해서 비가 내리는 상황을 작가들이 이따금 묘사하잖아요? 그건 실제로 인도가 배경이라는 말이 있거든요."

친절하게도 그녀는 부연설명을 했다. 나는 다시 속물이라는 말이 목구멍까지 차올랐다. 절 집 볏단이 비에 젖고 있어서 주인 할머니가 끙끙 앓고 있는 걸 보고 내려온 길이었다. 나락이 다 떨어져 싹이 돋겠다고 한숨을 쉬며 걱정하던 웅얼거림이 들리는 듯했다. 그건 내 책임은 아니었지만 나에 대한 원망일 수도 있었다.

"우리나라 작가들이라면, 인도 쪽보다는 중국 쪽의 상황을 빌려 왔던 게 아닐까?…… 옛적 산수화를 봐도 알 수 있듯이 말이지."

"아니에요. 그림과 소설은 달랐을 거예요. 그런 그림의 배경은 도교 쪽이었고, 제가 말하는 소설은 불교 쪽이었거든요. 그리고 몇 년 동안 비가 내리지 않는 상황은 흔히 구도(求道) 소설의 배경이 될 수밖에 없었으니까요."

"그럼……"

"말씀해보세요."

"중국 땅에서 수천 년간 계속됐던 스님들의 구도 행각은 우리 작가들에게 영향이 적었다는 말인가? 그리고 중국에도 분명히 사막은 있었는데……"

나는 우리들의 화제가 어쩌다 그쪽으로 바뀌게 되자 내심 반가웠다. 서당개 삼 년이면 풍월을 읊는다는 말이 무색치 않았다. 나도 이미 절 집 생활 삼 년을 넘어섰다. 한때 나는 여러 차례 이대로 머리를 깎을까보다 하고 작심한 일도 있었던 것이다. 보리 달마에서부터 혜능(慧能)에 이르는 육조를 비롯해서 경허(鏡虛), 효봉(曉峰)

까지 다 들려줄 수도 있었다. 그리고 필요하면 선사 중에 여자는 없었다는 말도 곁들일 수 있었다.

말하자면 나는 눈칫밥이나 배 고프지 않게 얻어먹고 담배꽁초나 주워 피우느라 용맹정진하는 칠뜨기는 아니라는 오기심이 발동했던 것이다. 무엇보다 내 공부보다도 더 가망 없는 그녀를 얻어보겠다고 인도와 같은 뜬구름 얘기에 넋이 빠질 내가 아니라는 뜻이었다.

그때 그녀가 갑자기 말을 멈추더니 마치 내 심중을 헤아려보기라도 하듯 자기의 눈을 내게 집중했다. 그러더니 내가 전혀 예측하지 못했던, 놀라자빠질 만한 발언을 했다.

"절에는, 나를 재워줄 만한 방이 있어요?"

아주 작은 목소리였기 때문에, 그리고 경우에 따라서는 수십 가지의 해석도 가능한 말이었기 때문에 나는 당황했다. 그건 여자가 나를 성적으로 유혹하는, 내 생애 처음으로 듣는 기념비적인 발언이었다. 물론 돈 주고 사는 여자들과의 경험조차 없던 건 아니었다. 그들은 언제나, 놀다 가라는 표현을 썼다. 오빠, 써비스 잘해줄게 놀다 가!…… 그런데 그녀의 유혹은 유곽의 여자들보다 더 노골적이었던 것이다.

"우, 우리 절에……?"

"왜 내가 그 생각을 미처 못 했는지 몰라요."

"뭘?"

뜻 없이 반문하면서 곰곰 생각해보니 그녀의 얘기는 사실상 내가 좋아서 날뛸 만한 내용은 아닐 수도 있었다. 그래도 나는 괜찮았다. 방은 충분했다. 나 혼자 쓰고 있는 요사채에도 건넌방이 두 칸이나 딸려 있었다.

카페 델리가 다시 델리의 정당성을 주장할 시간이 닥쳤는지 인도의 전통 음악이라는 걸 틀었다. 나는 그걸 가능하면 편안한 마음으로 들어보기 위해 애를 썼다. 그들의 노래는 아리랑의 한 소절과 흡사한 느낌을 주었다. 그 나라에서도 끝내 사라지지 않고 전승돼온 노래는 서로를 애틋하게 그리는 내용이어서 그랬는지도 모른다. 그러나 마음이 급해서였는지는 몰라도 편안한 마음으로 노래를 감상해볼 처지는 아니었다.

"지금 나갈까?"

"노래가 끝나면요."

그녀가 고개를 숙이며 말했다. 그 순간 그녀가 어쩌면 울고 있을지도 모른다는 생각이 들었다. 그럴 만한 이유는 물론 없었다. 그러나 바로 그게 여자들의 눈물일 수도 있었다. 그러니까, 그 가능성은 매우 희박하겠지만, 그녀는 자기만의 상상 속에서 나를 가엾이 여기고는 동정의 눈물을 흘릴 수도 있는 것이다.

나는 그녀를 건성으로가 아닌, 비로소 여성의 하나로 힐끔힐끔 살펴보기 시작했다. 가는 목선을 덮고 있는 머리칼이 그녀의 얼굴 전체를 앳되어 보이게 하는 역할을 하고 있었다. 귓바퀴는 바로 뒤의 불빛을 받아 투명해져서 그곳의 솜털까지 선명하게 내비칠 정도였다. 나는 그녀의 뾰족한 코에 손을 대보고 싶어졌다.

"이제 가요."

그녀가 활짝 웃으며 자리에서 먼저 일어섰다. 눈물을 흘렸던 게 분명했다. 그러나 나에게는 상관이 없었다. 설혹 그녀가 진짜로 나를 동정해서 울었다고 하더라도 마찬가지였다. 나는 왠지, 약간은 자조적인 그런 느낌이 들었다.

밖에는 그때까지 비가 내리고 있었다. 가로등 불빛에 비친 빗줄기가 하얗게 보였다. 한로(寒露) 전에 백로(白露)라는 이름의 절기가 있는 건 여러모로 상징적이었다. 희게 보이는 것도 사실은 찬 느낌을 준다. 갑자기 바깥바람을 쐰 탓인지 그녀의 얼굴도 희게 보였다.

절에서 또 한 차례의 겨울을 나려면 나도 월동준비가 필요했다. 무엇보다도 군불 땔감은 내가 장만해야 하는 것이다. 그것도 장작이 아니라면 곤란하다. 마냥 아궁이 앞에서 불을 지필 수도 없을 뿐만 아니라 적어도 장작불이라야 새벽까지 버틸 수 있기 때문이다. 그런데 이듬해 4월까지 땔 수 있는 장작들을 마련하기란 언제나 쉽지 않다. 물론 장작이 없이 겨울을 나기는 더욱 쉽지 않다. 궁상에 더해서 한기까지 온몸에 깃들이면 죽을 수도 있을 것이라는 두려움이 엄습하던 겨울날들이었다.

두 사람의 찻삯을 셈해보면서 나는 술을 사고 나머지로는 모두 담배를 사고자 했다. 그녀는 거기에 술과 담배, 그리고 안줏거리까지 더 얹어서 함께 계산을 했다. 절 집에서 술이 모자라는 건 아니었다. 말이 절이지 부처보다는 산신이 더 우대받는 곳이었기 때문이다. 그래서 한 달에 두어 번씩은 쇠머리를 삶고 술을 거르는 살풀이며 해원굿이 끊이지 않는 곳이었다.

"전 밤눈이 어두운데요."

버스에서 내리자 그녀는 캄캄한 어둠에 겁이 난 듯 말했다. 그냥 돌아가겠다고 고집을 부리면 낭패였다.

"이게 바로 자연의 어둠인걸!⋯⋯ 모르면 몰라도 인도의 밤은 이보다 더할 텐데?"

"그곳에서야 밤에 돌아다닐 일은 없죠."

"어둠에 금방 익숙해질 테니까 조금만 기다려봐."

"절에는 전기가 들어오나요?"

"그럼!"

"정전도 안 되고?……"

"다 같은 곳에서 보내주는 전기니까 걱정 마."

시멘트로 포장된 길이 먼저 시야에 드러나기 시작했다. 마을까지는 걱정이 없었다. 멀리 마을의 불빛들이 정겨웠다. 그녀도 천천히 걸음을 옮기기 시작했다.

"노래할 줄 알면 좀 불러보세요."

"그거야 할 줄 알지만……"

"그럼, 어서요."

나는 목청을 가다듬었다. 밤길을 걸을 때면 노래만큼 좋은 길동무도 없다. 그렇지 않아도 홀로 절 집으로 돌아갈 때마다 부르곤 하던 노래가 있었다.

　　세상의 거친 풍파 영광을 등진 이 몸
　　다시는 돌아 못 올 방랑의 길이여
　　눈 덮인 저 산과 같이 먼 꿈에 잠길 적이면
　　고달픈 이 몸 잠 속에 평안하리라

노래가 끝났음에도 불구하고 그녀는 말없이 한참을 걸었다. 눈이 아니라 비에 젖고 있는 앞산도 꿈에 잠기고 있을지 궁금했다. 내 친구 하나가 직접 작사를 하고 흑인 영가조로 작곡을 한 노래였다. 그걸 내가 술 한잔을 사주고 완전히 내 노래로 만들었다. 벌써 우리들 이십대 초반의 일이었다. 그런데 흔히 가수의 운명이 노랫말을 따라간다는 속설처럼, 내 처지가 그 노랫말을 닮아간다는 느낌이 들곤 했었다.

"그게, 무슨 노래예요?"

아니나 다를까 그녀가 물었다. 마을의 개들이 벌써 우리의 발소리를 듣고 있는지 컹컹 짖는 소리가 들렸다. 나는 그녀에게 내 노래에 얽힌 곡절을 얘기했다. 벌써 옛날처럼 아득해진 내 푸르른 청춘의 한 소절을…… 그리고는 그녀에게 청했다.

"노래는 노래로 받아야지?"

"아까 그 노래의 감동을 깨고 싶지 않아요."

비바람에 놀라 잠이라도 깬 것인지 바로 길 옆 숲에서 부엉이 우는 소리가 들렸다. 놈의 울음은 카페 델리에서 들었던 인도 음악을 연상시켰다.

"저 소리가 뭐예요?"

너무 가까운 곳에서 부엉이가 울었기 때문인지 그녀는 내 쪽으로 바짝 다가오며 두려운 듯 나지막하게 속삭였다.

"어떻게 우는데?"

"부우, 부우!……"

"그러면 그게 뭐겠어?"

"아, 부엉이……?"

"그래!"

"야!……"

그녀가 어린애처럼 기뻐했다. 그 바람에 부엉이 울음이 잠시 끊어졌다. 목소리를 들을 수 있을 만큼 가까운 곳에서 우리를 경계하고 있는 게 분명했다.

"부엉이는 아무렇게나 울지는 않아. 언제나 네 박자를 쉬고 나서 한 번씩 울지. 자, 들어봐!"

내 말을 신호로 부엉이가 다시 울었다. 나는 좀 아는 체를 하고 싶었다.

"어머! 정말이네."

"그래서 사람들은 부엉이가, 양식 없다 부엉, 나무 없다 부엉……
그렇게 운다고 믿었던 거야."

"어머, 어머!"

생각해보면 양식 없다고 울고, 또 나무가 없다고 울어야 할 사람
은 바로 나였다. 그녀가 감탄하는 것과는 달리 나는 그것 때문에 갑
자기 감상적인 기분이 들었다. 내가 왜, 그리고 언제까지 뼈마디 시
린 한뎃잠을 자야 하는지 저절로 한숨이 나올 지경이었다. 그녀가
인도로 떠나가듯 나도 이제 그만 산을 내려와 사람들 사이에 섞여
들고 싶다는 간절함이 가슴속에 뜨겁게 부풀어올랐다. 그녀의 인도
행과 내 하산이 아무런 상관도 없는 일이긴 하지만.

"또 인도 얘긴데요……"

"말해봐."

"아니에요. 까마귀 얘기를 하려고 했는데, 기억하기 싫어요. 거기
서야 길조라고 하지만."

"그럼, 인도에 가거든 까마귀부터 사귀어야 되겠네."

"그 말은 혹시?……"

"야유하는 거냐구?…… 아니야! 부엉이의 경우를 봐. 우리나라
사람들은 부엉이의 속마음을 읽어서 이웃이나 친구로 삼고 있잖아."

"……"

마을 안 길에 들어서자 온 동네의 개들이 사납게 짖어대기 시작했
다. 나는 마을의 점방에 들어가 맡겨두었던 손전등을 찾아왔다. 이
제는 불빛 하나 없는 산길로 접어들기 때문에 그게 없으면 안 되었
다. 밤길에는 뱀이 똬리를 틀고 앉아 있기 때문에 위험하기도 했다.
놈들은 풀섶의 이슬이 차게 느껴질 때가 되면 그렇게 길 한가운데

로 나와 앉아 있곤 한다.

"아까 그 노래, 한 번만 더 해줄 수 있어요? 금방 배울 것 같은데."

산길에 접어들자 그녀가 다시 노래를 청했다. 숲이 우거진 곳이라서 은근히 두려움이 드는지도 몰랐다. 나는 또 내 처지를 대변하는 노래를 불렀다. 그녀가 부지런히 가사를 외워대며 내 노래를 따라했다.

"앞으로는 저도 이 노래를 자주 부를 것 같은 예감이 들어요. 어디서나……"

"영광이긴 한데 너무 자주 부르지는 마. 말이 씨 된다는 속담도 있어."

"절이 먼가요?"

"금방이야."

고개만 올라서면 절의 불빛이 보인다. 그 산마루 한쪽에서, 나는 절로 찾아왔던 어떤 여자를 붙든 적이 있다. 여자는 아무런 저항도 하지 않았다. 어쩌면 소리를 치고 반항을 한다 한들 아무런 도움도 되지 않는다는 걸 인식했는지도 모른다. 아니면, 그녀 스스로 원했을 수도 있다. 나는 그녀가 틀림없이 다시 나를 찾아올 것이라고 믿었다. 그러나 그걸로 그냥 끝이었다.

"노래를 안 했으니까 대신 친구나 가족들 얘기를 좀 해봐."

"알고 싶으세요?"

"……"

비는 어느새 그쳐 있었지만 풀숲과 나뭇가지를 스치면서 구두 속이며 바짓가랑이는 이미 다 젖어 있었다. 그녀도 마찬가지일 텐데 내색을 하지 않는 게 용했다. 어쩌면 그녀는 아집이 강할 뿐만 아니라 그 어떤 일이든 후회 같은 걸 좀체 하지 않을 사람인지도 모른다. 나는 그렇게 믿었다. 물론 자신감에 차 있는 모습들은 그녀 스스로 여러 차례 보여주기도 했었다.

"내가 가까이 지내는 친구들은, 나하고 나이가 같은 사람들은 하나도 없어요. 가장 가까운 사이가 두 살 차이죠."

"왜?"

"나도 늦게서야 그걸 알았어요. 그런데 이따금 그게 더 편하다는 생각이 들곤 해요."

"그럴 수도 있어?"

"그럼요. 그리고…… 가족들에 대해서는 언급하고 싶지 않구요."

"괜찮아, 말하고 싶지 않다면……"

"얘기해도 상관이야 없지만……"

그녀가 우산을 접기에 나도 그렇게 했다. 절 바깥의 외등이 솔숲 사이로 얼핏 고개를 내밀었다. 이쪽 고갯마루와 절 마당 사이에 논밭이 있다. 나는 또 비에 젖어 있던 볏단을 떠올렸다.

"나는 솔직히 그런 말투가 싫더라구. 얘기를 할 듯 말 듯, 약을 올리는 것 같아서 말야."

"죄송해요, 그런 뜻은 아니었는데…… 아버지는 지금 큰집에 계시죠. 감옥 말이에요. 조그만 사업을 하다가 부도를 내셨거든요."

"……"

"남동생은 학교를 다니다 말고 군대에 갔구요."

"그래, 그만해……"

"괜찮아요. 전 아무렇지도 않은데요, 뭘."

그녀가 나를 난처하게 만들었다. 나는 어둠 속에서 그녀의 손을 찾아 꽈악 쥐었다가 놓아주었다. 손이 얼음 조각처럼 차가웠다. 그것 때문에 나는 문득 가슴이 서늘해졌다. 남의 얘기를 옮기듯 하고 있었지만 그녀는 그녀 자신의 힘든 싸움들을 혼자서 감내해야 한다고 벌써부터 작정한 사람처럼 보였다.

"절이 저긴가요?"

"응."

"아름다울 것 같은 생각이 들어요."

"그렇지 않아. 산제당 같은 곳이지. 그리고 내가 풋머슴을 사는 곳이기도 하고……"

"풋머슴?……"

"고백하자면, 언젠가부터 방세를 안 주는 대신 농사일을 좀 거들어주니까."

"재미있겠네요."

"……"

분명 재미라는 게 없지는 않았다. 흙은 인간들에게 얼마든지 큰 재미를 줄 수도 있다는 것을 느낀 적이 많았다. 그러나 나는 재미 때문에 일을 하지는 못했다. 그리고 무엇보다 대학까지 졸업한 사내가 나이 삼십이 되도록 취직조차 하지 못하고 재미삼아 할 일은 더욱 아니었다. 그건 내 인생에 치러야 할 부역 같은 것이었다.

주인 할머니와 스님 하나, 그리고 일하는 노인 한 분이 전부인 절 집은 고요했다. 나이 드신 할머니는 귀가 어두운데도 사람이 다가오는 기척은 신기할 만큼 잘 알아차리곤 했다. 그런데 비에 젖어버린 볏단 때문에 홧병이라도 나신 것인지 방에는 불까지 꺼져 있었다. 할머니의 성화는 한동안 계속될 것이었다. 보나마나 나에게까지……

젊은 스님은 일이라고는 죽도록 싫어하는 사람이었다. 농사철이 돼도 그는 묵언(默言) 참선을 이유로 밖으로는 나와보지도 않을 때가 많았다. 그럴 때면 할머니가 쑤군거리곤 했었다. 일에 신물이 난

놈일 것이라고…… 어려서 배나 곯지 말라고 다른 절에 맡겨졌었는데 거기서 불목하니 생활만 십여 년을 지낸 이력이 있다고 했다. 일에 질릴 만도 했다.

처지가 가장 고약한 건 일꾼 노인이었다. 그분은 나보다 늦게 절의 식구가 되었다. 어느 날, 허리가 구부정하던 노인이 절에 찾아와서는 그저 밥이나 먹게 해달라고 애걸복걸하며 졸랐다. 할머니는 너무 늙었다고 하면서 쫓아내버리고 말았었다. 망측하다는 것이었다. 어쩌면 할머니가 내외를 했는지도 모르겠다. 그러자 노인은 말없이 지게를 지고 산 속으로 들어가더니 한나절이 채 못 돼서 나무 한 짐을 거뜬히 지고 내려오셨다. 그렇게 해서 일꾼으로 받아들여졌던 것이다.

이른바 유유상종이고 초록이 동색이라면, 그 노인과 내가 유유(類類)고 초록(草綠)일 터였다. 실제로 나는 곧잘 노인의 말벗이 돼드리기도 했다.

그 노인은 자식 부부와 함께 시골의 전답을 정리해서 서울로 이주했었다고 한다. 자식의 성화에 못 이기는 척 따라나섰지만 거기서 지게꾼이라도 할 요량이었다. 그런데 손녀딸 귓불보다 이쁜 전답 판 돈 전부를 털어 얻은 게 고작 산중턱에 비스듬히 놓인 사글셋방 한 칸이었다고 한다. 그 방 하나에서 아들 내외와 손자, 손녀 그리고 당신이 함께 기거했다는 것이다. 결국 그대로는 눌러앉아 있을 수 없어 당신 혼자서 고향 인근으로 내려오고 말았다고 한다.

그렇게 해서 모두 넷이 절 집의 식구였다. 방은 넉넉했다. 주인 할머니는 안채에 거주하고 스님은 칠성각에 딸린 방을, 그리고 노인은 산신각, 나는 요사채를 혼자 쓰고 있었으니 말이다.

"절을 좀 구경해도 돼요?"

그녀가 생전 처음 절에 와보는 사람처럼 호기심을 빛냈다.

"할머니 눈에 띄면 쫓겨날 텐데……?"

낮이라고 하더라도 마찬가지였겠지만 야심한 밤에 둘러볼 곳은 못 되었다. 그녀는 쉽게 체념하는 것 같았다. 나는 마른 수건을 찾아 그녀에게 내밀고 아궁이에 불을 지피기 시작했다. 장작불을 밀어넣고 있을 때가 어쩌면 내 하루 중에서 가장 편안한 시간이기도 했다. 남들이 본다면 근청스럽기 짝이 없겠지만.

"추우니까 방에 그냥 있지 그래."

그녀가 아궁이 앞으로 다가서며 쭈뼛거렸다. 군불이나 지피고 있는 모습이 계면쩍어서 나는 다시 한번 방으로 들어갈 것을 권했다.

"문을 열었더니 냄새가 독해요."

"무슨……?"

"그, 홀애비 아저씨들……"

할 수 없이 나는 내가 깔고 앉았던 짚더미를 그녀에게 내밀었다. 바짓가랑이라도 말리려면 불 앞에 쪼그리고 앉는 게 나았다. 방에서 피어나고 있다는 독한 궁상의 냄새가 나를 하찮게 보이게 할 것이라는 생각이 들었다. 나는 그녀의 구두를 내 손으로 말려주고 싶었다. 어차피 이런 시각이면 아궁이에 군불이나 밀어넣고 있어야 하는 걸 그녀는 이미 알아버렸다. 그녀가 순순히 구두를 벗어 내게 주었다.

"오는 길에 뱀이 나타날까봐 걱정했는데, 구두만 잔뜩 젖었네."

"뱀이 많아요?"

"그래, 동면하기 직전의 놈들이라서 독이 잔뜩 올라 있거든."

장작불에 비친 그녀의 눈빛이 빛나고 있었다.

"난 뱀이 무섭긴 해도 다른 사람들이 말하는 것처럼 그렇게 무섭다거나 징그런 느낌은 사실 안 들어요."

언젠가도 했던 얘기였다. 그녀는 힌두교의 주신으로 신봉되는 '시바'가 언제나 코브라를 몸에 두르고 있다는 얘기를 내게 들려줬던 것이다. 나는 얘기를 듣는 것만으로도 몸서리를 쳤다. 어릴 때부터 진짜 뱀은커녕 뱀 그림 가까이에도 다가가지 못할 정도였기 때문이었다. 그런데 그녀는 그게 아니라는 것이었다. 우리나라의 산신령들이 호랑이를 데리고 다니는 것과 다를 바 없다면서 심지어 호랑이보다는 뱀이 더 가깝게 여겨진다는 얘기였다.

나는 그녀가 인도라는 꿈에 사로잡힌 나머지 어떻게 된 게 아니라면 심지어는 구렁이가 변한 여자가 아닌가 의심하기도 했었다. 그런데 놀라운 사실은 내가 만난 대부분의 여자들은 뱀에 대해서 혐오스러워한다거나 나처럼은 징그럽게 느끼지 않는다는 사실이었다. 그래서 나는 우리나라 여자들이 모두 미친 게 틀림없다고 믿기까지 했었다. 맞선을 보고는 그냥 떠나갈 때 미리 알아봤어야 한다고 혼자 고개를 끄덕거리기도 했다.

"나도 전에는 몰랐는데 뱀의 이미지는 남성(男性)이라고 하데. 그걸로 설명이 될랑가 모르지."

"남성?……"

"구약성서에 나오는 사탄과 이브의 그 뱀 말이야. 그때부터 둘 사이는 서로 멀지 않았는데, 오늘날에도 이런 '집단적 무의식'은 존재한다는 거야. 우리나라 여자들의 태몽도 마찬가지겠지. 용꿈이니 뱀꿈이니 하는데 그걸 흉칙스럽다고 여기기는커녕 길몽이라고 여기니까. 그런데 다시 구약에서 보면, 아담이 남편이라고 할 때 뱀은 사실 외간 남자의 성기를 상징하고 있어. 그래서 아담은 뱀을 만나기만 하면 머리를 돌로 쳐죽이려고 덤벼들고, 오늘날에도 여자들보다 남자들이 더 뱀을 싫어하는 그 '집단적 무의식'이 남아 있다는 설명이야."

"피이!…… 그렇다면 여자들은 항상 외도를 꿈꾼다는 거예요?"

"그건 아닐지도 몰라. 그런데 분명한 건 성서에 나와. 뱀이 항상 여자들의 뒤꿈치를 물려고 한다고…… 그만큼 쫓아다닌다는 얘기겠지. 그러다가 더러는 알게 모르게 물리기도 하고."

"엉터리!……"

그녀가 그렇게 말하며 쪼그리고 앉아 있던 나를 밀쳤다. 그 바람에 내가 모로 넘어졌는데 그녀가 놀라 내 어깨를 잡았다. 나도 그녀의 어깨를 잡아끌었다. 이미 활활 타올라 불이 붙을 대로 붙은 장작불이 뜨거웠다.

"자기는 어느 쪽이에요?"

"뭘?"

"아담이냐, 아니면 사탄이냐는 것이죠."

"아담도 처음에는 한 마리 들뱀에 지나지 않았어. 이브를 만나기 전에는…… 사탄도 다른 여자를 만나면서부터 그 여자의 아담이 됐구."

"이 아저씨 진짜 웃기네!"

그녀가 나를 깔고 뭉갠 채 일어나지 않았다. 좁은 부엌 바닥에 구겨진 자세로 뉘어진 꼴이 되어 나는 몸을 움직일 수 없었다. 그녀가 내 귓불을 물면서 흥흥 소리를 냈다.

"뱀이 이렇게 무나요?…… 뱀이?"

나는 정신이 어지러웠다. 아무리 판단해도 그녀가 나를 선택하겠다고 마음을 굳히고 절까지 따라온 것은 아니었다. 그래서 아담인지 사탄인지 물었던 그녀의 질문은 다른 뜻이었다는 느낌이 순간적으로 내 머리를 스치고 지나갔다. 그녀는 사실 물었던 것이다. 자의든 타의든, 자꾸만 떠나겠다는 여자를 붙드는 존재가 있다면 그를 뭐라고 불러야 하느냐고.

그녀는 내게 말한 적이 있었다. 자기 스스로 다짐했던 일만 없었더라면 나에게 평생을 맡겼을는지도 모른다고 말이다. 더 들어보나마나 그건 인도를 지칭하고 있었다. 그녀 자신의 발길을 붙드는 기사도가 내게서 느껴진다고도 했었다. 기사도라고 하지만 그건 앞서 말한 대로 내가 먼저 담배를 권했던 따위의 일에 지나지 않는다. 나는 속지 않을 만큼은 안다. 그녀의 표현은 세상의 어떤 부정보다도 더 강한 부정을 담고 있었다. 그리고 그녀와 같은 성격은 영락없이 고무줄과 같아서 누군가가 잡아끌수록 멀리 달아나려고 하는 것이다.

그녀를 내 여자로 만들어버리고 싶은 마음이 없는 건 아니었다. 부엌 바닥에 함께 껴안고 누운 처지에 그건 일도 아니었다. 그런데 그렇게 한다고 해서 그녀를 붙들어두지는 못한다는 무력감이 나를 짓누르고 있었다. 물론 나는 사내였다. 어찌 됐든 사내가 손해볼 건 없다는 오기심이 나를 충동질하고 있었다.

그때 그녀가 내 위에서 제 몸을 일으켰다. 장작불이 너무 뜨거웠는지도 모른다. 비에 젖었던 그녀의 어깻죽지에서 김이 모락모락 피어오르는 게 보였다. 그녀가 문득 가엾게 여겨졌다. 끝내 인도에는 가지 못할지도 모른다는 생각이 들었던 것이다. 자기 아버지가 지금 감옥에 갇혀 있는 게 사실이라면 더욱 그랬다.

나도 부엌 바닥에서 일어나 앉았다. 부엌에서 오히려 내가 당할 뻔하다니!…… 내가 문득 여자가 된 듯한 느낌이 들었다. 그녀가 조금 간격을 두고 쪼그리고 앉았다.

"방으로 들어갈까?"

"괜찮아요. 여기가 좋아요."

"인도는…… 왜 그토록 가려고 환장하는 거야?…… 뭘 빼놓고 왔어?"

"……"

탁탁 소리를 내며 타오르는 장작을 보며 그녀가 미동도 하지 않았다. 시간이 무의미하게 느껴진다는 나라, 그 황토의 땅에서 솟아나는 먼지와 카레라는 대표적 음식, 그리고 건축물들과 전통 의상 '사리'에서 모두 누런 빛이 우러난다는 나라, 그리고 동물과 신 사이에 있는 모든 존재들이 함께 득시글거린다는 인도에 대해서는 이미 여러 차례 들었다. 그러나 그런 요소들 때문에 인도에 가려는 사람들은 없을 것이다.

"술 한잔 주세요."

그녀가 조그맣게 입을 열었다. 나는 들고 왔던 봉지를 풀고 그녀에게 술을 따랐다. 거적 하나 쳐 있지 않는 부엌으로 뒷산 숲에서부터 바람이 불어왔다. 그러자 나뭇잎에서 나뭇잎으로 빗방울 떨어지는 소리가 비오듯 들렸다. 그녀가 단숨에 술을 들이켜더니 내게 빈 컵을 내밀었다.

"나는 사실, 점심부터 굶어서 취할 거야."

"드세요."

그녀가 낮고 단호하게 권했다. 나는 그 명령에 따랐다. 그러자 그녀가 컵을 빼앗듯이 가져가 스스로 술을 따라 마셨다.

"천천히 마시지 그래."

"나, 사실은 고백할 게 있어요."

"후회할 거라면 아예 하지 마."

그녀가 국물이라도 마시듯 침을 꿀꺽 삼켰다.

"그 말은 꼭 하고 싶었는데, 나이를 속였더랬어요. 아홉이 이미 지나고 있는데, 여섯이라구요."

"다들 그러지 않아?"

"맞선을 본다고 혼자 나올 때부터, 사실은 결혼할 마음이 없었기 때문에 나이를 속였던 거죠."

"괜찮아, 나도 서른이니까."

나는 아궁이에 새로운 장작을 밀어넣었다. 처음의 장작들은 이미 완전한 연소가 이루어져서 하얀 재로 부서지고 있었다. 내 나이는 그 장작불 중에서 어디쯤 타들어가는 나이일까?

"나는, 서른이 두려워요. 그래서 인도로 한시바삐 떠나려고 애를 태웠구요."

그녀가 부지깽이를 들어 잘 타고 있는 장작을 툭툭 때렸다. 불티가 아궁이라는 작은 우주 안에서 별똥처럼 흩날렸다.

"인도에서는 나이가 깎여지나?"

"그게 아니에요."

"그럼, 전에 말한 대로 시간이 무의미하다고?……"

"틀렸어요. 예수 때문이에요…… 예수는 거기서 고향 마을로 돌아가더니 자기가 신의 외아들이라고 선언했죠. 그때 그의 나이가 서른이었구요. 서른이라는 나이는 저에게 지금 그런 엄청난 부담을 줘요. 다른 사람들은 다들 그렇게 서른이라는 나이를 맞이하는데…… 나는 그게 두려웠다는 말이에요."

다른 사람들이 누군지는 몰라도 나는 벌써 서른인데 이렇게 살고 있지 않느냐는 말이 목구멍까지 차올랐다. 그러나 나는 뱉을 수 없는 가래침을 도로 삼키듯, 그 말을 그냥 삼켰다. 대신 말없이 술잔을 기울였을 뿐이다. 공자가 단정했다는 '삼십이립(三十而立)'이라는 문자가 오뚜기처럼 자꾸 넘겨졌다가 일어서는 환영이 문득 머리를 스쳤다. 그러나 나는 억울한 마음이 들었다. 그냥 곧이곧대로 수긍하고 받아들일 수는 없었다.

"나는 예수가 좋은 사람인 줄 알았는데?……"

"그래요, 좋은 사람이 틀림없었죠."

예수는, 어떤 식으로든, 구약성서의 창세기 부분을 썼던 사람들이 보낸 인물이었다. 그래서 예수는, 먼저 씌어진 기록물에 대한 가필(加筆)이나 수정의 성격을 지닌다. 예수의 존재 가치는 다름아니라 잘 알려진 대로 원죄에 대한 대속(代贖)이었기 때문이다. 예컨대, 어떻게 일방적으로 만들어지기만 했을 뿐인 존재들, 즉 피조물에 대해서만 원죄를 추궁할 수 있었겠는가?…… 누구나 짐작하겠지만 원죄를 따지다보면 창조주에게 책임이 전가될 수도 있는 법이다. 그러나 그런 일은 상상할 수도 없는 곤란한 일이다. 전지전능의 신성에 위배되기 대문이다. 그래서 예수라는 인물이 필요했던 것이다.

어쨌거나 예수의 대속으로 인해 아까 그 이브의 몸이 씻기고 세례를 받게 됐으니, 그 뒤로 뱀은 동물의 하나에 지나지 않는 보잘것없는 뱀으로, 이브는 다시 순수한 이브로 돌아갔다. 여자와 뱀 사이의 그 집단무의식도 지워지게 되었다. 그래서 사람들은 주장한다. 예수의 탄생으로 말미암아 인간 세상도 비로소 신기원(新紀元)이라고 표현할 만큼 다시 열렸다고.

"자, 술이나 한잔!…… 서른에 혼자서 신의 아들이 되어 떠나가 버린 예수를 위해서 또 한잔!…… 우리는 어차피 서른 정도가 아니라 칠순, 팔순까지도 벽에 똥칠하고 살아가는 인간으로 남아 있어야 하니까……"

나는 그때쯤은 이미 취해 있었다. 취해서 완전히 무방비 상태였던 내게 어느새 악마는 깃들여 있었던 것이다.

"미안해요."

장작 불빛이 희미하게 웃는 그녀의 얼굴에서 일렁거렸다. 문득 그녀가 아주 오랫동안 사귀어온 친구 같다는 느낌이 들었다. 그녀는 자기 고백을 통해서 아주 조심스럽게, 그리고 내 나이 서른에 대해서는 귀를 씻어낼 수 없는 지독한 욕설을 퍼부은 셈이었다. 그래도 좋았다. 나는 그런 아쉬움 때문에 그녀에게 친구가 돼줄 것을 간청하기도 했다. 돌이켜보니 내게도 마음을 털어놓을 친구는 많지 않았다. 그러나 그녀는 대답하지 않았다.

우리가, 처음이자 마지막이었던 그날 밤의 우리가, 어느 결에 방으로 자리를 옮겼는지 나는 기억할 수가 없다. 한낮이 되어서야 곯아떨어졌던 잠에서 깨어났으며 그녀는 이미 사라지고 없음을 알았던 것이다. 그녀가 나보다 더 강했던 셈이었다.

그녀가 남기고 간 것은 쪽지 한 장이 전부였다. 그것은 그녀가 정갈하게 떠놓고 간 자리끼 위에 고이 놓여 있었다. 나는 쪽지보다도 그 사발의 물이 더 급했고 또 고마웠다. 그래서 나는 그걸 아껴 마시면서 그 쪽지를 펼쳐들었다.

제가 만약 인도에 가게 된다면, 이 볼품없는 작은 절은, 그냥 두고는 떠나서는 안 됐을 아주 아름다운 절로 제 마음에 자리잡게 될 것입니다. 당나라로 떠났던 고승 '의상'이, 두고 온 원효대사의 조국을 항상 자신의 화두로 삼았을 게 분명한 것처럼 말입니다.

그러나, 만약 떠나지 못한다면 제 마음에 어떻게 자리잡게 되는지는 알 수 없습니다. 떠나지 못한다는, 그 전제를 받아들이기 힘들기 때문입니다. 그러니 야속한 사람의 부탁이지만, 제가 머물지 않도록 이 절에 빌어주시기 바랍니다.

혹시, 믿으실지 모르겠습니다. 함께 진구렁에 있다가 몸을 빼내면서 그 진구렁에 대해서 맘껏 욕을 해댄 제가 스스로도 얼마나 황당무계하다고 느끼고 있는지, 그리고 얼마나 죄송스럽게 여기고 있는지를……

간밤에 저를 두고 이제 '내 것'이라고 몇 번씩 했던 말이 떠오릅니다. 그 말씀이 행복하기도 했습니다만 이 아침에 문득 덧없고 덧없고 또 덧없습니다. 아무것도 드리지 못하고 가는 걸음, 용서하세요.

밖에서는 절 집 주인 할머니의 성화가 빗발치고 있었다. 볏단을 뒤집어 말리는 일에 부지깽이라도 나서야 할 만큼 급한 판국에 내가 늦잠이나 자고 있다는 꾸지람이었다. 그러나 나는 갱신조차 못할 지경이었고 쓰린 속으로는 형언할 수 없는 자괴감만이 부글부글 끓어오르고 있었다.

나는 자리에서 겨우 일어나 방문을 열었다. 그러자 말갛게 씻긴 가을날이 산의 계곡과 논밭 여기저기에 웅크리고 앉아 있다가 일시에 내게 와- 하고 다가왔다. 그것은 간밤의 비바람이나 어둠과는 완연히 다른 세계였다. 그럼에도 불구하고 그 순간 나는 절 집 그 문턱에 기대고 앉아 있다가 퍼뜩 깨달았다. 이제 계속될 내 인생은, 내 스스로도 주워담을 수 없을 정도로 사정없이 속되고 비굴하게 꾸려질 것이라는 참담한 예감을……

오랜 뒤, 나는 우연히 그녀의 소식을 들었다. 그녀는 끝내 인도에는 가지 못했다고 한다. 아니, 그전에도 그녀는 인도 같은 곳에는 다녀온 일이 없다고 했다. 대신 그녀는, 아예 시간이 멈춰버리는 또

다른 저승 세계로 가는 길을 스스로 선택해서 떠났다고 한다. 그러나 나는 그녀의 얘기가 틀렸다고, 혹은 약속을 지키지 않았다고 생각한 적은 단 한 번도 없었다.

그게 내 서른의 늦가을 한때였다. 그런데 하물며 이제는 내가 그 시절조차 그리워지는 나이가 되고 말았다니!……

어화 넘차 고려장

식물도 칼이나 톱을 가까이 대면
본능적인 공포심으로 전율한다는 얘기를 들은 적이 있다.
하물며 동물들은, 그리고 사람들은 말할 나위도 없다.
사람이면서 또한 식물이기도 한 남편이 그걸 느끼지 못하지는 않을 것이다.
그런 생각을 지우듯, 나는 황급히 베개를 내려 짓누르기 시작한다.

남편의 속옷을 갈아입히기 전에, 나는 습관대로 손을 씻는다. 그건 순서가 뒤바뀐 일임에 분명하다. 나는 그걸 알면서도 여태껏 버릇을 고치지 못한다.

어디선가 문을 여닫는 소리가 들린다. 병원의 하루가 그 여닫이문처럼 열리고 있다. 이제 틀림없이 클로로포름 냄새가 우리 병실까지 풍겨올 것이다. 그게 병실의 새벽이다. 냄새도 한밤중이면 잠을 자는 모양이다.

지금도 병원에서 소독약으로 클로로포름을 쓰는지 어쩌는지는 모른다. 그러려니 하고 여길 뿐이다. 놀라운 사실은 내가 아직도 예민하게 그 냄새를 맡고 있다는 점이다. 병실에서만 삼 년을 넘겨 벌써 천이백여 일을 생활해오고 있지 않은가. 나는 또 그 숫자만큼 이런 신새벽에 남편의 속옷을 갈아입히고……

"옷 갈아입으세요."

"……"

물론 남편은 대답이 없다. 혼잣말을 하는 내 습관일 뿐이다. 남편의 목소리를 단 한 번만이라도 들을 수 있기를 얼마나 열망하곤 했던가! 그의 음성이 도대체 어땠는지 기억에서 사라지던 그날부터…… 그러나 오늘은 남편이 무슨 말이든지 들려줄 것이라는 확신이 선다. 무슨 말이든지, 무슨, 말이든지……

예상대로 남편의 속옷은 젖어 있다. 남편의 요실금 증세는 그 스스로가 아직 살아 있다고 주장하는 가장 확실한 수단처럼 여겨지곤 한다. 그러나 남편을 담당하고 있는 의사들은 그게 '코마'의 보편적인 증세일 뿐이라고 말한다. 코마…… 식물인간.

'그때는 다 그랬어. 다들 그랬다구!'

환청처럼 어떤 소리가 들린다. 그 순간 나도 모르게 남편의 코로 연결된 음식 공급 튜브에 저절로 눈이 간다. 그러다가 나도 모르게 흠칫 몸을 치떤다.

아무도 없는 병실이지만 나는 또 버릇대로 주위를 살핀다. 그리고 나서 비로소 남편의 속옷을 벗긴다. 뚜껑을 열면 솟아오르는 용수철 인형처럼, 잠자던 그의 남성이 일어서는 것처럼 보인다. 그도 이제 비로소 새벽이 되어 잠에서 깨어나는 것일까? 그러나 아니다. 그건 내가 벌써 삼 년을 넘게 아니라고 해왔던 일이다.

물론 느낌이 아주 없는 건 아니다. 남편이 쓰러지기 전, 내가 먼저 잠에서 깨어나 그의 팬티 속으로 손을 집어넣으면 그는 곧잘 계속 잠을 자는 체하곤 했었다.

지금도 남편이 그런 것만 같다. 그날들처럼, 그리고 그가 직접 실토한 것처럼, 내가 그의 몸을 쓰다듬는 걸 즐기기 위해서……

감미로운 추억들이, 그러나 슬픔의 안개처럼 자욱하게 밀려온다.

남편은 자신의 남성을 숱한 이름으로 바꾸어 부르곤 했었다. 그런데 그가 그걸 예를 들어 강아지라고 부를 때면 아주 작은 공통점만 제시해도 나는 그게 정말이지 강아지라는 생각을 하곤 했다. 그걸 연필이라고 해도 그랬고 심지어는 그걸 연어라는 이름의 물고기라고 해도 좋았다. 마찬가지로 남편은 내 여성에 대해서도 그런 이름들을 붙여주곤 했다. 때로는 전화기로, 때로는 바이올린으로, 또 때로는 책, 목련, 가방……

남편은 지금 이 순간에도 자신의 남성을 무엇인가 다른 이름으로 부르고 있을까? 잠수함이라든지, 호랑이라든지, 회초리, 등불, 주사기?……

나는 그의 사타구니를 닦다 말고 그 '강아지'를 움켜쥔다. 전에도 몇 번인가 그랬던 적이 있다. 병실에 남편뿐일 때였다. 처음에는 의사나 간호사가 혹시 눈치라도 챘을까 봐서 혼자 얼굴이 화끈거리기도 했다. 그러나 괜한 기우였다.

연애 시절, 여관에서 하룻밤을 신세지고 나설 때면 남편이 강조하곤 했었다. 문을 나서면서 괜히 주위를 두리번거리지 말라는 얘기였다. 하룻밤 잠을 설쳤다고 해서 처음 대하는 사람들이 뭘 눈치채지는 못한다고 했다. 그렇다고 이마에 '주홍글씨' 같은 게 저절로 새겨지는 일도 없다는 것이다. 괜스레 고개를 떨구고 걷거나 주위를 두리번거리다가는 오히려 남들이 간밤의 일을 짐작한다는 설명이었다.

그렇다면 오늘도 사람들을 속일 수 있을까?

나는 남편의 침상 위로 올라간다. 남편도 내가 뭘 하려는지 알 것이다.

간호사 한 사람은 믿기지 않을 얘기를 우리에게 들려준 적이 있다. 의식불명의 환자 하나를 치료해준 적이 있다고 했다. 그리고 그 뒤로 그 환자를 대한 적이 없는데 어느 때 길에서 다가와 인사를 하더라고 했다. 누구냐고 물었더니 자기가 그때의 환자라고 밝히더라고 한다. 비록 의식불명이긴 했어도 자신을 정성껏 치료해준 간호사는 기억할 수 있었다는 얘기였다.

남편이 모든 걸 지켜보고 있을 거라는 생각을 한시도 잊은 적이 없다. 남편은 말을 하지 않을 뿐, 모든 걸 듣고 모든 걸 보고 있을 것이라는……

'그때는 다 그랬어. 그때는 다 그랬다구!'

나도 그렇게 말할 수 있을지 모르겠다. 아니, 우리 식구가 모두 아버지를 용서하고도 남았던 것처럼, 나도 용서를 받을 수 있을지 모르겠다.

물론 그러리라고 믿는다. 벌써 삼 년의 세월이 지났다. 최근의 심정으로 따지자면 그전에 내가 살아온 삼십 년보다 더 기나긴 세월이!…… 삼 년이라면 충효를 목숨보다 중히 여겼던 옛 선비들이 부모상을 당한 후 이른바 거적자리와 흙베개로 생활하면서 해야 할 도리를 다 끝내는 기간이기도 하다.

지난 삼 년의 병실 생활이 그 삼 년 초토(草土)에 미치지 못한다고 말할 사람이 있다면 그 낯짝을 할퀴어주고 싶다. 옛적의 그 시간과 지금 시간의 물살이 똑같은 속도로 흘러간다고 해도 말이다.

어느 병실에선가 세시를 알리는 시계 소리가 들리고 이어서 도시 외곽을 지나는 기차의 경적이 들려온다. 문득 그런 기차를 타고 떠나고 싶어진다. 기차를 타본 게 십 년도 넘는 것만 같다. 하기야 지난 삼 년의 세월은 내게 이 도시의 모든 일들을 그렇게 낯설게 만들어놓았다.

이제 서둘러야 한다.

새 속옷으로 갈아입히자 남편의 표정이 더욱 편안해진 듯하다. 그런 표정을 대하고 있자니 오히려 조바심이 나면서 몸이 사시나무 떨리듯 한다. 그러나 실행해야 한다. 오래토록 몇 번씩 각오했으면서도 그때마다 그냥 포기하고 말지 않았던가.

남편은 나를 이해해줄 것이다. 그게 아니라고 해도 우리들 모두의 앞에 놓인 세월이야말로 내 행동을 받아주는 날이 있을 것이다. 그때는 다 그랬다고 절규하던 내 친정 아버지를 세월이 용서했던 것처럼……

푹신한 베개를 등뒤에 숨기자 마치 아이를 업은 듯한 느낌이 든다. 아이 하나야 나 혼자서도 키울 수 있다. 그런데 아이를 생각하자 갑자기 눈물이 치솟는다. 언제나 내 스스로의 눈물에 내가 속았다. 오늘은 아니라고 마음을 다진다. 그래, 오늘만큼은 아니다.

나는 남편의 머리맡으로, 나비라도 잡는 아이들처럼 조심조심 다가간다. 눈물 뿌옇게 어룽거리는 사이로 바라보니 그이의 눈이 깜박거리는 것 같기도 하다. 전에도 이럴 때면 그렇게 느끼곤 했다. 마음이 약해지는 탓이 아니고 무엇이랴.

식물도 칼이나 톱을 가까이 대면 본능적인 공포심으로 전율한다는 얘기를 들은 적이 있다. 하물며 동물들은, 그리고 사람들은 말할 나위도 없다. 사람이면서 또한 식물이기도 한 남편이 그걸 느끼지 못하지는 않을 것이다.

그런 생각을 지우듯, 나는 황급히 베개를 내려 짓누르기 시작한다.

그날, 작은오빠는 학교에서 돌아오자마자 책가방을 마루에 내던졌다.

"에이 씨! 아버지가 미쳤냐?"

작은오빠는 그러고도 분이 풀리지 않는지 내가 있는 쪽을 한번 흘 깃 쳐다보더니 상의를 벗어 그것까지도 팽개쳤다.

오빠가 고등학교 2학년이었고 내가 초등학교 6학년 때의 일이었 다. 가을이었고, 토요일 오후였다. 그가 집어던진 교복의 단추 하나 가 눈을 동그랗게 뜨고 놀란 듯 햇빛에 반짝거리고 있었다.

"왜 그래?"

동무들과 토방 아래에서 머리핀 치기를 하던 내가 물었다.

"내 참, 드러워서……"

오빠는 나는 알 필요가 없다는 듯이 혼잣말을 하며 마루에 올라가 쿵쾅거렸다. 내가 작은오빠를 특별히 겁내는 것은 아니었지만 그 마룻장 울림에 괜스레 나까지 가슴이 방망이질치기 시작하였다.

"나가서 놀까?"

내 동무 하나가 작은오빠의 눈치를 살피며 내 의향을 물어왔다. 나는 고개를 옆으로 흔들었다. 무슨 일인지는 몰라도 분풀이가 우 리들에게 돌아올 일은 아닌 듯했다.

"그게 무슨 말버릇이냐?"

부엌 쪽에 있던 엄마가 달려나왔다. 엄마가 머리에 두른 흰 옥양 목 수건 위에 지푸라기가 타고 남은 티끌 하나가 앉아 있었다. 나는 팔짝팔짝 뛰며 그걸 털어내려고 아양을 떨었다. 엄마가 그런 나를 뿌리쳤다.

"무슨 말이냐니까?"

엄마가 목청을 돋우었다. 올케가 뒤따라나와 놀란 눈을 치떴다. 첫 조카를 낳은 뒤 올케는 어쩐 일인지 날마다 더 예뻐지는 중이었다.

"아버지가 글쎄, 우리 친구들한테 무릎을 꿇고 잘못했다고 마구 빌잖아."

"뭐야?"

"내가 왜 그러느냐고 물으니까 나한테도 빌고……"

"빌어? 뭐라고?"

"그냥 잘못했다구요."

"알았다. 입 다물어라."

어쩐 일인지 엄마는 작은오빠의 뺨이라도 치실 것 같은 표정이더니 풀죽은 모습으로 그렇게 말할 뿐이었다. 물론 언제나 서슬이 푸르러 남들은 엄마에게서 찬바람이 돈다고 했지만 엄마는 우리를 함부로 매질하는 성격은 아니었다. 작은오빠만 혼자서 계속 씩씩거리고 있었다.

"내 친구들이 얼마나 웃어댔는지 알아?"

"그만 하래두!"

엄마가 오빠를 매섭게 노려보았다. 움직임이 없는 엄마의 어깨 위에 고추잠자리 한 마리가 내려앉는 모습이 눈에 띄었다. 나는 그걸 보며 언제나 생각하곤 했다. 가을에는 잠자리가 앉아 있을 만한 나뭇가지보다, 장대 끝보다 잠자리가 더 많다고 말이다. 그래서 앉을 자리를 빼앗긴 잠자리들이 사람들의 어깨 위에도 내려앉는 것이라고……

"아버님 혹시 노망드신 거 아니에요?"

올케였다. 엄마가 그녀 쪽으로 휙 돌아섰다. 나는 그 짧은 순간, 노망이 무슨 뜻인지는 알 수 없었지만, 그게 얼마나 엄청난 진동을 불러올 것인지를 직감했다. 마치 청천벽력 같은 게 우리집을 향해 곧장 내려꽂힐 때처럼.

"너, 뭐라고 입을 놀렸느냐?"

"……?"

"시방 뭣이라고 했냐니까?"

새언니는 단번에 얼굴이 붉어지더니 하릴없이 손에 옷고름을 말아쥐었다. 엄마의 호통에 놀란 잠자리 한 마리가 고무공이 튀듯 솟아올랐다.

"시애비가 그렇게라도 되길 바랬느냐?"

"죄송해요, 어머님."

올케가 기어들어가는 목소리를 냈다. 붉어진 뺨이 아직 그대로였다. 작은오빠는 뭔가를 이해한 것인지 마룻바닥에 털썩 주저앉았다. 나는 엄마의 서슬 때문에 물어볼 수도 없었다. 물어서는 안 될 것만 같았다.

"역시 남의 식구라는 옛말이 그르지 않는구나."

그게 엄마가 한 말이었다. 나는 그게 얼마나 무서운 말인지를 그때는 전혀 알지 못했다. 그건 엄마가 올케에게 마음으로부터 결별을 알리는 선언이기도 했다. 나이가 훨씬 든 뒤에서야 나는 그걸 이해하였다. 물론 엄마와 올케의 관계가 그때 주고받았던 그 대화에 의해서만 규정됐다고는 할 수 없을지도 모른다. 왜냐하면 올케가 비록 불난 집에 부채질을 했을망정 그 이후 우리집은 불이 난 사실 그 자체로 방향이 완전히 틀어져버렸기 때문이다.

어쨌거나 올케에게 그 말을 던진 엄마는 몸을 돌려 작은오빠를 바라보았다. 새언니와는 이제 아무런 일도 남아 있지 않다는 듯이.

"아버지는 어디 계시냐?"

"상엿집 건너편에……"

"왜 모셔오지 않았느냐? 너도 애비가 서넛쯤 되는 줄 아느냐?…… 고얀 놈!"

"……"

엄마는 오빠의 대꾸도 듣지 않고 양철 대문을 소리나지 않게 열고 달려나갔다. 올케가 손에 쥐었던 옷고름을 놓고 그 뒤를 따랐다. 대문은 이상스럽게도 새언니가 나갈 때는 소리를 냈다. 나도 머리핀을 움켜쥐고는 새언니의 머릿결 냄새를 맡으며 뛰었다.

아버지는 마을 상엿집의 돌담에 기대어 앉아 계셨다. 아주 힘들고 고단한 일 끝에 이제 더이상은 움직일 수도 없이 기력을 다한 듯한 지친 표정이었다. 그 자세로 아버지는 먼산바라기를 하고 있었다.

좀전, 엄마가 작은오빠에게 했던 표현 때문이었을까? 나는 세상에 태어나서 생전 처음으로 아빠가 진짜 우리 아빠가 아닌 것처럼 느껴졌다. 평소에 나는 귀신이 나온다는 얘기 때문에 상엿집 근처에는 얼씬도 하지 않았다. 그러나 아버지 가까이 다가가지 않은 건 그 이유 때문이 아니었다. 아버지가 아버지 아닌 것 같은 그 두려움이 더 큰 때문이었다.

"왜 이러세요. 왜?……"

엄마가 아버지보다 더 지친 듯한 음성으로 그렇게 물었다. 아버지는 그때서야 엄마와 올케 쪽을 번갈아 바라보았다.

"웬 난리들이냐?…… 가자."

"……?"

아버지가 주춤주춤 일어섰다. 새언니가 달려가 아버지를 부축하고자 했다. 엄마가 새언니보다 앞서 아버지의 팔을 빼앗아 부축하는 게 보였다. 올케는 붙임성 좋게 옆으로 돌아서서 아버지의 남은 팔을 붙들었다. 그러나 아버지는 양손을 다 뿌리치고는 앞장을 섰다.

바람도 없는 것 같은데 아버지의 머리카락이 흩날렸다. 나는 아버지의 머리칼이 요 며칠 사이에 참 많이도 희어졌음을 보았다. 그때 나는 한순간이나마 얼핏 우리집 전체가 아버지를 시작으로 점점 기울어져가고 있음을 느꼈다. 마악 늦가을로 접어들기 시작하는 계절처럼…… 그건 사실이 아닐 수도 있었다. 그러나 나는 그 슬픔으로 갑작스럽게 목울대가 뜨거워졌다.

엄마는 평소에 자주 얘기했다. 가랑이가 찢어질 정도로 가난한 살림살이를 그나마 아버지가 겨우겨우 붙들어맸던 것이라고. 상엿집에 왔던 순서대로 아버지의 뒤를 따르며 나는 엄마의 말들을 떠올렸다. 가난하면 가난했지 왜 가랑이가 찢어지는 것인지 문득 헤아릴 길이 없다. 나는 진작에 그걸 여쭤봤어야 했다. 웬일인지 이제 앞으로는 영영 그걸 물을 기회는 사라지고 말았다는 생각이 들었다.

아버지는 그날 그걸로 끝이었다. 저녁밥을 조금밖에 들지 않고 일찍 잠자리에 드셨다는 점만 제외하고는 여느 날과 다름이 없었다. 어쩌면 작은오빠가 거짓말을 했거나 다른 사람과 혼동했을 수도 있었다. 나는 그게 오빠의 착각이었기를 빌었다.

저녁 늦게 큰오빠가 집에 들어오자 엄마는 말하였다.

"아무래도 아버지를 대처에 모시고 가봐야 쓰겠다."

"왜요?"

"오늘 또……"

"또요?"

"……"

엄마는 오빠의 반문에 아무런 대꾸도 하지 않았다. 나는 그 짧은 대화 속에서 낮에 벌어졌던 일이 결코 작은오빠의 착각이나 혼동이 아니었음을 깨달았다. 뿐만 아니라 아버지의 이상한 행동, 새언니가 불쑥 발설해버린 그 노망 증세는, 낮의 경우가 처음이 아니라는 사실도 알게 되었다.

"이제 겨우 환갑이잖아요."

큰오빠가 한숨을 내쉬었다. 순경의 한숨이라서 그런지 나는 아버지의 상태가 뭔지 몰라도 심각한 상태라는 것을 느낄 수 있었다. 큰오빠를 순경으로 만든 사람은 아버지였다. 아버지가 막무가내로 그렇게 우기셨다는 얘기를 들은 적이 있었다.

"환갑이라도 젊어서 너무 고생이 많으셨다."

"환갑 지나면 애들로 돌아간다고 하더니……"

"말이 그렇다는 것이지, 참말로 그런 재주가 있다면 집을 팔아서라도 사겠다."

엄마는 큰오빠가 아버지를 병원으로 모시고 갈 것을 강조하고 있었다. 그런데 내가 생각하기에는 그건 좀 고약스런 일일 수도 있었다. 우리집이 바로 마을의 병원인 셈이기 때문이었다.

간판도 무엇도 없지만 아버지는 읍내 약방보다 잘 알려진 의원이셨다. 침도 놓으셨고 뜸도 뜨실 줄 알았다. 그뿐만이 아니었다. 주사도 놓았고 이런저런 약까지 파시는 것이다. 그런데 큰 병원에 가신다면 마을 사람들이 뭐라고 할지 그게 걱정이 아닐 수 없었다.

그 간판도 무엇도 없는 집이라는 표현은 점잖은 편이었다. '돌팔이'라고 하는 고약한 소문이 들릴라치면 엄마는 한 번도 건성으로 들어넘기는 일이 없이 목소리를 높였다. 어쨌거나 꿩 잡는 게 매지, 간판이 병을 낫게 하느냐고 말이다. 언젠가 작은오빠는 우리도 간판을 내걸자고 조른 적이 있었다. 그런데 무슨 이유인지 엄마는 그때 아무런 말씀도 없었다. 다만 우리집을 향해 쑥덕거리는 소문이 돌 때마다 엄마는 아버지가 오랫동안 집을 떠나서까지 익힌 의술이라는 점을 강조하곤 했다.

아버지가 집을 떠났던 사실을 나는 알지 못한다. 그건 작은오빠도 세상에 태어나기 전의 일이라고 했다. 마을 사람들 누구라도 아버지가 의술을 익혔다는 사실까지 의심하지는 않았다. 실제로 아버지는 다시 집으로 돌아오신 뒤 의원 일을 하셨다니까 말이다. 그 때문에 엄마나 작은오빠 그리고 나는, 아버지가 한때 집을 떠나시기까지 했던 일을 자랑스럽게 여기곤 했다.

어쨌거나 그 뒤, 아버지가 대처 병원에 가셔서 어떤 처방을 받았는지 나는 알 수 없다. 나한테까지 그런 걸 일일이 알려주려는 가족은 없었다. 그러나 한약 달이는 그 쓰고 단 냄새가 우리집 마당에 자욱해진 것으로 사태를 대강 눈치채고는 있었다. 엄마는 그걸 두고 누군가 남이 곁에 있기라도 하면 꼭 잊지 않고 말하곤 했다. 이게 바로 중이 제 머리 못 깎는 일이지 무엇이냐고.

그후 아버지는 침도 주사도 놓는 일이 없었다. 뜸도 약도 다 마찬가지였다. 전 같으면 의술뿐만 아니라 인근 마을 사람들의 사주팔자도 살펴주시던 아버지는 이제 남들보다 빨리 노인으로 바뀌고 만 것이다. 엄마는 그 와중에도 새언니에게는 차든 따숩든 말 한마디 건네지 않았다.

처음 지어온 아버지의 탕약이 떨어질 때쯤 되었을까? 나는 중학교 입시를 코앞에 두고 있었고, 그날은 할아버지의 제삿날이었다. 작은오빠가 태어나기도 전에 돌아가셨다는 친할아버지였다. 확인해볼 생각은 하지 않았지만 어쩌면 아버지께서 집을 떠나셨다는 그 무렵인지도 모를 일이다.

가까운 친척들이 모여 제수 음식을 준비하고 있을 때였다. 아버지는 밤을 치고 계셨는데 느닷없이 자리에서 일어서셨다. 올케가 먼저 그 모습을 보았던 모양이다.

"어디 가시려구요, 아버님?"

"다녀올 곳이 있다."

아버지가 헛청에서 삽을 찾아 어깨에 걸치셨다. 그건 전혀 이상한 모습이 아니었다. 아버지를 찾아오는 사람들이 코앞에서는 의원님이라고 부를망정 아버지의 본업은 농사짓는 일이 분명했기 때문이다.

"어디 가시는데요?"

"알 것 없다."

아버지의 음성은 단호했다. 올케는 더이상 여쭤볼 처지가 아니었다. 우물가에서 생선 지느러미를 다듬던 엄마가 고모부에게 눈짓을 했다. 고모부가 고개를 끄덕였다.

그 이후, 그날 오후 벌어진 일은 차마 발설할 수조차 없을 지경이다. 한참 만에 아버지는 고모부에게 업혀서 돌아오셨다. 나가실 때의 위풍당당하던 모습과는 전혀 딴판이었다. 식구들이 아버지를 부축해서 방에 뉘어드렸다.

아버지는 삽을 들고 할아버지의 무덤을 찾아가시더라고 했다. 멀찍이 떨어져서 뒤따라가던 고모부는 별일이 아니겠거니 하고 걱정을 덜었다고 한다. 제삿날을 맞아 할아버지의 묘소나 살피려는 것으로 여겼기 때문이었다. 그런데 그게 아니었다. 아버지가 정신없이 봉분을 파헤치더라는 것이었다. 고모부가 기겁을 한 채 달려갔다.

"형님, 이게 무슨 짓이오?"

"놔! 우리 아버지는 죽지 않았어!"

"……?"

어이없는 일이었다. 고모부가 아버지를 덥석 안았다. 그런데 아버지는 노인답지 않게 의외로 완강하더라고 했다. 마치 살아 있는 사람이 어쩌다 흙 속에 매몰되는 걸 보고 구출해내기라도 하겠다는 듯.

삽을 들고 있는데다 아버지가 하도 결사적이어서 고모부는 적지 않게 애를 먹어야 했다. 삽자루로 한 대 맞은 어깨가 어떨지 모른다고도 했다. 그는 결국 한참 동안의 실랑이 끝에 지쳐 떨어진 아버지를 업고 왔다고 했다. 할아버지의 묘소는 이미 이빨로 베어먹다 만 사과 꼴이 됐으니 손을 봐야 한다는 얘기까지 했다.

남자 친척들 두셋이 그 얘기를 듣고 할아버지의 묘소가 있는 곳으로 달려갔다. 조상의 무덤이 파헤쳐지는 건 자손들에게 씻을 수 없는 불효라고 했다. 남들에게 그 꼴을 보일 수도 없는 일이었다.

그때 갑작스럽게 아버지의 울음소리가 들렸다. 마치 사나운 짐승에게 쫓기기라도 하는 듯한 그런 울음이었다. 엄마와 고모가 방으로 뛰어들어갔다. 올케는 어쩔 줄 몰라하면서 마루 앞에 서 있었고 나도 따라들어갈 엄두를 내지 못했다. 대신 나는 방문 밖에 서서 왠지 오늘밤 할아버지의 제사는 그냥 이렇게 끝나게 될 것이라는 생각을 하고 있었다.

"인제 고만 잊어버려, 오라버니!"

고모가 울면서 말하는 소리가 방문 창호지를 뚫고 가까이 들렸다.

"끄으으윽…… 그때는 입이라도 하나 덜려고……"

아버지의 입을 누군가가 막는 것인지 얘기가 억지로 잘렸다. 엄마의 탄식이 이어졌다.

"이제 와서 어쩌자고…… 어쩌자고 이러요?"

누군가 방바닥을 두드리는 소리 사이로 고모가 다시 말하고 있었다.

"그려, 다 알어! 그러니 가슴속에 쌓아두지 말고 고만 잊어번지자구. 옛적으 고리장이 다 그거지 뭐겠어, 뭐겠냐구?"

셋의 울음소리가 다시 높아졌다. 엄마에 비해서 고모는 무엇인가 중요한 사실을 조금씩 내비치고 있었다. 아버지가 그런 고모의 말을 받아 이으셨다.

"그때는 다 그랬어, 다 그랬다구!…… 즈덜 손으로 다 그랬어!"

"그려, 오라버니. 그게 다 삥아리 같은 새끼들 산 입에 거미줄 못 치게 헐라고 그랬응께 아부지도 지하에서 욕허지 않을 거셔."

"애들 아부지이!……"

엄마의 울음이 길게 끌리고 있었다.

내게는 그 말들이 무엇을 뜻하는지 짐작이 되지 않았다. 어른들의 울음을 따라 그냥 선 채로 나도 엉엉 울었을 뿐이다. 다만, 할아버지 제사는 지내지도 못할 것이라는 내 예상은 그대로 적중했다. 무겁고 침통한 정적 속에 둘러앉은 채 술 한잔 올린 것도 제사를 지낸 셈이라면 할말은 없겠지만.

엄마는 아버지의 노망을 숨기려고 애썼지만 마을의 소문은 밝고도 빨랐다. 숱한 얘기들이 우리집을 싸고 흉흉하게 돌았다. 그러나 그때는 다 그랬다고 아버지는 말씀하셨다. 그게 무슨 흉인지 나로서는 알 수 없다. 다만 아버지는 마을 사람들, 그리고 그 시절을 살았던 같은 시대의 사람들이 흔히 자행하던 어떤 일을 그대로 답습한 것에 지나지 않았을 것이라고 나는 믿었다.

그러나, 우리는 께름칙한 소문의 숲에서 아무렇지도 않은 양 그대로 눌러살 수는 없었다. 떠나야만 했다. 그건 큰오빠의 결정이었다. 아버지의 뜻으로 순경이 된 오빠는, 마을의 다른 사람들과 아버지를 구별해서 이야기했다. 마을 사람들 모두 몰래 무를 캐먹은 경험이 있다손 치더라도 누군가가 그 짓을 하다가 들키면 가차없이 손가락질을 한다는 것이었다.

큰오빠의 그 불만을 끝으로 우리는 살던 마을을 도망치듯 떠났다. 다음해 할아버지의 제삿날이 닥치기 전이었다. 아버지 역시 할아버지의 제삿날이 돌아오기 전에 마치 무엇엔가 쫓기듯 이승을 하직하고 말았다. 그러나 내가 기억하는 한 아버지는 더없이 편안한 모습으로 죽음의 사자를 맞이하셨던 것 같다. 모든 짐을 다 부린 듯한 홀가분한 표정이었다.

아주 오랫동안, 나는 우리집의 비밀을 풀지 못했다. 어쩌면 무를 캐먹고 어쩌고 했던 상징을 들어 마을 사람들과 아버지를 구별지었던 큰오빠의 얘기에 사로잡힌 때문인지도 모르겠다. 그러나 식구들의 일이라면 누군가 발설하지 않아도 저절로 풀려지는 날이 오게 마련이다.

그 제삿날 고모는 고리장이라고 언급했었다. 나는 오랜 후에 그게 고려장을 뜻한다는 사실을 알았다. 고려장(高麗葬), 기로설화(棄老說話)!……

고려장에 얽힌 설화로는 두 개의 얘기가 전해진다. 그중 어느 아버지가 자기의 늙은 아버지를 버리려고 지고 갔던 지게를 어린 아들이 다시 챙겨오려고 하면서 아버지가 크게 깨달았다는 설화는 잘 알려져 있다. 또하나는 전혀 다른 얘기다. 고려장이 국법으로 정해지기는 했지만 차마 그럴 수 없었던 어느 효자는 늙은 아버지를 몰래 숨겨두고 봉양했더라고 한다. 그 무렵 중국의 사신이 와서 어려운 문제를 내면서 풀기를 요구하여 나라가 온통 근심에 휩싸였다. 이때 때마침 그 늙은 아버지가 문제의 해답을 알려주어서 늙은이들도 그저 양식만 축내는 것은 아님을 깨달았다고 한다. 그 이후 고려장 악습이 폐지됐다는 것이다.

들리는 바로는 이와 비슷한 설화는 중국이나 일본, 중동, 심지어는 멀리 유럽에서도 전해지고 있다 한다. 고려장은 고려국뿐만 아니라 전 세계적으로 널리 행해졌음을 짐작게 하는 대목이다.

그런데 고모는 고려장을 언급하면서 울었다. 아버지는 아버지대로 그때는 다 그랬다고 절규했다. 그렇다면 그 방식이 달라졌을지는 몰라도 고려장은 최근까지 유행했었다는 말일까? 우리가 자라나던 그 무렵까지 바로 우리 같은 어린 자식들을 위해서는 노인들의 죽음을 재촉했더란 뜻일까?

그렇다. 나는 그렇다고 말할 수 있다.

우리는 모두 고려에 살았던 사람들을 조상으로 하고 있다. 그러니 잠시 고려의 마을로 돌아가보자. 어느 손자 녀석이 자기 할아버지를 져다버렸던 지게를 다시 들고 오면서, 아버지가 늙거든 그때도 써야 할 게 아니겠느냐고 당돌하게 대들었다고 치자. 그 얘기가 온 나라에 퍼질 수는 있다. 그렇다고 그 말 한마디에 나라의 오랜 풍습을 백성들이 모두 나서서 하루아침에 슬그머니 버릴 수도 있을까?…… 고려장에 쓰겠다는 아들놈의 세월은 까마득하고 뱃가죽과 등가죽이 서로 달라붙는 굶주림은 바로 지금 눈앞에 호랑이 입처럼 기다리고 있는데도?……

나는 그래서 아버지의 편이었다.

코끼리는 죽을 때가 가까워지면 자기들끼리만 아는 동굴을 찾아간다고 한다. 거기서 코끼리는 아무것도 먹지 않고 홀로 죽어간다는 것이다. 코끼리의 고려장인 셈이다.

인간은 코끼리보다 더 영험한 동물이다. '나, 오늘은 갈란다' 하면서 입적하는 선승들만 봐도 그걸 알 수 있다. 다만 대부분의 사람들은 본능과 욕심에 사로잡혀 있어서 눈앞이 흐려질 뿐이라고 생각한다. 그러나 늙은 아비들은 자식이 대신 자기를 지게에 업어 산 속에 내다버리기를 스스로 간절히 소망했으리라고 믿는다. 그들 스스로가 원하는 것이다. 입에 풀칠할 만한 것조차 없어 어린것들은 누렇게 부황이 나도 자신들은 속절없이 양곡만 축내고 있다고 여겨지던 날이면.

"할아버지가 돌아가신 다음에 아빠가 집을 떠나셨어요?"

"……?"

내가 훗날 그렇게 물었을 때 엄마는 내 얼굴을 살피더니 가만히 고개를 끄덕거렸다. 그건 대수롭지 않은 질문이라고 여긴 모양이었다. 나는 더이상 아무것도 여쭤보려고 하지 않았다.

아버지는 어쩌면 그 찢어지는 가난을 붙들어매다가 문득 떠날 생각을 하셨을 게 틀림없다. 그리고 그는 떠나기 전에 산 입 하나를 줄이려고 작정하셨을 것이다. 할아버지가 그때 병중에 계셨는지, 할아버지도 그때 또한 노망이 들어 하루에 다섯 끼의 밥을 찾으셨는지, 그런 건 알 바 아니다. 사람들이 즐겨쓰는 논리를 빌리자면 그때의 필연성이 그때의 행동을 불렀을 것이기 때문이다. 그 대신 아버지는 비록 돌팔이라는 이름으로 끝났을망정 아까운 목숨들을 구하는 의술을 익혔으리라. 자신의 큰자식을 순경으로 만들어두고.

고려장은 아버지 대에 이르러 그렇게 바뀐 셈이었다. 고려시대부터 조금도 나아지지 않았던 가난한 살림살이가 그 풍습을 유지시켰던 셈이다. 그러나 가난은 최근 들어 그렇게 심각한 문제는 되지 못한다. 그렇다면 고려장은 이제 사라진 것일까?

그렇지는 않다. 나는 이름만 바뀐 효과적인 고려장이 아직도 계속되고 있음을 안다. 가난만 지긋지긋한 것은 아니기 때문인지도 모른다. 세련된 사람들이 언제부턴가 그걸 그럴싸하게 바꾸어 부르기 시작했다. 안락사(安樂死)라고!……

찌르르르릉!……

옆방 병실에서 자명종 소리가 갑작스럽게 들린다. 나는 소스라치게 놀라 그때까지 남편의 얼굴을 누르고 있던 베개를 뗀다.

남편은 움직임이 없다. 이건 살인이야!…… 내 안의 누군가가 그렇게 소리친다. 내가 몹쓸 짓을 한 시간이 얼마나 됐을까? 어쩌면 아주 짧은 시간이었을 수도 있다. 정말이지 그랬으면 좋겠다. 베개를 집어던지며 나는 남편의 얼굴을 감싸안는다.

"죽지 말아요. 여보!"

그런 간절한 외침이 내 가슴 저 밑바닥에서부터 울려나온다. 그게 살인이라고 여기지 못할 정도로 우매하지는 않았다. 그걸 알고 실행했던 것이다. 그런데 이제 와서 이게 무슨 일인지 모르겠다.

"잘못했어…… 제발 눈 좀 떠봐!"

남편을 베개로 누르기는커녕 그런 생각을 품지 않았더라도 남편은 어차피 눈을 뜨지는 않는다. 그런데도 나는 그렇게 외치고 있다.

문득 그냥 두어서는 안 된다는 자각이 든다. 비로소 침상에 올라가 남편의 가슴을 있는 힘껏 칠 생각을 한다. 만약 위험한 상태가 닥치거든 그렇게 하라고 간호사가 웃으며 말한 적이 있다. 설사 그런 꼴을 당한다 해도 내가 고의로 방치할 것이라고 지레짐작하면서 그녀는 웃었던 것일까?

가슴을 치다 말고 엎드려 살펴보니 남편이 아직 살아 있다는 확신이 든다. 나는 그제서야 다시 눈물이 치솟는다. 남편이 고맙다. 이제 간호사를 불러야겠다.

자동차 한 마리

다만 무서웠다.

세상에서 가장 무서운 게 무엇일까?

처음부터 호랑이가 그 대상 중의 하나에 들던 시절도 있기는 했다.

그러나 지금은 호랑이도 깡그리 사라진 마당이 아니던가!

1929년, 경주 대덕산에서 사냥꾼에 의해 죽임을 당한 호랑이는 몸집이 그리 크지는 않았다. 몸 길이 1.68미터에 꼬리 길이는 78센티미터였다고 하니까 호랑이 수놈으로는 평균치보다 작은 셈이었다. 그렇다고 물론 어린놈은 아니었다. 아마도 먹잇감이 줄어든데다 수풀이 갈수록 사라져 마냥 신산스럽기 짝이 없는 삶이 그를 충분히 자라게 하지 못했을지도 모른다.

그런데도 그의 눈과 뺨 밑은 순백색의 부드러운 털에 검은 점이 섞여 있어 한국 호랑이의 특징을 여실히 보여주었다. 그의 흑갈색 눈동자는 죽은 지 사흘이 지나도록 광채를 잃지 않았다는 말도 전한다. 그것은 어쩌면 지어낸 말일 수도 있으리라.

다만 분명하게 전해지는 얘기가 있다.

그의 주검을 농가 마당에 잠시 부려놓았었는데 주인집 늙은 개가 우연히 단 한 번 그걸 일별하게 되었다. 그런 뒤에 마루 밑으로 숨어들어가더니 다시 밖으로 기어나올 엄두를 내지 못하더라는 것이다. 주인은 빨랫줄을 받치던 장대를 내려 마루 밑을 쑤석거리기도 하고 놈을 때려보기도 했지만 심지어 비명조차 내지르지 않더라고 했다.

놈은 결국 그렇게 식음을 전폐한 채 죽었다. 문자깨나 읽은 지방의 한 서생이, '사제갈주생중(死諸葛走生仲)'이라 해서, 죽은 제갈양이 눈뜬 사마 중달을 패주시켰다고 놀라워했다. 그러나 늙은 개의 처지에서 보면 그냥 자진할망정 한 하늘을 이고서는 도저히 상종 못 할 놈을 편안한 늘그막에 맞닥뜨리고 말았던 셈이다.

어쨌거나, 호랑이를 잡은 사냥꾼 일행은 횡재를 했다. 가죽은 가죽대로, 뼈는 뼈대로, 고기는 고기대로 팔아치웠던 것이다. 값비싼 호피야 어떤 한 사람에게 혜택이 돌아갔다. 일설에 따르면 당시 조선을 팔아 거부가 된 어느 고관대작이 그걸 구입했다고 한다. 고기는 물론 더욱 많은 사람들의 입 속에 나누어졌다. 그의 내장만도 마을 사람들에 의해 삶아져 맛이나 보자는 사람들 백여 명이 모여 잔치를 벌였다고 하니 순살코기야 말해서 무엇하랴.

그런데 호랑이의 뼈는 더 했다. 호골은 예부터 어딘가에만 특별히 좋은 약이라고 말해지지는 않는다. 그만큼 민간에서는 만병통치약으로 무조건 신봉하는 것이다. 한약상이 그 뼈를 구해 연고를 만들었다고 하니 도대체 몇몇이나 그의 고기를 나눠먹고, 그의 뼛가루를 가미한 호골고(虎骨膏) 그 혜택을 누렸을까?…… 천 명? 아니 만 명?

우리 속담에는, 사람이란 죽어서 이름을 남긴다는 점을 강조하기 위해 호랑이는 죽어서 가죽을 남긴다는 전제를 필요로 했다. 그건 확실히 그랬다. 그러나 거기에 더해서 그 호랑이는 죽은 몸으로 셀 수 없는 보시를 했으니 가죽뿐 아니라 이름까지 더불어 남긴 셈이다.

안타까운 사실 하나를 마저 밝히자면 그 뒤로 남한 땅에서는 두 번 다시 호랑이가 잡히는 일은 없었다. 호랑이를 보았다는 사람은 많다. 70년대에도 있었고 80년대, 90년대 아니, 요즘도 부지기수다. 그러나 그건 사실로 밝혀지지 못했다. 유감스럽게도 그들이 본 것은 삵이나 승냥이, 아니면 겨우 들고양이에 지나지 않는다.

나는 호랑이를 보았다. 뿐만 아니라 지금도 보고 있다. 물론 이곳이 동물원 따위는 아니다.

튼튼한 네 개의 발로 질주하는 가속력은 지칠 줄을 모른다. 어두운 밤길, 두 눈에 불을 켜면 최소한 십 리는 꿰뚫는 안광이 사람의 가슴을 철렁 내려놓게 한다. 하물며 노루나 산토끼 들고양이 등의 야생 동물은 꼼짝없이 오줌까지 지리며 앉은 채 당하고 만다.

그뿐인가! 앞발로 내리쳐 단 일격에 먹잇감을 혼절시키고 그와 동시에 목덜미를 물어뜯어 숨을 꺾어놓는 재주는 가히 옛 호랑이들을 능가하고도 남는다. 그는 야성을 더욱 강화하여 우리 앞에 다시 나타난 것이다.

호랑이가 정말 있느냐고?……

그렇다. 다만 우리는 그걸 옛처럼 '호랑이'라고 부르지 않고 '자동차'라고 한다. 그래서 옛날 같으면 말하곤 했었다. 그 냥반도 호랭이헌티 물려갔담서?…… 요즘 우리는 둘러앉아서 달리 말할 뿐이다. 그 친구 차암, 지긋지긋하게 고생만 하더니 자동차 사고로 먼저 갔어!……라고 말이다. 자동차는 호랑이를 닮아도 너무 닮은 것이다.

"호랑이가 자동차로 바뀌었다면, 운전사들은 뭐요?"

매사에 논리적이기를 애쓰는 도연이 물었다.

"마부지 뭐."

용태 형이 반 박자도 머뭇거림이 없이 대답한다.

"마부는 말을 끄는 사람인데?"

"그럼, 호부(虎夫)냐?"

"하하하!……"

"그것들, 하는 짓거리를 봐라. 영락없이 마부다. 욕 잘하지, 차가 좋을수록 으시대기 좋아하지, 남을 치어놓고는 줄행랑치지…… 또 뭐가 있냐, 병준아?"

용태 형이 나를 돌아본다. 우리 셋에게는 공통점이 하나 있다. 차를 가지고는 있어도 정작 우리들 자신은 운전 면허조차 없고 다들 마누라에게 맡긴 채 얻어 타는 신세를 지고 있는 것이다. 심지어 장차 면허를 따겠다는 의지조차 없는 편이다. 그래서 둘러앉으면 낄낄거리는 얘기가 그 모양이었다.

"차가 있다는 핑계로 술 한잔도 안 마실라고 하죠."

"흐흐흐, 과연 너답다."

"음주운전도 있잖아!"

도연이 또 '논리적'으로 반문한다.

"물론이지. 그런데 옛날에도 술을 마신 채 말 타고 다니는 사람들이 있었는가보더라. 그러다가 낙마를 해서 다치고 행인들을 치는가 하면 논밭을 쑥대밭으로 망치기도 해서 조정에서는 엄하게 금했다더라."

"그러면 영락없다. 병준아, 또 없냐?"

"뭐가요?"

"마부와 운전사의 공통점 말여."

"그럼, 카 섹스?"

"왜?"

"전에 영화를 보니까 말을 타고도 그 짓을 즐기던데……"

"느네들 차 안에서 해봤냐?"

용태 형이 느닷없이 눈을 동그랗게 뜬다. 그 말을 듣고 도연이 웃는다. 아무래도 웃음새가 경험이 있는 눈치다. 도연이는 좋다는 음식은 다 먹어봐야 직성이 풀린다는 친구니까 능히 그러고도 남는다. 돈이 드는 것도 아니지 않은가!

"형은 해봤수?"

"내가 물었으니까 병준이 너부터 대답해봐."

"나야, 갈대밭에서도 해봤고 보리밭에서도 해봤고…… 차 안에서도 해봤고, 또 물레방앗간에서도 해봤지."

"와아! 정말?"

"그러엄!…… 차를 타고 가다가 잠시 고개를 쳐들고 하늘의 해를 봤단 말이야."

"에이, 그런 것말고 진짜로 말해봐라."

용태 형은 어지간히도 궁금한 모양이다. 호기심이 눈 안에 가득 고여 있다.

"나는 진짜로 해봤어요."

비록 웃고는 있지만 도연이 단호한 어조로 말한다.

"어떻데?"

용태 형이 도연이 쪽으로 몸을 기울인다.

"영화를 찍는 느낌이 들어요."

"영화?"

"첫째는 누군가가 우리를 몰래 훔쳐보고 있다는 느낌을 갖고 일을 치르죠. 그런가 하면 또 우리가 은근히 누군가에게 보여주는 것 같은데, 행위자가 주체이면서 곧 객체라고 해야 할랑가?"

"스릴 말이냐?"

"관음적(觀淫的) 스릴과 시음적(示淫的) 스릴을 동시에 맛보는 셈이죠."

"뭐가 그렇게 어렵냐? 좀 본능적으로 표현해봐라."

"형은요?"

"점잖은 체면에 할 짓이냐? 병준이 네가 잘할 것 같은데 말야."

"내가 직접 운전을 했더라면 그랬을지도 모르지. '야타' 있잖아?…… 직접 운전을 하지 않으니까 그런 기회도 없지 뭐."

"다른 여자들말고 네 마누라 말이야, 임마."

"그런 일 따위라면 애깃거리나 되우?"

"내 차암, 호랭이 물어가네!"

"하하하하……"

그날 아침, 아내는 이제 고속도로 쪽으로 나가 운전해보겠다는 뜻을 밝혔다. 충분히 속력을 내서 달려보겠다는 것이다. 차를 새로 뽑은 뒤에는 늦기 전에 으레껏 놈을 길들여둬야 한다는 말은 나도 들어서 알고 있었다. 만약 그러지 않으면 나중에 속력을 내고 싶을 때 놈이 고집을 부리고 말을 잘 듣지 않는다고 했다.

나는 그 말을 믿지 않았다. 아니, 믿지 않았다기보다는 굳이 믿고 싶지 않은 편이었다. 그건 자동차가 한창 보급되던 초기에 자동차 아니면 죽고 못 사는 치들이 만들어낸 말인 성싶었다. 나는 그들의 속성을 잘 알고 있었다. 모든 길의 끝에는 로마가 있다는 말에 비유하자면 승용차를 처음 장만한 그들 화제의 끝에는 언제나 자동차가 있게 마련이다.

그들은 모든 화제의 핸들을 자동차 쪽으로 홱 틀어버리는 습성이 있다. 가령, 처음 대화의 화두가 '바다'라고 치자. 바다와 자동차는 사실 물과 기름보다도 관계가 더 멀다. 그러나 그들은, 단숨에 그 두 가지를 한데 묶어내는 비상한 능력이 있는 것이다. 그래서 화제를 이런 식으로 바꾼다. 해변에서 자동차를 타도 바퀴가 모래에 파묻히지 않는다는 사실을 알아? 하고 말이다. 만약 화제가 '빵'이었다고 해도 문제가 안 된다. 자동차처럼 만들어진 빵이 없는 한 이 경우에도 빵과 자동차는 하등의 관계가 없을 것 같지만 그들은 그 둘을 절묘하게 묶어내고야 만다. 가령 이런 식이다. '빵이 탄다'와 '자동차를 탄다' 똑같은 말이지?…… 왜?…… 그 결과 둘 다 연기가 나니까 말야.

물론 요즘처럼 골프나 승마 등의 고급 스포츠를 즐기는 사람들도 예외는 아니다. 화제가 자신들의 취미를 벗어날 듯하면 다시 되돌려놓으려고 집요하리만치 수작을 부리는 것이다. 어쨌든 그런 치들이 한낱 기계뭉치에 지나지 않는 자동차에 인격을 부여하려는 수작일 뿐이라고 나는 믿고 있었던 것이다. 자동차의 전체적인 구조가 기본적으로는 생물학적 유기성으로 이뤄져 있다는 사실쯤은 나도 알고 있다. 다만 그런 특성은 비단 자동차뿐 아니라 만물이 공유하지 않는가 말이다. 하다못해 고무줄 하나만 하더라도 그렇다. 처음에 자주 늘어난 경험을 가진 놈이 나중에도 잘 늘어나는 건 자명한 이치다.

"고속도로는 안 돼. 한갓진 국도로나 빠져서 조금씩 몰아보라구."

"자동차는 초기에 버릇을 들여야 한대요."

"버릇 좋아하네. 그놈 진짜 버릇 중의 하나가 무엇인 줄 알려줄까? 서부 영화에서 많이 봤지?…… 야생마하고 똑같아서 지가 지치기 전까지는 지 등에 앉은 놈을 어떻게든지 내팽개치려고 한단 말이야. 그게 그놈들의 진짜 속성이고 버릇이야."

"알았어요!"

나는 그렇게 하고 출근을 했다. 아내가 차를 뽑은 지 꼭 일 주일째 되는 날이었다. 아내는 나름대로 그 드라이브라는 걸 하고 싶었던 모양이다. 아이들이 장난감 하나를 애지중지하다가 어느 날 스스로 멀어지듯 이른바 '사랑뗌'까지는 시일이 필요했다.

그런데 그날따라 출근을 한 뒤에도 마음 한구석은 적이 불안하기만 했다. 일을 하다 말고 앉은자리가 느닷없이 푹 꺼지는 느낌으로 몸서리를 칠 때도 있을 지경이었다. 내가 아내를 이렇듯 끔찍스럽게 아끼는가 하고 생각해보기도 했고 만약 그녀가 영영 돌아오지 못할 길로 핸들을 틀어버린다면 재혼은 몇 개월 뒤쯤에 해야 할는지, 나와 결혼을 해줄 만한 여자는 있는지, 그게 처녀가 아니고 유부녀라면 어떤 문제점이 있을는지 등등 이모저모 궁리해보기도 했던 게 사실이었다. 그리고 한번 그런 상상이 머릿속에 들자 이놈의 상상은 별의별 꼬리를 다 주워모아 이어가기도 해서 일이 손에 잡히지 않을 정도였다.

아내여, 그 방정맞음을 이해해주길!……

예를 들어, 아들놈과 그 새엄마를 어떻게 화해시킬지, 새 여자를 얻고 나서도 나는 여전히 운전을 하지 않을 것인지, 내 운명이 더욱 고약스럽게 꼬이느라고 아내가 죽지는 않고 팔다리가 부러져나가는 중상이라면 또 어떻게 해야 할 것인지……

걱정도 팔자라고 할는지 모르겠지만 요컨대 우리 가족은 차를 처음 구입한 시점이었다. 그 때문에 지금까지와는 전혀 다른 모험적인 삶의 길로 이미 방향을 선회했음을 잘 인식하고 있었던 셈이다. 그도 그럴 것이 교통사고 뉴스가 신문 방송에 실리지 않는 날을 나는 살지 못했었다.

그래서 나는 직장 동료가 그때 그렇게 말했을 때 드디어 올 것이 오고야 말았음을 충분히 직감하고도 남았다.

"어이, 병준이. 절대 놀라지 말고 들어."

"……!"

"아주머니가 교통사고를 당했는데 크게 다치지는 않았고, 병원에서 치료를 받고 있다네."

"누가 그래요?"

나는 겨우 그렇게 물었을 뿐이다. 어쩌면 그 상황에서 할 수 있는 세상에서 가장 우둔한 질문 가운데 하나였을 것이다.

"병원에서 연락이 왔어."

나보다 나이가 더 많은 그 동료는 연민에 가득찬 눈빛을 하고 있었다. 만약 자동차를 겪어본 세월이 그와 나의 나이차만큼 크다면 교통사고를 인식하는데도 서로 차이가 있을 것이라는 느낌이 들었다. 가령 단순한 죽음 하나라고 해도 그 죽음을 받아들이는 방식은 오랜 세월을 살아온 노인과 그렇지 않은 청소년층이 서로 다르듯이 말이다.

나는 왜 자꾸 엉뚱한 생각만을 하고 있는 것일까?

부장이 내 손을 잡아끌었다. 함께 가보자는 것이다. 아내가 누워 있는 병원의 위치를 알 만하다고 했다. 나는 썩 내키지는 않았지만 순전히 교통편이 마땅치 않은 이유 때문에 그와 동행을 하기로 작정했다.

교통사고 뉴스를 볼 때마다 나는 아내가 들을 수 있을 정도로 크게 말하곤 했다. '저놈들 보라구! 저건 인과응보라구. 차 한 대 있다고 저놈들이 온 거리를 즈희들이 전세낸 것처럼 헤집고 다니면서 지랄하더니 말야.'

나는 그렇게 말하면서 사실은 아내를 각성시키고자 했던 것이다. '너도 저런 꼴 당하기 전에 우리 식구들을 안전하게 모셔!' 라는 뜻으로 말이다. 그래서 나는 사고를 당하면 그게 아주 창피스러운 일이라고 여기는 편이다.

부장이 운전하는 차의 앞 좌석에 동승해가며 나는 아무런 말도 하지 않았다. 일어나야 될 일은 반드시 일어나게 된다는 '머피의 법칙' 이 요즘은 엉뚱한 유행가 때문에 계속해서 고약스런 일만 일어날 때 쓰이는 유행어가 됐지만 사실은 그보다 더 좋은 우리 속담이 있다. 말이 씨 된다는 표현이 그것이다. 아내에 대해서 내가 상상했던 일이 실제로 벌어지고 말았으니 그게 씨가 된 셈이었다.

병원 응급실에 누워 있는 아내는 꼴이 말이 아니었다. 얼굴에는 미라처럼 온통 붕대가 감겨 있었고 석회칠을 한 왼발은 천장에 보기 좋게 매달려 있었다.

"뭐 하러 왔어?"

내가 왔다는 걸 안 아내의 첫마디였다. 생각 같아서는 성한 무릎이라도 한 대 쥐어박고 싶었지만 나는 꾹 눌러 참았다.

"괜찮은 거야?"

"여자들끼리 승용차를 타고 가니까 트럭 운전사가 장난을 친 거야. 그걸 피하려다가 그랬어."

아내는 엉뚱한 답변을 했다. 가지 말라는데도 불구하고 고속도로로 나갔던 일이 마음에 걸리는 모양이었다.

의사가 좀 보자고 해서 갔더니 아내의 부상 정도를 일러준다. 안

경알과 유리 조각 등으로 얼굴이 찢어져 30여 바늘을 꿰맸다고 했다. 자기 나이대로 얼굴에 바느질을 한 셈이었다. 그런데 그건 괜찮은 편이라고 한다. 문제는 왼발의 아킬레스건이 끊어졌는데 접착이 가능할지 모르겠다는 것이다. 함께 탄 여자는 아내의 후배라고 하는데 천만다행으로 가슴 위쪽에 붙어 있는 양쪽 쇄골 중에서 오른쪽만 부러졌다고 한다. 그게 어찌 천만다행이냐고 묻자 의사가 껄껄 웃었다. 그게 동냥아치뼈라는 것이다. 어찌나 쉽게 부러지고 또 잘 붙기도 하는지 주워온 뼈라는 뜻으로 그렇게 부른다고 했다.

그사이 교통사고 처리반원들이 찾아왔다. 아내는 고속도로를 달리다가 아침에 내가 했던 당부도 생각나고 해서 국도로 접어든 모양이었다. 그때 화물차가 끼어들면서 일이 벌어지고 만 것이었다.

아내의 말이 얼마쯤 사실인지는 모르지만 앞서 가던 트럭이 갑자기 이유도 없이 브레이크를 밟는 바람에 그걸 피하려고 중앙선을 넘었다고 했다. 그런데 급한 김에 브레이크가 아니라 악셀을 힘주어 밟았고 그 순간 자동차는 미국 영화의 한 장면처럼 날아가 논두렁에 처박혔다고 했다. 설상가상으로 그곳이 시멘트로 만들어진 곳이어서 차나 사람이나 크게 다쳤다는 얘기였다. 그걸 때마침 교통순경이 목격하고 아내를 업어 병원에 옮겼으니 망정이지 그렇지 않았더라면 큰일날 뻔했다는 얘기도 들려주었다.

"현장을 보시겠습니까?"

나는 고개를 끄덕였다. 그리고 부장과 함께 패트롤카에 올라탔다.

현장에도 아내의 차는 없었다. 레커 회사에 연락해서 이미 끌어가도록 했다는 것이었다. 그 대신 깨진 유리 조각이며 차의 자잘한 부스러기들이 온통 널려 있었다. 마른 논두렁에 적지 않은 양의 핏물이 눈에 띄었다. 나는 그걸 구둣발로 비벼 말끔히 흔적을 지웠다.

"사고는 뭐, 별일 없는 것으로 처리하고 보고하겠습니다."

나는 그 말이 무엇을 뜻하는지 알 수 없어서 부장의 얼굴을 살폈다. 그가 반색을 하며 말했다.

"아, 예. 그렇게 해주시면 고맙죠. 잠깐만 기다리세요."

부장이 내 어깨를 싸안고 돌아서더니 귓속말을 했다.

"다행이다. 너 돈 없지? 내가 우선 줄게."

부장은 지갑에서 수표 한 장을 꺼내더니 그들에게 내밀었다. 그들이 그걸 받으며 말했다.

"사실대로 보고하면 골치 아프거든요. 파출소에 있는 친구들에게 인사말이라도 잊지 마십시오."

"그럼요. 잘 알고 있습니다."

부장이 다시 내 대신 인사를 했다. 오가는 인사말들이 정겹기는 했지만 나는 그들이 돈을 내밀고 받는 게 의아스럽기만 했다. 아내의 아킬레스건이 끊어지고 차가 전파될 정도라는데 별일 없는 사고로 처리되다니?…… 그러나 그건 시작에 불과했다. 그건 토끼 한 마리라도 사냥할 때에 비유하자면 사냥에 앞서 먼저 물어야 하는 수렵(狩獵) 면허세 같은 것에 지나지 않았다.

우리는 다시 파출소로 갔다. 그리고 나는 그곳에서 제복 한 벌이 검붉은 피로 얼룩진 채 벽에 걸려 있는 걸 보았다. 보나마나 아내를 들쳐업을 때 묻었던 아내의 피가 분명했다. 파출소에서는 그걸 대민봉사의 자랑스러운 증거로 내걸고 있는 모양이었지만 나로서는 소름 끼치는 일이 아닐 수 없었다. 그렇다고 물론 그걸 탓할 수도 없었다.

"저거…… 제 안사람을 구한 사람의 옷 맞습니까?"

"그렇습니다."

소장이 우리를 반겼다. 그러면서 그가 나를 위로했다. 적어도 그의 말 속에 가식은 없어 보였다. 그런데 그의 다음 말이 나를 아연 실색케 했다.

"우린 저 옷을 생각 같아서는 표구라도 할 작정입니다. 바른 경찰상 구현을 위해서는 그야말로 백문이 불여일견이지요. 어떻게 생각하실지 모르지만 피무늬도 아주 그럴싸하지 않습니까?"

"예에?"

나는 진의를 확인하기 위해 그의 표정을 살폈지만 그건 불가능했다. 자고로 되나캐나 다짜고짜 남의 표정을 읽어내는 데는 능수능란할지는 몰라도 제 표정을 드러내기란 억지로 애쓴다고 해도 벙어리 냉가슴 앓듯 하는 게 바로 그들 경찰 표정이 아니던가?

"피 묻은 걸 끔찍스럽게……"

나는 겨우 그렇게 반문했다.

"끔찍이라고 했습니까? 우리는 피가 낭자한 현장에서도 빵을 먹지요. 그것도 때로는 토마토 케첩을 바른 걸로 말이지요. 하하하 하……"

스스로의 표현이 대견스럽게 여겨졌는지 그가 호걸스럽게 웃었다. 자기 표정 하나를 기어코 드러내 보인 셈이었다. 어쨌든 그렇다면 여태껏 그럴싸하게 피무늬가 찍힌 작품이 나타나지 않아서 표구를 하지 못했다는 뜻이었다.

낭패스러운 일이었다. 나는 아내의 피를 팔 수는 없었다. 아니, 사실은 아내가 아무렇게나 값싸게 뿌리고 다닌 피를 이제는 비싼 값으로 사들여야 할 판이었다.

부장이 내 뜻을 알아차리고 다시 봉투를 준비했다. 소장이 마지못한 듯 그 제복을 세탁한다는 데 동의했지만 우리는 또 별도의 세탁

비를 그 옷의 주인에게 따로 주어야만 했다. 물론 그 부분만큼은 아까울 게 없다. 나는 맹세코 그렇다고 말할 수 있다.

그 일련의 통과의례가 끝난 다음에야 비로소 나는 우리가 거주하는 도시의 병원으로 아내를 옮길 수 있었다. 그런데 차가 마악 떠나려고 할 때 농부 한 사람이 달려와 항의를 하기 시작했다. 차가 처박힌 곳이 자기 논인데 그냥 가면 어떻게 하느냐는 것이었다. 망가진 논두렁도 고치고 차 부스러기며 잡동사니도 치워야 한다고 했다. 많지는 않았지만 우리는 또 그 대가를 지불해야만 했다.

돌아오는 앰뷸런스 안에서 간호사가 웃으며 귀띔을 해주었다. 별스럽게도 그 자리에서 크고 작은 차 사고가 많이 나는데 논 주인은 농사를 짓는 것보다 논두렁 보상비가 더 많다는 소문이 인근에 자자하다는……

나는 벌써부터 지긋지긋해지기 시작하였다.

병원에 누운 아내의 곁에서, 간병이랍시고 병원을 지키고 있는 사이 찾아오는 문병객들도 내가 그쯤 얘기하면 이미 지긋지긋한 태를 내기 시작하였다. 그들에게는 아침저녁으로 대하는 교통사고가 더 이상 호기심을 주지는 못하고 있었다. 어쩌다가 사고가 났는지, 얼마나 다쳤는지 하는 사실 정도가 관심의 대상일 뿐이었다.

더러는 내가 몰랐던 사실을 전해주기도 했다. 택시 회사마다 교통사고를 전담하는 직책이 있다는 얘기도 그때 들었다. 그들의 임무란 자기 회사의 택시가 사람을 치면 재빨리 목격자를 하나 만들어두는 일이라고 했다. 정확하게 말하자면 돈을 주고 엉뚱한 사람을 하나 사서 자기들 쪽에 유리하도록 미리 훈련을 시킨다는 얘기였다.

또 누군가는, 술 한잔을 마시고 음주운전을 하다가 접촉사고를 낸 뒤 상대방에게만 음주운전을 뒤집어씌웠다는 사람의 얘기도 들려주었다. 접촉사고가 나는 순간 살펴보니 상대도 이쪽처럼 술을 마신 것 같더라는 것이다. 그래서 차에서 내려 우선 근처 슈퍼부터 찾아가 소주부터 벌컥벌컥 들이켰다고 한다. 그런 뒤 경찰이 오자 자신은 기분이 상해서 방금 전에 술을 마신 것처럼 위장하고는 상대를 음주로 인한 과실로 몰아붙였다는 것이다.

문병객들의 관심이란 번번이 그런 식이어서 내 얘기가 끝을 보는 일은 거의 없었다. 그들을 붙들고 더 들어달라고 통사정을 할 수도 없는 노릇이었다. 아내가 입원해 있는 까닭에 아이들의 점심 도시락까지 내가 싸주어야 하는 고충까지는 언급하지 않는다고 해도 말이다.

결과적으로 아내의 차는 폐차 처분이 내려졌다. 그건 공업사의 결정이었다. 그전에 나는 레커 회사로부터 그 차를 찾아다가 공업사까지 옮겨야만 했다. 레커 회사는 멀기만 했다. 사고가 발생한 지역에서 완전히 반대쪽이었다. 왜 그런 터무니없는 일이 발생했는지 나는 요금을 지불하면서 알았다. 레커 회사는 차를 움직인 거리만큼 킬로미터로 환산해서 돈을 받는 곳이었다. 레커 회사는 코앞에도 많았지만 왜 그 먼 곳에서 차를 끌어갔는지 나는 확인해보지 않았다.

공업사는 자동차 주인과 보험사 사이에서 줄다리기를 했다. 사고난 자동차를 그냥 고쳐 쓸 수 있겠다고 판정을 내리면 할 수 없는 일이었다. 그건 보험사 쪽에서 원하는 일이었다. 누가 보기에도 아내의 차는 이미 소생이 불가능한 상태였는데도 공업사는 결정을 뒤로 미루기만 했다. 나는 주위의 권유에 따라 그들에게 '약'을 먹여야 했다.

병원은 또 병원대로 환자와 보험사를 사이에 두고 저울질을 했다. 부상 정도를 어떻게 진단해주느냐에 따라 치료비 지급 기준이 엄청나게 달라지기 때문이었다. 의사는 저울질을 하다가 무엇인가를 더 올려놓아 추가 기울어지는 쪽에 유리하도록 진단서를 쓰면 그만이었다. 나는 대기업 보험사가 저울판에 올려놓는 무게보다 거기에 무엇인가를 더 얹을 수는 없었다.

그 이후에도 내가 '약값'으로 써야 했던 돈은 일일이 열거할 수 없을 정도다. 아내의 차를 담당한 보험사 직원과 아내의 치료비를 담당하는 직원은 또다른 사람이었다. 폐차의 절차도 순조롭지는 않았다. 얼핏 생각하자니 세상의 모든 사람들이 저 선사시대 동굴에서의 수렵 생활처럼 자동차 한두 마리에 의지해서 살아가는 듯하기도 했다.

아내의 아킬레스건은 다행히 이어졌다. 그러나 얼굴 전면과 온몸의 깊은 상처, 그리고 앞날을 기약할 수 없는 후유증을 안고 아내는 쫓기듯 퇴원했다. 한 가지 더 다행이라면 아내의 후배가 순수하게 자신의 의도에 따라 앞 좌석에 동승한 것으로 받아들여졌다는 사실이다. 만약 그렇지 않았더라면 그녀의 치료비는 얼마가 됐든 아내가 부담해야 했을 몫이다.

그때 나는 자동차가 살아서뿐만 아니라 죽어서도 호랑이 구실을 한다는 사실을 깨쳤다. 죽어서 숱한 사람들의 뱃속에 고루 나누어진 경주 대덕산, 이 나라 최후의 호랑이를 그래서 떠올렸다.

호랑이가 무섭던 시절, 사람들은 인간과 호랑이의 우호적인 관계를 강조하는 설화들을 유난히도 지어냈다. 어느 효자가 밤길을 헤매다가 호랑이를 만났는데 호랑이가 자기 등에 태우고 데려다주더라는 얘기, 호랑이 발바닥에 박힌 가시를 뽑아주었더니 날마다 멧돼지를 잡아다가 마당에 던져주고 가더라는 얘기 등등, 헤아릴 수 없을 정도로 많다. '곶감과 호랑이'라는 설화만 봐도 그렇다. 다 호랑이가 너무 무섭기 때문이었다.

너무 두려운 존재일 때 사람들은 확실히 그걸 친화적인 소재로 다루거나 아니면 아예 어리숙한 존재로 탈바꿈시켜 설화로 꾸민다. 토끼와 관련된 대부분의 호랑이 설화는 후자에 속한다. 얘기 속에 인간 스스로의 염원을 담아내는 것이다.

아내가 처박은 자동차는 좀체 숨이 끊어지지 않는 맹수를 사냥꾼들이 한꺼번에 달려들어 숱하게 난자한 것처럼 갈가리 찢겨져 있었다. 폐차하기 직전에 내가 확인한 그놈은 이미 알아볼 수 없을 정도로 바뀌어 있었다. 사고는 당했지만 새것이던 타이어가 다 닳아빠진 고무신짝 같은 것으로 바뀌어 있었고 알루미늄 휠도 빠지고 없었다. 오디오 세트, 에어컨, 가죽 시트 모두 마찬가지여서 그것들이 있던 자리는 마치 이빨이 죄다 빠져버린 늙은 호랑이를 보는 듯했다. 그놈의 깨진 헤드라이트가 그렇게 퀭해 보일 수가 없었다.

확인할 수는 없었지만 내부 기관도 예외는 아니었으리라. 또한번 호랑이에 비유하자면 밀림 안에서 저절로 청소가 끝난 셈이었다. 그게 섭섭하지는 않았다. 사고 처리를 위해 뛰어다니면서 내가 들여야 했던 품삯도 섭섭할 일은 아니었다.

다만 무서웠다.

세상에서 가장 무서운 게 무엇일까? 처음부터 호랑이가 그 대상 중의 하나에 들던 시절도 있기는 했다. 그러나 지금은 호랑이도 깡그리 사라진 마당이 아니던가!

작고 사소한 것들의 떨림이 전해지기 위해서는

김만수(문학평론가 · 인하대 教授)

비평가들은 이병천의 문체에 대해 최상의 찬사를 아끼지 않는다.

심지어는 그를 문체주의자라고 평하기도 한다.

그의 첫 단편집 『사냥』에 그려진 현란한 수사학은,

원래 시인으로 출발한 그가 얼마나 언어에 민감하고 능숙한지 잘 보여준다.

이번 소설집 『홀리데이』에서도 그러한 솜씨는 어김없이 발휘된다.

1. 문체의 힘 : 등대에서 오던 짧은 빛 하나

　내 책꽂이의 한켠에는 이병천의 첫 소설집 『사냥』(1990)이 몇 년
째 그대로 꽂혀 있다. 지루하고 변변찮은 글과 말들의 오염에 지쳤
을 때, 나는 『사냥』을 펴들고 느리게 읽어나간다. 때로는 줄거리조
차 잊고, 한두 페이지쯤 읽다 도로 꽂아두기도 한다. 그저 나로서는
이병천의 『사냥』 속에 펼쳐져 있는 그 깔끔하고 날렵한 말의 리듬이
좋은 것이다.

　비평가들은 소설가 이병천의 문체에 대해 최상의 찬사를 아끼지
않는다. 심지어는 그를 문체주의자라고 평하기도 한다. 그의 첫 단
편집 『사냥』에 그려진 현란한 수사학은, 원래 시인으로 출발한 그가
얼마나 언어에 민감하고 능숙한지 잘 보여준다. 이번 소설집 『홀리
데이』에서도 그러한 솜씨는 어김없이 발휘된다.

지상에서 나는 행복했노라고, 참으로 그렇게 기억되기를 염원이라
도 하듯 수도 없이 중얼거리면서 방파제에서 액셀러레이터를 밟고
있을 때, 어디선가 날카롭게 외치는 여자의 외마디 비명 한 가닥이
내 귀에 잡혔다. 등대에서 오던 짧은 빛 하나가 내 차창을 순간적으
로 훑고 지나가듯이.(「가보지 못한 길」, 172~173쪽)

주인공 '나'는 자살을 결심하고 자동차를 탄 채 방파제에서 바다
를 향해 질주하고 있다. 그 순간 여자의 비명 소리가 환청처럼 잡히
고, 그 환청과 동시에 "등대에서 오던 짧은 빛 하나가 내 차창을 순
간적으로 훑고 지나"간다. 이 짧은 시간에 대한 날카로운 묘사는 이
문장의 앞 대목, "지상에서 나는 행복했노라고, 참으로 그렇게 기억
되기를 염원이라도 하듯 수도 없이 중얼거리"는 망설임의 긴 시간
과 대비되면서 긴 망설임과 짧은 결단, 혹은 짧은 인생과 긴 추억의
묘한 아이러니를 만들어낸다. "등대에서 오던 짧은 빛 하나"가 보잘
것없는 '나'의 인생 전체를 규율할 수 있다는 것. 이병천은 찰나에
불과한 등대 빛 하나에서 인생의 환한 빛 하나를 길어올린다. 이를
확인하기 위해서라면, 이 소설의 바로 뒷부분을 좀더 읽어볼 필요
가 있다.

두 눈이 아직도 남아 있었더라면 오히려 기억은 흐릿했을지 모른
다. 그러니 시력을 잃게 됐다고 해서 조금도 아쉽지는 않다.
그 대신 내가 얻은 것들을 보라. 이를테면 그때 보았던 등대는 결
코 불을 꺼뜨리는 일이 없이 내 두 눈이 있던 자리에 밝고 하얗게 새
겨진 채 아직도 빛나고 있다.(173쪽)

이 대목에서 '나'는 "그 대신 내가 얻을 것들을 보라"고 자신 있게 외치고 있는데, 우리는 그의 외침에서 "이 사람을 보라"고 외쳤던 니체의 목소리를 듣는다. 시력을 잃은 대신 얻은 것이 있다는 것, 인생의 길고 짧음보다 소중한 게 있다는 것. 이처럼 작가는 찰나에 불과한 짧은 장면 묘사를 통해 삶의 진실 한켠을 환하게 드러내고 있다.

작가 이병천을 문체주의자라고 불렀을 때, 이 말은 작가에 대한 지극한 찬사일 수도 있지만, 내세울 것은 문체밖에 없는 작가라는 식의 비판으로 읽힐 가능성도 있다. 그러한 비판을 감당해야 하는 것은 작가의 몫이겠지만, 어쨌든 오롯한 문체 하나로 소설의 고운 결을 이룰 수 있다는 것은 작가로서는 큰 행복일 것이다. 물론 작가가 다루는 소재는 『사냥』 이후 다양하게 넓어졌는데, 『모래내 모래톱』(1993), 『저기 저 까마귀떼』(1996)에서 나타나는 고향 탐구의 주제가 그것이다. 그러나 이병천의 고유한 영역은 역시 문체의 힘으로 스스로를 빛내는 그런 작품들 속에 있다고 본다. 이번 작품집에서도 단단한 구성과 탄탄한 문체의 힘을 보여주는 단편들이 주종을 이루고 있지만, 여기에 실린 작품들은 약간의 변화를 담고 있기도 하다.

첫째는 세상을 보는 눈이 훨씬 유연해졌고, 그 시선에서 여유가 느껴진다는 점이다. 예컨대 「그건 쉬운 일이 아니네」에서 '나'는 경수에게 여자를 유혹하는 방법을 가르친다. "앞 범퍼는 여자의 무릎이라고 여기고 뒤쪽 범퍼는 여자 엉덩이라고 생각"하면 된다는 것, 그렇게 정성스럽게 범퍼를 닦아주면 여자의 마음이 움직인다는 따위의 설명은 『사냥』 속의 '사냥'에서 보이는 직접적인 사냥 방식과는 종류가 다른, 우회적인 방법이다. 그럼에도 '나'는 천진하게 그런 방법을 권장한다. 내 마음의 움직임이 타인을 움직일 수 있다고 믿는 '나'의 태도는 세상의 순리를 터득해가는 나이에 이르지 않고서는 받아들일 수 없는 태도이다. 그러나 '나'는 그런 태도를 굳게 믿으며, 작가 또한 이와 같은 느긋한 관점으로 작품을 이끌어간다. 좀더 비약하자면, 이번 작품들 속에서 작가는 논리적인 플롯과 완벽하게 만족할 만한 닫힌 결말보다는, 비논리적이고 곁가지에 가까운 플롯과 모호하게 열린 결말을 선호하는 것으로 보인다. 이는 작가가 작품을 이끌고 갈 수는 있지만, 작가가 모든 사건을 다 해결할 수는 없다는 태도에서 비롯된 것으로 보이는데, 그 결과 작품의 여백은 더욱 풍부해진다. 사건의 종결을 유보한 상태로 끝나는 「삼각 관계에 대한 한 믿음」이 그 대표적인 예다.

둘째, 작가는 유치한 것으로 치부되기 십상인 감상벽(感傷癖)을 거리낌없이 드러내기도 한다. 「가보지 못한 길」에서 "내게도 분명 그런 날들은 있었다"라고 말한다든지, 「서른, 예수의 나이」에서 "그게 내 서른의 늦가을 한때였다. 그런데 하물며 이제는 내가 그 시절조차 그리워하는 나이가 되고 말았다니!"라고 탄식하는 대목들이 그러하다. 이러한 한탄조의 문장들은 작품의 팽팽한 긴장을 해치는 요소로 보일 수도 있지만, 한편으로는 지나치게 닫힌 듯한 단편소설의 구조를 편안하게 이완시키는 요소가 되기도 한다. 이 또한 지나치게 난해하고 지적인 것을 요구하는 모더니즘 투의 문학관에서 벗어나는 징조로 보인다.

셋째, 예전과는 다르게 현실의 소재를 근거리에서 다룬 작품들이 상당수 끼어 있다는 점이다. 「백조들 노래하며 죽다」는 한 여가수의 섹스 비디오 사건에서, 「홀리데이」는 탈주범들의 인질극 사건에서 출발하고 있다. 또 「어화 넘차 고려장」이나 「자동차 한 마리」도 작품 속의 '나'와 작품 바깥의 '나' 사이의 거리가 멀지 않다. 다시 말해, 이들 작품들은 현실을 소설적인 허구로 가공하기보다는 있는 그대로의 현실을 옮겨놓은 듯한 인상을 준다. 그러나 이들 작품이 모두 성공적인 것은 아니다. 특히 「어화 넘차 고려장」에서 "그러니 우리가 잠시 고려의 마을로 돌아가보자"라고 말함으로써, 작가가 직접 논평에 개입한다든지, 「자동차 한 마리」에서 "다만 우리는 그걸 옛처럼 '호랑이'라고 부르지 않고 '자동차'라고 부른다"라고 하여, 호랑이와 자동차 사이의 연관 관계를 직접 설명하는 방식은 평범한 설명투에 그치고 있다는 점에서 부정적인 느낌을 준다.

우리는 방송사의 PD라는 직업을 가지고 있는 작가가 현실 취재와 비판이라는 기자적인 감각을 충분히 발휘할 수 있는 영역이 바로 이러한 현실적 소재일 것으로 판단하기 쉬운데, 오히려 이들 작품들에서는 이병천 고유의 솜씨가 잘 드러나지 않는다. 그나마 이들 작품을 구성하고 있는 밋밋하고 앙상한 사건들이 빛을 발하는 대목은 현실 취재의 사건이나 기자로서의 논평 부분에서 벗어난, 곁다리의 에피소드들과 적절히 삽입된 시적인 묘사들이다. 이병천은 그러한 곁다리의 에피소드들과 문체들을 잘 조합하여, 조잡한 현실이 아닌, 소설이 그려낼 수 있는 또하나의 공간을 창조하고 있는 것이다.

2. '악어의 눈물' 과 승부 근성

미국의 수사학 이론가 리처드 랜햄은 인간을 크게 '호모 세리오수스(진지한 인간)' 와 '호모 레토리쿠스(수사적 인간)' 로 나눈다. 진지한 인간은 중심적인 자아와 확고한 동일성을 지니는 반면, 수사적 인간은 한낱 배우에 지나지 않으며 실제로 그의 행동에는 연극적인 데가 적지 않다는 것. 그러나 흥미로운 점은 이러한 관계의 역전에 있다. 즉, 진지한 인간의 편에서 보면 모든 수사적 언어는 의심스럽기 짝이 없지만, 수사적 인간의 관점에서 보면 진지하고 투명한 언어가 오히려 이 세계에 대하여 부정직하며 거짓말을 한다는 것(김욱동, 『은유와 환유』, 19쪽 재인용). 그의 말을 다시 풀면, 때로는 수사학적 문체가 진지한 논리보다 더 정확하게 진실을 직시할 수도 있다는 것이다. 이러한 관점에서 보면, 작가 이병천은 호모 레토리쿠스에 속한다. 그는 서슴없이 거짓말을 하며, 때로는 그 거짓말을 즐긴다. 그리고 그 거짓말이야말로 이병천 소설의 곁가지를 이루는 매우 중요한 요소들이다.

'악어의 눈물' 이라는 말이 있다. 죽은 척 꼼짝하지 않고 기다리다가 먹잇감이 다가오면 순식간에 먹어치우는 악어의 잔인성, 먹잇감을 앞에 두고 눈물까지 흘린다는 악어의 가증스러울 만한 위악성을 작가 이병천은 이번 소설집에서 여러 차례 언급하고 있는데, 이 '악어의 눈물' 이야말로 작가 이병천의 창작론 핵심에 놓여 있다고 본다. 작가는 악어가 되어 소설 사냥감의 먹이가 될 만한 소재 근처에 아주 조용히 오랫동안 머문다. 그러나 소재가 포착되면 순식간에 이를 먹어치우고는, 그 포만감을 오랫동안, 아주 위악적으로 반추한다. 그가 구사하는 문장 중에 '~하더란다' '~했더랬다' '~했다지 아마?' 하는 식의, 느긋하고 방관적인 어투가 사용되는 대목이 있는데, 이러한 대목에는 반드시 악어의 위악적인 포즈가 담겨 있다. 작가는 이러한 악어의 위악적인 어투를 빌려, 우둔한 진지함이 이르지 못한, 수사적 허구로서의 진실에 접근하는 것이다.

이 작품의 등장인물 중에도 악어와 같은 존재들이 많다. 첫번째 단편 「가보지 못한 길」에서 '나'의 친구 조남혁은 미국 유학을 떠나는 부잣집 아들 행세를 하며 한 여자를 농락한다. 뒤늦게 이를 알아차린 여자가 길길이 날뛰자, 조남혁은 느긋하게 '악어의 눈물'을 흘린다.

—에라, 이 도둑놈아!
여자는 길길이 날뛰며 놈에게 마구 발길질을 하더란다. 그래도 놈은 여자가 제풀에 지쳐 돌아갈 때까지 인내하면서 맞기만 했다고 너스레를 떨곤 했다. 그런 걸 두고 이른바 '악어의 눈물'이라고들 표현할는지 모르지만, 아무리 부아가 치밀망정 서로 그 낯짝을 오래오래 마주 대하면서 발길질을 계속하려고 덤벼들 여자는 없기 때문이라고.
에라, 이 도둑놈아!…… 우리도 그 당시 놈을 그렇게 부르며 물었었다.(161쪽)

이 작품 속의 주인공 '나'가 '가보지 못한 길'은 조남혁이 걸어간 길이다. 조남혁은 잔인하고 음흉한 악어나 도둑놈처럼 살아간 반면, '나'는 착하고 나약하고 무능한 서점 영업사원으로 살아왔던 것. 인정도 윤리도 찾아볼 수 없는 '정 교수'의 야박한 행동 때문에 직장에서 해고된 '나'가 고작 결심한 것은, 그녀로부터 약간의 사과의 말을 받아내는 것, 혹은 뭔가 상징적인 복수라도 해보는 것. 그러나 '나'는 끝내 이조차 실행하지 못하고, 스스로를 자살의 길로 몰고 간다.

작가는 결말 부분에서 '나'의 생환(生還)과 실명(失明)을 제시함으로써, 이 어려운 세상을 살아갈 수 있는 힘의 원천을 암시한다. 그저 착하게 사는 게 중요한 게 아니라, 적극적으로 사랑하고 적극적으로 증오할 수 있는 대결의 자세가 필요하다는 것. 때로는 악어의 눈물과도 같은 잔인함과 비열함마저도 무능한 착함보다는 낫다는 것. 마치 니체의 '차라투스트라'가 그러했듯이, 작가는 늙은 현자의 윤리를 비웃고 스스로 무거운 짐을 인내하며 고독한 사막의 길을 걸어가는 낙타의 용기를, 그리고 사자의 분방함과 아이의 천진함을 긍정한다. 작가가 선택한 '악어의 눈물'은 위악적이고 허구적인 것이지만, 나약한 현자의 윤리보다 강한 것이다.

이외에도 작가는 여러 차례 '악어'의 비유를 사용한다. 두번째 작품 「검은 달 흰 구름」에서 바둑 최고수인 "그의 별명은 학수고대(鶴首苦待)가 아니라 악수고대(鰐首苦待)여야 했다"고 진술된다.

대국이 있기 전날 저녁, 그는 악어 농장에 혼자 산책을 나갔다고 했다. 무료함을 달래느라 그는 그냥 거기 서서 악어들을 무심코 바라보고 또 바라보았다. 그런데 악어들만의 특징적인 행위 하나가 그의 눈에 들어왔다고 한다. 사냥감이 바로 코앞에 다가올 때까지 놈들은 죽은 듯 꼼짝하지 않고 끈질기게 기다리다가 어느 한순간 됐다 싶으면 그때서야 몸을 날려 사냥감을 물고 놓지 않더라는 것이다.(47쪽)

바둑 고수들의 승부세계를 다룬 이 작품에서 흑과 백의 치열한 바둑 다툼은 정중동(靜中動)에 비유되는데, 망부석(望夫石)이라는 별명을 가진 '나' 나 학수고대라는 별명을 가진 '그' 는 모두 악어와도 같은 끈질긴 기다림으로 승부세계를 이끌어간다. 끝부분에서, 작가는 이들의 치열한 대결을 "바야흐로 두 마리 말이, 아니 거대한 두 마리 흑룡과 백룡이 하늘 전체를 온통 뒤덮은 채 교접을 하기 시작한다"고 말한다. 그 끈질긴 기다림이 마치 남녀의 교접과도 같은 상생의 조화로 이어질 수 있다는 것, 작가는 "바둑은 이제 시작이다"는 말로 이 작품을 마감하고 있는데, 이 말은 "인생은 이제 시작이다"는 말로 쉽게 환치된다. 악어와도 같은 끈질긴 '고집' 이 있는 자만이 인생을 감당할 수 있다는 말, 그들만이 소설을 쓸 수 있다는 말로도 쉽게 환치될 것으로 보인다.

팽팽한 대결구도를 다룬 이 작품에서 놓칠 수 없는 것 중의 하나는 적절한 시적 분위기의 삽입이다. 작가는 조조의 교만과 처참한 패배를 다룬 판소리 〈적벽가〉의 한 부분을 이 작품의 배면에 적절히 삽입함으로써 이 작품의 주제를 좀더 고양시킨다. 처절한 전쟁과 전쟁 속에서 겪어야 하는 고난의 일생을 판소리의 처연하고 유장한 리듬에 담아낸 〈적벽가〉는 바둑판의 처절한 승부를 고양시키기에 적절한 삽입 모티프인데, 이러한 모티프의 사용은 사소한 듯싶으면서도, 작품의 씨줄과 날줄을 한 올 한 올 살피는 작가의 섬세한 배려라고 생각된다. (여자를 유혹하는 방법을 설파하는 '나' 의 자의식을 그린 「그건 쉬운 일이 아니네」, 이혼한 아내가 새로 사귀는 남자친구로부터 애인을 제거하기 위한 살인에 연루된 '나' 의 이중심리를 그린 「삼각관계에 대한 한 믿음」에도 악어의 교활한 웃음이 깔려 있는데, 이에 대한 검토는 이만 줄이기로 한다.)

3. 강파르게 압축된 단편이 전하는 섬세한 떨림

이병천의 소설이 다루는 사건 공간의 폭은 매우 좁다. 「가보지 못한 길」에서 '나'는 방파제에서 자살을 감행하기 직전까지 좁은 자동차 속에 갇혀 있으며, 「검은 달 흰 구름」에서 '나'와 '스승'은 바둑판을 앞에 놓고 팽팽하게 맞서 있다. 「그 집 앞 은행나무」가 명륜동의 좁은 '자취방'에, 「삼각관계에 대한 한 믿음」이 경찰청 수사계에, 「서른, 예수의 나이」가 절간의 골방에, 「어화 넘차 고려장」이 좁은 병실에, 「우리들 사이버 키드」가 좁은 미용실과 공부방에, 「홀리데이」가 경찰과 대치하고 있는 범인들의 좁은 공간에 국한되어 있는 것도 우연으로 보이지는 않는다. 작가는 왜 이토록 밀폐된 공간을 선호하는 것일까? 물론 형식적 완결을 지향하는 단편소설의 일반적인 속성이 그러하거니와, 작가는 이러한 좁은 공간의 설정을 통해, 밀폐된 공간에서 벌어지는 인간의 병리학적인 모습에 주목하려는 게 아닌가 싶다.

드라마의 형식은 "세 개의 널빤지, 두 명의 배우, 하나의 정열(three boards, two actors, and a passion)"로 요약될 수 있다고 본다. 세 개의 널빤지로 둘러싸인 가공의 밀폐된 공간에서 두 명의 인물이 하나의 주제를 놓고 필사적으로 싸우는 것. 관객은 구멍 뚫린 '제4의 벽'을 통해 이들의 움직임을 관찰하는 셈인데, 제한된 시간 내에 제한된 공간에서 펼쳐지는 사건을 다루어야 하기 때문에 적용되는 이러한 법칙은 특히 두 인물 사이의 치열한 대결, 복수를 다루는 드라마에서 자주 사용된다. 남편의 배신에 맞서 싸우는 메디아의 처절한 복수극, 예언자의 황당한 신탁에 맞서 싸우는 오이디푸스 왕의 일대기는 닫힌 공간 안에서 자신이 지키고자 하는 바를 위해 필사의 힘을 다하는 인물들의 드라마라는 점에서, 위의 도식에 딱 들어 맞는 작품이다.

이병천의 소설도 이러한 드라마 형식에 가깝다. 그가 창조한 주인 공들은 그가 고집하는 하나의 세계를 위해 필사의 힘을 다하여 싸운다. 그 싸움은 목숨을 건 도박과 같은 것이어서, 그 싸움의 곡절이 매우 강파르다. 죽기 아니면 살기. 이병천은 이번 소설 중의 한 편에 '그건 쉬운 일이 아니네'라는 제목을 붙였다. 자기를 지키는 일이 그리 쉬울 수는 없는 법. 이번 소설집에 등장하는 주인공들은 대부분 일상생활조차 버거워하는 못나고 평범한 인물들이지만 뛰어난 능력의 소유자(예를 들어 「검은 달 흰 구름」에 나오는 바둑의 최고수)조차도 극복하기 어려운 난관에 부딪쳐 허우댄다. 밀폐된 벽속에 갇힌 인물들인 셈이다. 이를 통해 작가는 닫힌 공간 속의 인물이 맞닥뜨릴 수 있는 상황의 긴박감, 혹은 밀폐된 공간 속의 인물이 느낄 법한 정신 병리적 증세를 풀어나간다.

물론 드라마 형식에 엄연한 한계가 주어져 있다는 사실은 잘 알려져 있다. 즉, 시공간의 물리적 제약이 주인공의 섬세한 내면 묘사나 풍부한 모티프의 구사를 막는 측면도 있다는 것이다. 그러나 이병천은 드라마의 물리적 형식을 스스로 수용하면서도, 조심스럽게 널빤지(무대) 바깥의 세상에 눈을 돌린다. 「그 집 앞 은행나무」에서 좁은 '자취방' 안에서 일어난 이상스러운 사랑의 감정들을 창 밖의 은행나무로 환치할 줄 알며, 「검은 달 흰 구름」의 좁은 대국장 구석에 유장한 판소리 가락이 흘러나오게도 만든다. 작가는 이러한 삽화들의 병치를 통해 드라마의 갇힌 형식, 단편의 강파른 플롯 구조와는 다른 공간을 만들어내고 있다.

문학장르 자체의 특성을 연구하는 이론가들은 단편의 닫힌 형식에 대해 간혹 우려를 표하기도 하고, 더 넓은 현실의 세계를 향해 개안(開眼)하기 위해서는 단편 특유의 닫힌 미학을 과감히 벗어야 한다고 충고하기도 한다. 그러나 문학 작품이 그 길이의 길고 짧음으로 판단될 수는 없는 일이다. 짧은 작품이 긴 여운을 담을 수도 있기 때문인데, 이병천의 단편소설들은 이러한 편협성을 벗어나기 위한 장치를 용의주도하게 배치하고 있음을 알 수 있다.

이를 확인하기 위해서라면, 이 작품집의 제목으로도 사용된 단편 「홀리데이」를 지나칠 수 없다. 이 작품은 탈주범이 한 가족을 인질로 붙잡고는 엉뚱하게도 방송국과의 인터뷰를 요청했고, '내가 시인이다!' 라고 말하고 급기야는 비지스의 〈홀리데이〉를 듣고 싶다고 외치며 죽음을 택했던 사건을 다루고 있다. 여기까지가 실제 사건이지만, 작가는 뒷부분에 아주 이상한 사건들의 연쇄를 추가하고 있다. 인질로 잡혀 있던 한 여성이 범인들을 동정하기 시작했고, 급기야는 형사인 '나' 조차도 그 범인을 향해 '힘내세요!' 라고 말해버렸던 것, 그리고 형사인 '나' 와 인질이었던 '그녀' 가 결혼에 이르기까지의 이야기를 추가하면서, 작가는 우리로서는 이해하기 힘든 소설 속의 진실을 만들어낸다. 이해할 수 없는 아내의 도벽(盜癖) 배경에는 그 탈주범이 말하고자 했던, 그러나 전달되지 못한 진실을 아내조차 질병처럼 지니고 있다는 사실이 깔려 있다. 탈주범／시인이 외친 대로, 세상은 '유전무죄, 무전유죄' 이고, 그 아픔을 '나' 와 '아내' 는 서서히 공유하기 시작한 것.

작가는 아내의 울음을 '갈라파고스의 늙은 수도승 거북' 의 울음이라고 말하고 있다. 남태평양의 고도에서 울려나오는 거북의 낮은 신음소리가 온갖 훤소(喧騷)로 가득한 현대인의 가슴에 닿을 수 있을 것인가. 한 탈주범의 절규는 그저 일회적이고 돌발적인 사건 하나로 끝나고 말 것인가. 이병천의 단편소설은 거기까지 묘사하고는 이내 함묵한다.

이제 그 탈주범/시인의 침묵과 작가의 침묵이 담고 있는, 떨림과 아픔을 독자와 공유할 때다.

문학동네 소설집

홀리데이

ⓒ 이병천 2001

| 초판인쇄 | 2001년 10월 20일 |
| 초판발행 | 2001년 10월 25일 |

지 은 이	이병천
책임편집	김현정 조연주 장한맘 손미선
펴 낸 이	강병선
펴 낸 곳	(주)문학동네
출판등록	1993년 10월 22일 제22-188호

주 소	136-034 서울시 성북구 동소문동 4가 260번지 동소문빌딩 6층
전자우편	editor@munhak.com
	하이텔 : podo1
	천리안 : greenpen
전화번호	927-6790~5, 927-6751~2
팩 스	927-6753

ISBN 89-8281-435-3 03810

www.munhak.com